REGIS JEANIN

NAVIGATOR 1

DER LETZTE
KARNATHIDE

novum pro

www.novumverlag.com

Bibliografische Information
der Deutschen Nationalbibliothek:

Die Deutsche Nationalbibliothek
verzeichnet diese Publikation in
der Deutschen Nationalbibliografie.
Detaillierte bibliografische Daten
sind im Internet über
http://www.d-nb.de abrufbar.

Alle Rechte der Verbreitung,
auch durch Film, Funk und Fernsehen,
fotomechanische Wiedergabe,
Tonträger, elektronische Datenträger
und auszugsweisen Nachdruck,
sind vorbehalten

Gedruckt in der Europäischen Union
auf umweltfreundlichem, chlor- und
säurefrei gebleichtem Papier.

© 2022 novum Verlag

ISBN 978-3-99131-752-4
Lektorat: Juliane Johannsen
Umschlagfotos: Jacques Kloppers,
Nuttawut Uttamaharad,
Abidal | Dreamstime.com
Umschlaggestaltung, Layout & Satz:
novum Verlag

www.novumverlag.com

Climate neutral
Print product
ClimatePartner.com/16547-2201-1002

INHALTSVERZEICHNIS

* * *

1.

***

„VERGIB MIR, DASS ICH DIR DIESE LAST AUFBÜRDE."

Die Sterne schimmerten und funkelten, Myriaden winziger Edelsteine; noch hatten sie den Himmel für sich, erst später am Abend würde ihr Leuchten verblassen, wenn die beiden Monde über dem Berg aufgingen.

Mayï lag auf dem Rücken auf dem Dach seines Heims und blickte nach oben; der laue Wind ließ die Blätter der Bäume hinter dem Haus rascheln und wehte geschäftige Geräusche aus der Küche zu ihm herauf. Leises Rauschen und fernes Geklapper: Mehr war nicht zu hören. Kein Gelächter, keine neckischen Rufe gefolgt von nicht minder frechen Entgegnungen. Es war still geworden auf dem Gelände der Schule auf dem Berg, das vertraute Lärmen der Meute verstummt. Doch so gedämpft die Geräusche auch sein mochten, wenigstens waren sie da, er konnte zumindest etwas hören. Unter dem Dach, auf dem er lag, im Inneren seines Elternhauses, herrschte Stille. Keine Gesprächsfetzen, die er aufschnappen konnte, wenn er am Studierzimmer seines Vaters vorbeiging, während der sich gerade mit jemandem unterhielt – seltener mit einem Besucher, oft über die Kommunikationsstation –; keine sanfte Stimme, die ihn fragte, wie er mit seinen Studien vorankam, oder wieso eben nicht; in letzterem Fall würde die Stimme immer noch sanft bleiben, aber hörbar an Schärfe gewinnen.

Was würde er dafür geben, jetzt, in diesem Augenblick, noch einmal von dieser Stimme gescholten zu werden, er würde sich mit Freuden zusammenfalten lassen. Doch sie würde ihn nie wieder ermutigen oder tadeln; niemand würde plötzlich in der Tür zum Studierzimmer stehen und ihn verscheuchen, wenn er zu lange im Flur gestanden und neugierig gelauscht hatte.

Sie waren weg, alle beide, und ließen dieses leere, stille Haus zurück. Überall lagen und standen ihre Sachen, die Dinge, die ihnen gehört, die sie berührt hatten: Bücher, Schreibzeug, ein Schrank voller Teetassen und -krügen, allesamt Einzelstücke – es gab so vieles, das ihn im Haus auf Schritt und Tritt an seine Eltern erinnerte. Ein Haus voller Geister.

Hier oben war es besser, erträglicher.

Der Nachthimmel war klar, nur am Horizont schoben sich ein paar tiefe Wolken an der Bergflanke entlang, als wären sie zu faul, um drüber zu steigen. Mayï betrachtete weiter die Sterne. Er liebte ihren Anblick, wie sie blinkten und schimmerten, stets am gleichen Ort und doch jedes Mal anders: kalt strahlend im Winter, im Sommer beinahe samtig leuchtend. Oder in unterschiedlichen Farben schillernd, wie jetzt im Herbst. Mayï wusste eine Menge über die Sterne und das Weltall, er verschlang alles, was er an Fakten und Berichten in die Hände bekam; unter seinen Ausbildern befanden sich namhafte Astronomen und Piloten. Dennoch war alles Erlernte bloße Theorie, Fachwissen, mehr nicht. Er wollte die Sterne erleben, sich zwischen ihnen bewegen. Seine Eltern hatten diese Begeisterung zwar nicht geteilt, ihn aber doch ein paar Mal auf ihren Reisen mitgenommen; es war nichts Besonderes gewesen: eine Materiallieferung zum nächstgelegenen Außenposten, ein Abstecher entlang der Bojenroute, um Daten zu sammeln und die Sonden zu warten – reine Routineflüge und nichts, was auch nur annähernd in den eigentlichen Aufgabenbereich seiner Eltern gefallen wäre; sie hatten ihm nur einen Gefallen tun wollen. Für ihn allerdings waren diese Flüge das Größte! Er hatte fast die ganze Zeit auf der Brücke oder im Kartenraum verbracht und die Besatzung, insbesondere den Navigator, mit Fragen gelöchert. Ein trauriges Lächeln stahl sich auf Mayïs Gesicht, als er nun daran zurückdachte. Was für eine wundervolle Zeit das gewesen war und wie er diese Reisen genossen hatte, gut behütet von seinen Eltern.

Wie er sie vermisste.

Seine Miene wurde wieder ernst, als er an die letzte Reise dachte, die einzige reale Außenmission, an der er teilgenommen hatte, und an deren Ende nichts mehr so war wie zuvor.

* * *

„Was ist es, das dich hierher führt?", hatte sein Vater das erste Mal gefragt, als er zu Mayï aufs Reetdach gestiegen war. Andere Väter hätten vielleicht erschrocken gerufen: „Komm sofort runter, dort ist es viel zu gefährlich!", oder: „Du wirst ausrutschen und in den Abgrund stürzen!", wenn sie ihren kleinen Sohn auf dem Dach ihres Hauses erwischt hätten, direkt über dem Steilhang, der sich über die sumpfige Ebene erhob. Nicht so Altmeister Lerean. Ein falscher Schritt und es ging beinahe tausend Fuß in die Tiefe, doch er wusste, dass sein Sohn keine Gefahr lief, schließlich war er selbst einer seiner zahlreichen Ausbilder. Außerdem, selbst wenn er versehentlich auf dem rutschigen Grasdach den Halt verlieren sollte: Was konnte ihm schon groß passieren? Außer vielleicht, dass ein Geheimnis, das nie wirklich eines gewesen war, offenbar würde? Statt also seinen Sohn zu schelten, hatte sich sein Vater zu ihm auf das Dach gesetzt, im Zurücklehnen mit einer unbewussten Geste seinen langen Zopf nach vorne über die Schulter geschwungen und gefragt: „Was ist es, das dich hierher führt?"

Mayï hatte die Hand ausgestreckt und sein Vater war mit dem Blick seinem Finger gefolgt. „Das", hatte Mayï gesagt.

„Das Weltall", hatte sein Vater gesagt. Eine Feststellung.

„Da möchte ich einmal hin. Mir die Galaxien und Nebel aus der Nähe ansehen. Schauen, was es dort gibt, wer dort lebt."

„In den Datenbanken findest du alles, was du wissen möchtest", hatte sein Vater gesagt.

„Das ist nicht dasselbe", hatte Mayï entgegnet, der über die kleine Informationsstation in seinem Zimmer bereits alles zum Thema gelesen hatte, auf das er Zugriff hatte – und das war eher bescheiden. „Da gibt es nur alte Berichte und Beschreibungen. Für Kinder." Er hatte sich aufgesetzt und seinen Vater angesehen. In der Dunkelheit war nur ein Umriss zu erkennen gewesen, und ein Paar Augen, rot leuchtend wie glühende Kohlen.

„Das ist uninteressant. Ich möchte mehr erfahren."

„Das wirst du, zu gegebener Zeit. Sei nicht so ungeduldig." Mayï hatte sich wieder zurückfallen lassen und in den Nachthimmel geblickt. „Wenn ich groß bin, möchte ich dort hinaus."

Vater und Sohn hatten sich noch eine Weile unterhalten über die Sternbilder und Galaxien, die sie von ihrem Platz auf dem Dach aus sehen konnten, und seit jener Nacht vor zehn Jahren war die Richtung von Mayïs Ausbildung klar gewesen.

* * *

Ein Geräusch hinter ihm ließ Mayï aufblicken. Über den First kam eine Gestalt auf ihn zu. Mayï erkannte die schmale Silhouette sofort. Es war Ni, einer der vier Meisterschüler seines Vaters.

„Hier steckst du also", sagte Ni. „Dein Essen wartet auf dich."

„Ich habe keinen Hunger", sagte Mayï.

Ni setzte sich zu dem Jungen, so wie sein Meister all die Jahre zuvor. Wer die beiden so dasitzen sah, hätte sie für Onkel und Neffe halten können: Sie hatten den gleichen leichten Körperbau, dieselben teeblattförmigen Augen, doch waren die Augäpfel des Jungen blassgrün anstatt weiß, und seine Augen leuchteten im Dunkeln wie die eines nächtlichen Jägers. Ni und Mayï waren zwei verschiedene Spezies – nichts Ungewöhnliches in dieser Welt, in der die Vertreter aller Arten und Spezies des Universums eine Heimat gefunden hatten, gehende, kriechende, schwebende. In der Schule hier auf dem Berg wurden die humanoiden Krieger ausgebildet.

Ni musterte den Jungen; er hatte die gleichen goldgefleckten braunen Augen wie Altmeister Lerean, dieselben unbändigen Locken, nur feuerrot statt schiefergrau, und kurz geschnitten; in alle Richtungen abstehend wehten sie in der leichten Brise.

„Du hast in den vergangenen Tagen viel zu wenig zu dir genommen. Du fängst an abzumagern." Ein gurgelndes Grummeln ließ ihn hinzufügen: „Und dein Magen knurrt."

„Ich habe keinen Appetit", sagte Mayï wahrheitsgemäß. Er fühlte sich immer noch wie gelähmt nach allem, was passiert war; das Erlebte bereitete ihm Alpträume, sodass er sich kaum noch einzuschlafen traute. In dem Haus voller Gespenster.

Die Mitglieder der Meute gaben sich alle Mühe, ihn moralisch aufzubauen oder wenigstens zu unterstützen, doch sie taten es auf eine gedämpfte und zurückhaltende Weise, die so gar nicht zu ihnen passte. Natürlich ging der Unterricht weiter, waren tagein, tagaus das Klirren und Klappern der Waffen und Holzstöcke zu hören, die gebrüllten Kommandos, der Chor der Antworten. Doch das Gelächter, das die Übungen immer begleitet hatte, war verstummt. Dabei war die Meute bekannt für ihre Fröhlichkeit und ihre derben Späße, obwohl sie die härteste Ausbildung aller Waffenschulen erhielt. Die Meute: was zu Beginn als abwertende Bemerkung gedacht war, hatte sich schnell zu einem begehrten Ehrentitel entwickelt, so wie der vermeintlich rückständige Instruktor aus einer archaischen Gesellschaft zu einem der angesehensten Meister seines Fachs geworden war. Bis heute trugen die Mitglieder der Schule den Namen mit Stolz.

Doch über der Schule lag nun der Schatten der Trauer.

Ni griff mit der Hand unter seine Wickelweste, zog einen kleinen zylindrischen Gegenstand hervor und hielt ihn Mayï hin. Es war ein kompaktes Fernrohr, eines von der Sorte, die sich automatisch justierten. Mayï sah den Waffenmeister fragend an. „Das kleine Raumdock", sagte Ni lächelnd.

Mayï nahm das Fernrohr und richtete den Blick nach Osten, am Berggrat entlang. Dort waren eben die beiden Monde aufgegangen auf ihren synchronen Umlaufbahnen. Mayï schloss ein Auge und blickte mit dem anderen durch das Fernrohr. Er wusste, dass das kleine Raumdock sich über dem kleineren Mond in einer dem Planeten zugewandten fixen Position befand. Mayï wartete einen Augenblick, bis das Fernrohr die Verzerrungen der Atmosphäre ausgeglichen hatte und das Bild gestochen scharf war. Schnell fand er, was er suchte: eine kugelförmige Konstruktion, von der sich zwölf flache Stege wie die Strahlen eines Kranzes ins All streckten. Nur zwei dieser Stege waren gerade belegt; an einem hatte ein mechanischer Transporter festgemacht, wie sie für kurze Strecken verwendet wurden. Das zweite Schiff war beinahe dreimal so lang wie der Steg, an dem es lag, und völlig fehl am Platze; Schiffe dieser Größe brauchten kein Raumdock. Auf seiner glatten Oberfläche reflektierten unzählige Bullaugen das Sternenlicht wie hunderte winziger Augen. Die gewaltige Schwanzflosse bewegte sich träge auf und ab.

Mayï kannte diese Art Schiffe von seinen Reisen ins All. Merkwürdige Wesen waren das, weder Tier noch Pflanze, sich selbst versorgend, selbstheilend; ihr Inneres ließ sich gestalten, konnte in Korridore und Räume eingeteilt werden, solange sich diese Wesen noch in der Wachstumsphase befanden. Aber das Wichtigste, das, was sie erst zu perfekten Sternenschiffen machte, war: Sie konnten springen, den Raum verdichten, um sich dann hindurchzuwinden, und so gewaltige Entfernungen meistern – vorausgesetzt, es befanden sich ein Pilot und ein Navigator an Bord, die sie zu steuern wussten. Andernfalls war so ein Schiff bloß eine fliegende Seegurke, ständig auf der Suche nach der nächsten Futterquelle. Und die Piloten erst …

Der riesige Springer – so wurden diese Schiffe ob ihrer Eigenschaften bezeichnet – bewegte sich, rollte sich träge etwas zur Seite, sodass zum Vorschein kam, was eben noch in seinem Schatten verborgen gewesen war. Mayï drehte am Justierring seines Fernrohrs und zoomte sich näher an das Dock heran. Nun konnte er sehen, dass die Kreatur gar nicht angedockt hatte, sondern sogar ein gutes Stück vor dem Steg schwebte und mit seinem mächtigen Rumpf den Blick auf etwas anderes versperrt hatte, das in etwa die Größe des mechanischen Transporters hatte, der in einiger Entfernung lag. Ein weiteres Schiff? Was für eins?

Mayï starrte fasziniert und mit offenem Mund durch das Fernrohr, als sich eine Wolke vor die Linse schob, gerade in dem Augenblick, als das kleinere Schiff im Begriff war, aus dem Schatten seines riesigen Begleiters herauszutreten.

Ungeduldig und vor Spannung zappelnd stieß Mayï einen lautlosen Fluch aus. Ni versuchte, nicht zu grinsen. Nach ein paar

Augenblicken hatte sich die Wolke verzogen und Mayï setzte das Fernrohr wieder an. Hatte er vorhin richtig gesehen? War das Funkeln dort oben im Schatten des Raumdocks nur das Licht der Sterne, das sich auf der metallenen Hülle eines weiteren Versorgungsschiffes brach?

Der Rumpf des Schiffes schimmerte matt in allen Farben des Regenbogens und war besetzt mit zahlreichen Bullaugen, die das Sternenlicht reflektierten, wie ovale Edelsteine. Es war ein Springer – die exakte Kopie seines ausgewachsenen und fünfmal so großen Begleiters.

„Ich habe noch nie einen jungen Springer gesehen", sagte Mayï fasziniert. „Er ist so ... bunt."

„Nun ja, jung ist relativ. Das Exemplar da oben hat immerhin schon hundert Jahre auf dem Buckel", sagte Ni. „Ihre definitive Farbe nehmen sie erst an, wenn sie ausgewachsen sind."

„Lässt er sich bereits dirigieren? Hat er schon einen Piloten? Darf ich ihn mir mal aus der Nähe ansehen?" Mayï bestürmte Ni mit Fragen.

Ni lachte. „Ja, ja und ... ja! Aber alles zu seiner Zeit. Erst einmal gehen wir zur Kantine, bevor dein Essen eiskalt ist. Es gibt Suppe." Wie alle Mitglieder seines Volkes legte Großmeister Ni Mentu, Nachfolger von Altmeister Lerean an der Schule für traditionelle und weiterführende humanoide Kampfkunst, höchsten Wert auf vernünftige Ernährung.

Mayï sprang auf, gab Ni das Fernrohr zurück und rannte sicheren Trittes den First des Reetdaches entlang über das Hauptgebäude zum Nordflügel, hüpfte auf das niedrigere Dach der Galerie, die den kleinen Waffensaal mit den Unterkünften der Schüler verband, und sprang von dort auf die Terrasse, wo er von der Meute mit lautem Hallo begrüßt wurde.

Ni folgte dem Sohn seines Meisters mit gemächlicheren Schritten. Seine Miene war wieder ernst.

In dieser Nacht plagten Mayï keine Alpträume, denn seine Gedanken kreisten allein um den Springer und seine Bestimmung. Es war das erste Mal seit dem Komplott, dem seine Eltern zum Opfer gefallen waren.

2.

***

Der Boden unter seinen Füßen war fest und weich zugleich, genauso, wie er es in Erinnerung hatte, als würde er über einen dicken Teppich schreiten. Mayï streckte seine Hand aus, um die Wand zu berühren. Sie fühlte sich rau und elastisch an, wie Leder. Ein fluoreszierendes Leuchten ging von ihr aus und tauchte den Korridor in gedämpftes hellgrünes Licht. Es roch vage nach Seetang und feuchter Erde. Mayï blieb stehen, lauschte und hörte: nichts. Es herrschte absolute Stille, und nur, wenn er sein Ohr an die Wand hielt, konnte er ein leises Gurgeln vernehmen. Es kam aus den Gleitkanälen für den Piloten, die sich durch das ganze Schiff zogen, zusammen mit einem dichten Netz aus Versorgungsadern und Nervensträngen. Haptik, Geruch, das Fehlen von Maschinengeräuschen, alles war typisch für einen Springer. Doch der Gang war niedriger, als es Mayï von den anderen Schiffen, auf denen er gewesen war, in Erinnerung hatte. Er konnte die Arme heben und die Decke berühren, ohne sich dafür strecken zu müssen. Er ging hinter Ni durch den Korridor, der zu schmal war, als dass sie beide nebeneinander laufen konnten. Ihnen folgte Pao, die jedes Mal den Kopf einziehen musste, wenn sie unter einem Stützbogen hindurchging. Schlank und dunkel überragte sie ihren Waffenbruder um einen Kopf. Die beiden Meisterschüler begleiteten Mayï bei der Besichtigung des kleinen Springers.

„Er hat bislang nur zwei Decks", erklärte Pao. „Das untere ist ein gutes Stück kürzer als das hier, genügt aber als Lager. Ein kleiner Raumflieger würde auch noch reinpassen."

Mayï drehte sich zu ihr um. Sie bleckte die spitzen weißen Zähne in einem breiten Grinsen und rollte die Augen, wie immer, wenn sie sich amüsierte. „Wozu sollte man hier ein Lager brauchen?", fragte Mayï. „Oder einen Flieger. Hier ist ja noch nicht einmal genug Platz für eine Mannschaft."

„Für eine ganze Besatzung nicht, da hast du vollkommen recht, Kleiner." Mayï ärgerte sich jedes Mal, wenn sie ihn so nannte, er war schließlich schon lange kein kleiner Junge mehr. Pao erriet seine Gedanken und grinste noch breiter; wer sie nicht kannte, würde sie glatt für eine Irre halten – und damit nicht völlig falsch liegen. „Aber mit einer minimalen Besetzung vermag dieses Schiff alles, was ein ausgewachsenes Exemplar auch kann. Na ja, vielleicht ist es nicht ganz so bequem", fügte sie mit einem Schulterzucken hinzu.

Der Korridor vor ihnen wurde breiter und öffnete sich auf eine Art Balkon mit einem Geländer davor. Dahinter lag eine Halle, die über zwei seitliche Treppen zu erreichen war. Unten standen ein Steuerpult und ein Sessel: der Arbeitsplatz des Navigators. Gegenüber befand sich das größte Bullauge des Schiffes, es nahm die gesamte Breite des Bugs ein und wirkte von außen wie ein weit geöffnetes Maul. Durch das riesige Fenster konnte Mayï noch ein Stück des Landungssteges erkennen; dahinter erstreckten sich die unermesslichen Weiten des Alls. Mayï fand, dass es der schönste Ausblick war, den es gab.

Er lief die Treppe hinunter zum Sessel vor der Steuerkonsole. Im Augenblick war der Stuhl unbenutzt und zu einer Kugel zusammengerollt; bei Bedarf würde er sich entfalten und sich der Anatomie des Navigators anpassen. Der eigentliche Pilot war … Mayï drehte sich um und blickte unter den Balkon. Die Wand dort war durchsichtig, der Raum dahinter mit Flüssigkeit gefüllt. Hier befand sich das Herzstück des Springers: der Tank des Piloten; von hier aus verliefen Salzwasserröhren durch das gesamte Schiff, sich in immer feinere Kanäle verzweigend, bis sie in das Nervensystem des lebendigen Schiffes übergingen. Durch diese Bahnen glitten die Tentakel des Piloten, ein Chloeopside, der im Wesentlichen aussah wie eine Qualle: ein Kopf mit meilenlangen hochsensiblen Fäden; wenn er sich einmal ganz entfaltet hatte, konnte der Pilot mit ihnen jeden noch so entlegenen Bereich des Schiffes erreichen. Er kontrollierte den Springer, er steuerte ihn. Ein Chloeopside war eins mit seinem Schiff.

Der Tank war leer.

„Er ist gerade in der Ruhephase", sagte Ni, „und bereitet sich auf seine Reise vor."

„Wohin wird er reisen? Und wo ist sein Navigator? Er kann doch unmöglich allein fliegen." Ein junger Springer, vermutlich mit seinem allerersten Piloten, beide überdies im Begriff, zu einem Abenteuer aufzubrechen, Mayï verspürte wieder dieses mittlerweile vertraute Gefühl: Fernweh. Könnte er doch mitfliegen. Aber seine Ausbildung war noch lange nicht abgeschlossen.

„Zu deiner ersten Frage", sagte Ni, der sich zu dem Jungen gesellt hatte, „schau dir die Karte an." In der Nähe des Tanks war eine kreisrunde Scheibe in den Boden eingelassen. Mayï trat an sie heran und machte eine Bewegung mit seiner Hand. Wie aus dem Nichts erschien ein dreidimensionales Modell des Weltalls, das sich ganz langsam über der Scheibe um seine Achse drehte. Das Innere der in der Senkrechten schwebenden Ellipse bestand aus einem dichten Netz aus Abermilliarden winzigen Punkten, die sich an manchen Stellen zu kleinen Knoten oder fetten Strängen verdichteten, an anderen Stellen ausdünnten und wie Perlen auf einer Schnur im All hingen, bis sie wieder zu dickeren Fäden zusammenliefen. Zwischen diesem Wirrwarr aus Galaxien, Clustern und mehr oder weniger dichten Filamenten taten sich Leerräume wie Abgründe auf: die Voids. Mit geübten Bewegungen seiner Finger rief Mayï den Teil des Universums auf, in dem sie sich jetzt befanden. Während die Details heranzoomten, kam das träge Rotieren des Modells zum Stillstand. Zunächst wählte Mayï ein Gebiet aus dem oberen Rand des Modells aus und vergrößerte es schrittweise, bis er einen kleinen Galaxienhaufen vor sich hatte, der eine eigentümliche Formation aufwies: Zwei der etwa drei Dutzend Galaxien in dem Haufen befanden sich auf direktem Kollisionskurs; einer der beiden Spiralarme der bläulich schimmernden Galaxie war kurz davor, auf eine gelbe Galaxie zu treffen. Mayï war das Bild vertraut, er konnte es in klaren Nächten am Himmel beobachten, wenn das blaue Band hinter den braungelben Nebeln seiner Heimatgalaxie aufleuchtete. Der Anblick war spektakulär, aber nicht bedrohlich. Bis die beiden Galaxien kollidierten, würden noch Milliarden von Jahren vergehen. Im Augenblick interessierte Mayï etwas Anderes. Er zoomte noch weiter an die beiden Sternenscheiben heran und fand schließlich, was er suchte. Eine leuchtend rote Linie zog sich durch die gelbe Galaxis, mäanderte durch sie hindurch, in die blaue Sternenspirale hinein und von dort weiter und aus dem ausgewählten Kartenausschnitt hinaus. Bei dieser Linie handelte es sich um den geplanten Streckenverlauf des Springers. Der Ausgangspunkt, sah Mayï, war hier, an diesem Dock. Und ihm war auch klar, dass dies nicht nur ein kleiner Ausflug sein würde, sondern eine weite und lange Reise, die es locker aufnehmen konnte mit den ausgedehnten Missionen, wie sie die Meute und andere Schulen regelmäßig unternahmen. Und doch verlief die Route nur durch einen winzigen Teil des Universums.

„Kursverlauf im Planmodell, vertikal!", befahl Mayï dem Kartentisch und das dreidimensionale Abbild flachte ab und wurde zu einer zweidimensionalen Karte. Blaue Zirkel tauchten auf, die sich vom Dock als ihrem Zentrum in gleichmäßigen Abständen über die Karte ausdehnten. Auch die rote Routenlinie ging von diesem Mittelpunkt aus. Entlang des Kurses befanden sich kleine Markierungen mit Koordinaten, die anzeigten, wo und um wieviel Grad nach oben oder unten der tatsächliche Kurs vom abgebildeten Verlauf auf der nun zweidimensionalen Karte abwich. Ebenfalls auf der Karte verzeichnet waren Sonnensysteme, die auf der Route lagen, sich aber ober- oder unterhalb der roten Linie befanden, versehen mit entsprechenden Angaben.

Aufmerksam studierte Mayï den Verlauf der Route – und stutzte. Er kannte diesen Teil des Universums sehr gut und so entgingen ihm auch nicht ein paar sehr besondere Etappenziele. „In dieser Galaxie befindet sich dein Heimatsystem", sagte er, an Ni gewandt, und deutete auf einen Punkt in der Nähe des Kartenrandes.

„Die Erde." Ni nickte bestätigend. „Ich bin nicht mehr dort gewesen, seit ich deinem Vater als Schüler hierher folgte. Das muss jetzt fast fünfundvierzig Jahre her sein."

„Ich finde auch, dass du langsam alt wirst", ätzte Pao, schon wieder grinsend. Ni ignorierte sie, er hatte sich an ihren Humor gewöhnt.

Mayï vergrößerte das Planmodell weiter und zeigte auf einen der Arme der Galaxie. „Von dort stammen meine Eltern. Wieso fliegt dieses Schiff dorthin? Überhaupt: Wieso wurde von allen möglichen Routen dieser eine Kurs gewählt?"

„Es sind etwa fünfzig Etappenziele gespeichert", antwortete Pao. „Die meisten davon sind die Heimatplaneten von Mitgliedern der Gemeinschaft, die Grundkoordinaten für jeden Piloten in der Ausbildung. Klar, dass darunter auch die Erde, Karneä und Lyr vorkommen." *Die Gemeinschaft*, so nannten sich die Bewohner von Mayïs Heimat und all der zugehörigen Kolonien und Außenposten, eine bunt zusammengewürfelte Gesellschaft beinahe aller existierenden höheren Spezies, die eines vereinte: Sie waren die fähigsten und talentiertesten ihrer Art. Die meisten waren wie Mayï in der Gemeinschaft geboren, andere waren später dazugestoßen – nicht immer freiwillig, wie Lerean und Toï, seine Mutter. Aber sie alle verfolgten ein gemeinsames Ziel, das zu erreichen sie all ihr Können und ihre Energie einsetzen. Und oft genug ihr Leben opferten.

„Das bringt uns zu deiner zweiten Frage", fuhr Pao fort und legte Mayï eine große Hand auf die Schulter. Die Fingernägel waren ungewöhnlich lang und sahen sehr scharf aus. „Folge mir."

Die beiden Krieger und der Junge verließen den Steuerraum über die Treppe und fanden sich im Hauptkorridor wieder. Zu beiden Seiten befanden sich Türen, fünf insgesamt. Im Verlauf des Wachstums würde das Innere des Springers sich wandeln, der Gang würde sich strecken und teilen, neue Decks würden entstehen, Spalten sich zu Türen weiten und die Räume dahinter allmählich größer werden.

„Hier zur Linken wird einmal der Kartenraum sein", sagte Pao und trat an die erste Tür heran, die lautlos zur Seite glitt. „Im Augenblick dient er als Stauraum." Mayï stecke den Kopf durch die Türöffnung und blickte in eine Kammer mit niedriger Decke, die durch ein ovales Bullauge durchbrochen wurde.

Hier war in der Tat noch kein Platz für den Kartentisch und seine ausladenden Projektionsmodelle. „Gegenüber ist die Kombüse und daneben der Hygieneraum mit angrenzender Krankenstation", erklärte Pao weiter.

Neben dem Kartenraum befand sich die fünfte und letzte Tür des Hauptkorridors. Das untere Deck kannte Mayï bereits; es bestand aus einer einzigen Halle, deren Boden zur Steuerflosse des Springers hin anstieg, dort befand sich auch die kleine Einstiegsluke, durch die sie das Schiff betreten hatten.

Eine Tür blieb noch zu öffnen zur einzigen Kajüte des Springers, gedacht für ein, maximal zwei Besatzungsmitglieder. Sie glitt beiseite, sobald Mayï nahe genug war. Was er sah, brachte ihn zum Staunen. Die Kajüte war geräumig und bezugsfertig eingerichtet. Ein längliches Bullauge nahm die gesamte gegenüberliegende Wand ein und gab den Blick auf den kleineren Mond frei – Mayï konnte die Gebäude auf der Oberfläche deutlich erkennen. In die hintere Wand war ein bequem aussehendes Bett eingelassen, wie er es von den anderen Springern her kannte. Der Bettkasten stand an Kopf- und Fußende leicht über, sodass man während eines rauen Fluges nicht gleich herausfiel. Unter dem Bullauge erstreckte sich eine Sitzbank. Die gesamte Einrichtung, die Möbel ebenso wie die unzähligen Staufächer, bestanden aus dem gleichen, fluoreszierenden Material wie Wände, Decke und Boden, sie waren fester Bestandteil der Struktur des Springers. Das Bettzeug und die Polsterauflage der Sitzbank hingegen waren „Fremdkörper", ebenso wie die Kommunikationsstation an der vorderen Wand. Mayï war nicht entgangen, dass alles hier auf die Bedürfnisse eines Humanoiden abgestimmt war.

„Das Zimmer des Navigators. Was hältst du davon?", fragte Ni.

„Sieht gemütlich aus", antwortete Mayï.

„Das ist dein Zimmer", sagte Pao. Mayï fuhr herum, zu baff, um irgendwelche kluge Worte zu finden.

„Wenn du willst", fügte Ni mit einem Lächeln hinzu. Es wirkte belustigt und wehmütig zugleich.

„Deine Eltern hatten bereits vor Jahren damit begonnen, diese Reise zu planen und einen geeigneten Piloten für dich zu finden", erklärte Ni. „Sobald sie sich sicher waren, dass du es ernst meintest."

„Eigentlich solltest du erst nächstes Jahr starten, nach Abschluss deiner Ausbildung", fügte Pao hinzu. „Aber unter den gegebenen Umständen haben wir beschlossen, die Vorbereitungen noch einmal zu beschleunigen." Pao und Ni wechselten einen raschen Blick. „Wir alle sind uns einig, dass es da draußen für dich besser – sicherer – ist als hier. Zumindest so lange, bis sich die Wogen geglättet haben und die Gemeinschaft wieder als Ganzes funktioniert."

Nachdem die Verschwörung aufgeflogen war und die Rädelsführer überführt – oder tot – waren, hatten sich alle Vertreter der Waffenschulen aus dem Rat zurückgezogen und diesen somit beschlussunfähig gemacht. Der Streit und die Wortgefechte wollten kein Ende nehmen, denn immer noch hielten einige Ratsvertreter das Komplott der Gruppe der Zehn, wie die Verschwörer im Nachhinein genannt wurden, für zugegebenermaßen übertrieben, aber nachvollziehbar. War das Desaster im Anschluss an das misslungene Attentat nicht der Beweis, wie gefährlich Altmeister Lerean gewesen war? Oder Toï? Und so waren alle Missionen gestoppt worden und nur die nötigsten Versorgungsflüge wurden aufrechterhalten. Die Schulen der Piloten ignorierten die Befehle des geschrumpften Rates und kommunizierten nur noch mit den Waffenschulen und den Wissenschaftsgilden. Denn allen Zwistigkeiten zum Trotz: Das gemeinsame Ziel wurde weiterverfolgt; unter keinen Umständen durfte die Beobachtung der Voids vernachlässigt werden, und so würden die Springer mit ihren Besatzungen auch weiterhin ihre Bahnen durch das All ziehen und die riesigen Raumsphären in den entlegensten Winkeln des Universums auftauchen – unbemerkt, unerkannt.

„Wieso sollte es hier nicht mehr sicher sein?", fragte Mayï und ahnte bereits die Antwort.

Ni legte seine Hände auf Mayïs Schultern. Sein Griff war fest. Er blickte dem Jungen direkt in die Augen; wie groß er geworden war! Und er wuchs immer noch; bald würde er zu ihm aufblicken müssen. „Erinnerst du dich daran, wie wir das Expeditionsschiff verlassen haben, auf Befehl deiner Mutter, weil sie die Gefahr sah, für die ich blind war?" Der Junge nickte. Er sah seine Mutter wieder vor sich, wie sie ihn vor sich her über das Deck zum bereitstehenden Flieger schubste. „Keine Widerrede. Du musst sofort von Bord. Dieses Schiff, die Besatzung, diese ganze Mission – etwas stimmt hier nicht. Ni", hatte sich Toï mit zitternder Stimme an den Meisterschüler gewandt, „sieh zu, dass er sicher zu seinem Vater nach Hause kommt. Nehmt den kürzesten Weg. Und was auch immer passiert, du wirst auf keinen Fall wenden und zurückkommen!" Dann hatte sie das Gesicht ihres Sohnes mit beiden Händen gefasst, ihn zu sich gezogen und zum Abschied ihre Stirn gegen seine gedrückt, sanft und liebevoll. Es war das letzte Mal, dass Mayï seine Mutter gesehen hatte.

„Erinnerst du dich noch an den Rückflug?", fuhr Ni fort.

Wieder nickte Mayï. „Ich konnte plötzlich spüren, was passierte, was sie meinem Vater antaten. Ich hatte Angst, wollte nur noch zu ihm. Von meiner Mutter empfing ich nichts; da war sie bereits abgeschirmt."

„Weißt du noch, wie wir zurückgelangt sind?"

„Ich bin gesprungen", antwortete Mayï leise, so als hätte er etwas Verbotenes getan. Etwas, das um jeden Preis hätte geheim bleiben müssen. Aber er hatte doch keine Wahl gehabt, der Flieger war nicht schnell genug, und sein Vater brauchte *sofort* Hilfe.

„Du bist nicht nur gesprungen Mayï; du hast den Raum kondensiert und dabei eine Verwerfung geschaffen, die so groß gewesen ist, dass alle Sonden in der Nähe Alarm geschlagen haben." Mayï wollte den Mund aufmachen, um sich zu erklären, doch Ni hob abwehrend die Hände und schüttelte energisch den Kopf. „Nein! Ich will nicht wissen, wie du das gemacht hast und schon gar nicht, zu was du noch alles fähig bist. Wir hatten alle so eine Ahnung, schließlich bist du Toïs Sohn. Der springende Punkt ist der: Du hast die falschen Leute auf dich aufmerksam gemacht, dieselben Leute, die deinen Vater vernichten wollten." Und die daran gescheitert sind, dachte Mayï grimmig, sagte aber nichts.

Pao, die danebenstand und die beiden beobachtete, musste in Mayïs Augen etwas gesehen haben, das ihr nicht gefiel, denn sie sagte: „Du bist kein Krieger, Mayï, überlasse uns das Kämpfen. Wir stehen zwischen dir und den Verrätern, und je mehr Platz du uns dabei einräumst, je unauffälliger du dich machst, umso besser." Für diesen letzten Satz erntete sie einen scharfen Blick von Ni. Pao zuckte die Schultern, als fragte sie „Na und?"

3.

* * *

Mayï saß zu Hause in der Leseecke, einer erhöhten Plattform im großen Aufenthaltsraum. Dämmriges Licht fiel durch die milchig weißen Membranen der Schiebetüren auf die Holzdielen. Von der großen Halle her wehten rhythmische Kommandos und antwortende Rufe über den Vorhof zu ihm herüber. Es waren vertraute, tröstliche Geräusche. Die Stille hier im Haus aber war immer noch ungewohnt und kaum zu ertragen.

In seiner Hand hielt Mayï einen kleinen flachen Kasten, den er nervös und unschlüssig hin- und herdrehte. Es war ein Projektor mit einer Aufzeichnung seiner Eltern. Ihre letzte Botschaft an ihn.

Nach ihrer Rückkehr vom Raumdock hatte Ni den Jungen ins Haus begleitet und war mit ihm in das kleine Studierzimmer von Altmeister Lerean gegangen. Dort hatte er sich hingekniet, aus einer Kommode das Gerät herausgenommen und es auf den Tisch neben sich gelegt. „Ich hatte den Befehl, dir die Aufzeichnung erst zu übergeben, nachdem du dir den Springer angesehen hast. Wieso das wichtig ist, weiß ich nicht. Du wirst das schon herausfinden." Mayï hatte sich neben Ni auf den Boden gehockt und den Projektor in die Hand genommen. Ni hatte bemerkt, dass die Hand des Jungen zitterte, und gesagt: „Und ganz egal, wie du dich entschließen wirst, für den Aufbruch oder fürs Bleiben, wir alle hier werden immer für dich da sein. Ich möchte, dass du das nie vergisst." Mayï hatte bewegt genickt.

Nun spielte er noch einige Augenblicke mit dem Gerät, gleichzeitig neugierig auf die für ihn allein bestimmte Botschaft, aber auch voller Zweifel, ob er wirklich wissen wollte, was ihn erwartete. Schließlich gab er sich einen Ruck; er hüpfte von der Plattform (Ni nannte sie Kang, weil sie den beheizbaren Liegeflächen seiner Heimat ähnelte), platzierte den Projektor auf den

Boden in der Mitte des Zimmers und eilte wieder an seinen Platz zurück, wo er sich zusammenkauerte.

„Abspielen", befahl er. Das Gerät fiepte einmal leise und das Dämmerlicht wurde verdrängt von zwei hellen Gestalten, die genau über dem Projektor zu stehen schienen. Sie waren lebensgroß, als hätten sie soeben den Raum betreten, und blickten in Mayïs Richtung. Sein Vater trug seinen üblichen knielangen Rock aus schwerem Brokat und einen breiten Stoffgürtel. Toï, seine Mutter, stand daneben, in einem einfachen Kleid und engen Beinkleidern. Ihr wundervolles schwarzes Haar strömte wie ein Wasserfall ihren Rücken hinab und endete zwei Fingerbreit über dem Boden. Ihre milchweiße Haut leuchtete im schwindenden Tageslicht. Wie sie dort nebeneinanderstanden, wirkten sie wie immer, genauso, wie er sie jeden Tag seines Lebens gekannt hatte. Bis auf ihre Augen. Diese Traurigkeit in ihren Augen! Mayï spürte, wie sich ein Kloß in seinem Hals bildete; er blinzelte die Tränen weg.

„Mayï." Sein Vater sprach als erster. „Deine Mutter und ich haben beschlossen, dir eine Botschaft mit auf den Weg zu geben, falls uns beiden etwas zustoßen sollte. Wir haben immer schon mit der Gefahr gelebt, sie ist ein Teil dessen, was uns ausmacht, glaube ich; doch die Vorstellung, dich alleine zu lassen, gehen zu müssen ohne wenigstens ein paar Worte des Abschieds – dieser Gedanke ist uns unerträglich. Wir hatten kurz überlegt, ob nicht jeder von uns seine eigene Botschaft aufnehmen sollte, doch wir sind zu dem Schluss gekommen, dass, falls das Schlimmste eintreffen sollte, keiner von uns beiden das überstehen würde. Getrennte Aufnahmen machen deshalb keinen Sinn. Da du uns nun zuhörst, hat sich diese Annahme bestätigt. Es tut uns so fürchterlich leid, dass wir nun nicht mehr da sind, um dich auf deinem weiteren Weg zu begleiten."

Lerean stockte und Toï sprang ein: „Welche Ereignisse auch immer zu diesem Augenblick geführt haben, was immer auch geschehen ist, es ist Vergangenheit. Versuche auf keinen Fall einen Rachefeldzug zu starten gegen jene, die du als deine Feinde ausgemacht hast. Schau nach vorn, in deine Zukunft."

Sie wussten es, dachte Mayï. Sie haben es die ganze Zeit gewusst und sind dennoch in die Falle getappt.

Toï atmete einmal tief ein und fuhr dann fort: „Wir haben uns stets bemüht, dir die beste Ausbildung zukommen zu lassen, auch wenn du bisweilen anderer Meinung warst." Mayï lächelte wehmütig. Die Lektionen mit seiner Mutter waren ausnahmslos anstrengend gewesen, sie konnte streng und unnachgiebig sein. Dabei mussten sie ständig darauf achten, dass niemand etwas vom wahren Zweck des Unterrichts mitbekam. Niemand durfte wissen, dass Toïs Sohn die gleichen Kräfte hatte, wie sie – bloß um ein Vielfaches stärker. Nur Lerean wusste davon und übte ebenfalls mit ihm, wenn er ihn nicht gerade im Kampf unterrichtete. Der Waffenmeister, mit seinen Schülern hart, fordernd und unerbittlich, hatte seinen Sohn zwar liebevoll, doch kaum weniger streng erzogen. Mayï hatte sich rasch zu einem guten und talentierten Kämpfer entwickelt, die Seele eines Kriegers – diesen entrückten, eisigen Gleichmut – aber besaß er nicht. Für seine Eltern war diese Erkenntnis eine große Erleichterung gewesen.

„Du hast uns in den letzten Jahren bewiesen, dass die Erkundung der Natur und des Universums deine wahre Berufung ist, und uns ist klargeworden, dass wir dich eines Tages würden ziehen lassen müssen, hinaus zu den Sternen. Doch da ist noch mehr." Toï ergriff Lereans Hand. Während der ganzen Aufzeichnung suchten die beiden immer wieder die Nähe des anderen, klammerten sich aneinander, als suchte ein jeder dem anderen Trost zu spenden und gleichzeitig bei ihm Kraft zu schöpfen. Mayï hatte eine Ahnung, wie unglaublich schwer es den beiden gefallen sein musste, diese Botschaft zu sprechen.

„In den letzten Jahren ist der Ton innerhalb der Gemeinschaft rauer geworden." Sein Vater sprach wieder. „Ein paar Mitgliedern missfallen die Freiheiten der Schulen, ihre Schlagkraft und Waffenstärke – sie fürchten im Grunde genau das, was sie am nötigsten brauchen, um das Gefüge aufrechtzuerhalten." Lerean schüttelte den Kopf. „Sie haben das Ziel aus den Augen verloren. Die Bestimmung unserer Gemeinschaft. Am meisten jedoch haben sie Angst vor Toï, weil sie ein so ungeheures Potential entwickelt hat." Er schnaubte. „Wenn ich bedenke, dass man sie aus ebendiesem Grund überhaupt erst hierhergebracht hat. Und dann fürchten sie natürlich mich, den Gauch in ihrer Mitte. ‚Monster', ‚Dämon', ‚Teufel', in jeder Welt, die ich im Laufe der Zeit besucht habe, existiert ein Wort, das die Völker in ihrer Unkenntnis meinesgleichen verleihen. Es ist nur eine Frage der Zeit, bis sich der Hass dieser Leute auch gegen dich richtet, Mayï. Wir würden es uns nie verzeihen, wenn du unseretwegen zu Schaden kämest." Er legte einen Arm um Toï und drückte sie an sich. „Deshalb haben wir beschlossen, dich früher als geplant loszuschicken und mit den Vorbereitungen begonnen. Die Schulen der Piloten schicken uns einen ihrer Schüler, von dem seine Lehrer behaupten, er sei zwar nicht untalentiert, aber es mangele ihm an Disziplin. Ich persönlich denke, er – es will mir nicht gelingen, seinen Namen auszusprechen; das überlasse ich dir – ist einfach nur unterfordert. Eine ausgedehnte Reise, bei der er sowohl das Erlernte als auch sein eigenes Können unter Beweis stellen kann, wäre das Richtige für ihn. Ihr beide werdet gut miteinander auskommen."

Toï fuhr fort: „Nachdem wir also einen Piloten gefunden hatten, haben wir einen Springer ausgewählt. Übermorgen – wir machen diese Aufzeichnung einen Tag vor der Sommersonnenwende – wird der Pilot den Springer beziehen; bis zur nächsten Wintersonnenwende sollten dann beide hier angekommen sein, damit ihr euch kennenlernen könnt." Bis zur Wintersonnenwende waren es noch achtundsechzig Tage, Ni und Pao mussten Himmel und Hölle in Bewegung gesetzt haben, um das Schiff so schnell herzubekommen.

„Ihr werdet nicht auf gut Glück losziehen, sondern einer festen Route folgen, die euch zu den unterschiedlichsten Orten bringen wird. Die einzelnen Etappen haben deine Mutter und ich zusammen und im Einvernehmen ausgewählt." Lerean bemerkte, dass Toï ihn scharf von der Seite her anblickte und fügte mit einer Spur Resignation hinzu: „Die meisten jedenfalls. Sie werden dir verstehen helfen, aus welch unterschiedlichen Welten und Kulturen die Personen in deinem Umkreis stammen.

Du wirst auch erfahren, wo deine eigenen Wurzeln liegen, und dort vielleicht auch die Erklärung finden für manche Frage, die du dir gestellt haben musst.

Doch eines möchte ich klarstellen", sagte sein Vater und blickte ihm direkt in die Augen, was eigentlich unmöglich war, er konnte bei der Aufzeichnung nicht gewusst haben, wo und auf welcher Höhe sich Mayï befinden würde. Oder etwa doch? Diese intuitive Fähigkeit, sein Gegenüber so gut zu kennen, dass er jede seiner Bewegungen vorherzusehen wusste, war vielen unheimlich gewesen. Lerean schien seinen Sohn regelrecht zu studieren aus Augen, die hinter den zu schmalen Schlitzen zusammengekniffenen Lidern verborgen waren. Es waren hübsche Augen, die er auch seinem Sohn vererbt hatte, eine rostbraune Iris mit goldgesprenkeltem Rand und einer vertikalen Pupille. Blinde Augen, im Übrigen, wie Mayï selbst erst vor wenigen Tagen erfahren hatte; genau wie Mayïs Potential war Lereans Blindheit eines der bestgehüteten Geheimnisse seiner Eltern gewesen.

„Dies wird keine Vergnügungsreise. Es wird kein Abschweifen von der Route geben, keine Expeditionen auf eigene Faust. Die Reise ist Teil deiner Ausbildung, die Umsetzung in die Praxis dessen, was du und dein Pilot bisher gelernt habt. Die Mission, wenn du sie so nennen willst, steht unter der Aufsicht meiner Meisterschüler. Sie werden deine Mentoren sein. Du wirst ein Logbuch führen und ihnen regelmäßig Bericht erstatten. Kommt ihr vom Kurs ab oder haltet ihr den Zeitplan nicht ein, werden sie sich aufmachen und nachsehen, was los ist. Du hast den Befehlen meiner Schüler strikt Folge zu leisten, ohne Diskussion; bedenke, dass ihr da draußen auf euch gestellt sein werdet und Hilfe, wenn überhaupt, erst spät eintreffen kann. Daher tut, was man euch sagt."

Mayï sackte ein wenig zusammen. War ja klar, dass die Sache einen Haken hatte.

Als hätte er diese Reaktion seines Sohnes einkalkuliert – natürlich hatte er das! –, grinste Lerean; seine ernste Miene, in der stets ein resignierter Fatalismus zu liegen schien, erhellte sich schlagartig, als würde die Sonne durch eine Gewitterwolke brechen. Tiefe Lachfalten gruben sich in sein wettergegerbtes Gesicht. Mayï hatte diesen Anblick geliebt, seit er denken konnte, so rar war er. Nun brach er ihm das Herz.

„Nun mach kein langes Gesicht, du wirst schon deinen Spaß haben. Wir haben kosmische Strömungen mit eingeplant. Und die verschollene Sphäre."

„*Du* hast sie eingeplant, nicht ich." Toï sah ihren Gefährten tadelnd an. An Mayï gewandt, fuhr sie fort: „Ich konnte ihm das nicht ausreden, deshalb muss ich mich auf deine Vernunft und die deines Piloten verlassen können. Seid vorbereitet. Und seid vorsichtig."

„Mayï", fuhr sein Vater, nun wieder ernst, fort, „bevor du in unser Leben getreten bist, haben wir uns nie bewusst mit der Zukunft beschäftigt. Vielleicht haben wir sie auch nur verdrängt. Wir waren auf den Moment fokussiert, auf unsere Aufgaben und darauf, wie wir sie am besten meistern würden. Uns war wichtig, dass wir aus einem Auftrag lebendig und ohne große Verluste wieder herauskamen. Die Zukunft bestand aus einer überschaubaren kurzen Zeitspanne von einer Mission zur nächsten. Dann kamst du und hast alles verändert. Durch dich mussten wir lernen, weit – um Jahre sogar – vorauszuplanen, um dir eine Richtung aufzuzeigen, der du folgen solltest, bis du alt genug sein würdest, deinen eigenen Weg zu gehen. Dieser Augenblick ist nun zum Greifen nah. Deine Ausbildung ist fast beendet und die Zukunft gehört dir. Durch dich haben wir erfahren, was es bedeutet, eine Kindheit zu haben, du hast uns beigebracht, nicht immer alles so ernst zu nehmen. Manchmal sogar ein wenig Unsinn zu machen. Ich hoffe, dass das, was wir dir beibringen konnten, dir in deinem Leben von Nutzen sein wird. Du bist das Beste, das uns je passiert ist, und ich bin unendlich dankbar, dass ich dein Vater sein durfte. Erinnere dich an das Versprechen, das du uns einst gegeben hast. Nichts ist in diesen Tagen wichtiger. Und wo auch immer du bist, wo auch immer wir sein werden, denke daran, dass wir dich von ganzem Herzen lieben. In diesem Augenblick. Immer."

Mit einem kleinen Piepton schaltete sich der Projektor aus und das Hologrammbild verschwand. Mayï saß noch eine ganze Weile auf dem Kang und blickte mit tränennassem Gesicht in die Dunkelheit zu der Stelle, wo eben noch seine Eltern gestanden hatten.

4.

* * *

Er war in dem alten Gletscherbett im Tal oberhalb seines Zu-
hauses. Wieder. Zu seiner Linken erhoben sich die Ausläufer der Zentralen Bergkette, die sich vom Äquator bis an den
Rand des nördlichen Pols erstreckte. An den vom Eis glatt ge-
schliffenen Wänden des Tals hatten sich längst wieder Bäume angesiedelt, zähe, schmale Koniferen, die dem rauen Wind
trotzten, der hier ständig wehte. Rechts war der Blick auf das
tiefergelegene Plateau von flechtenbehangenen Baumwipfeln
verborgen. „Schau mal!", hörte er sich mit heller Kinderstim-
me rufen und sah einen riesigen Felsbrocken vom Boden ab-
heben und schweben, immer höher, bis in den Himmel, wo er
zerplatzte, wie ein lautloses Feuerwerk, und Tausende winziger Bruchstücke sich zwischen den Sternen verteilten. „Vater,
hast du das gesehen?" Aber es kam keine Antwort, sein Vater
war verschwunden, genauso wie der Felsen. Und obwohl er
wusste, was als nächstes passieren würde, weil er es schon zig
Mal erlebt hatte, Nacht für Nacht für Nacht, war er unfähig,
sich gegen das Grauen zu wehren, das sich in ihm ausbreitete. Er spürte, wie seine Füße nass wurden und schaute an sich
herunter. Er stand in einem der kleinen flachen Rinnsale mit
Gletscherwasser, die durch das steinige Flussbett mäanderten.
Das Wasser war blutrot. Immer mehr Blut strömte nach, schwoll
an, drohte ihn von den Füßen zu reißen. Er blickte auf, um zu
schauen, wo diese Flut herkam. Weiter flussaufwärts machte
das Tal eine Biegung, flankiert von schroffen Felswänden. Ein
Schatten fiel dort auf die Bergflanken, kroch über sie, wie etwas Lebendiges, und wo die Schatten hinlangten, verschlan-
gen sie das Licht. „Denk an dein Versprechen", wisperte die

Schwärze, als sie auf ihn zurollte wie eine Lawine und die Sterne über ihm auslöschte.

* * *

Mayï erwachte mit einem Ruck in der Dunkelheit, schweißgebadet und mit einem metallisch-bitteren Geschmack im Mund. Immerhin hatte er dieses Mal nicht geschrien, wie in den Nächten zuvor, und Pao kam nicht die Treppe hochgerannt, sondern blieb unten. Sie weigerte sich, ihn nachts allein zu lassen in diesem leeren Haus voller Gespenster. Er wiederum wollte nicht in eines der freien Schülerquartiere ziehen, sondern weiter in seinem Zimmer bleiben, und so ließ sich Pao am Fuß der Treppe nieder, wenn Mayï endlich zu Bett ging, und wachte über seinen Schlaf. Mit einem Seufzer ließ sich Mayï zurück auf die Matratze fallen und starrte an die Decke. Er fühlte sich erschöpft, einsam und schuldig. Hätte er den Sprung besser beherrscht, wäre er vielleicht noch rechtzeitig eingetroffen, um das Schlimmste zu verhindern. Stattdessen war er an der falschen Stelle herausgekommen und hatte wertvolle Zeit verloren. Er war zu spät gekommen, das Wasser bereits rot gefärbt von Blut. Tagsüber waren die Gewissensbisse leichter zu ertragen, doch jetzt, in der Stille der Nacht, nagten sie ohne Unterlass an ihm. Er überlegte, ob er nicht aufstehen und hinunter zu Pao gehen sollte. Eine Unterhaltung mit ihr würde ihn von seinen düsteren Gedanken ablenken. Aber bald würde er das nicht mehr tun können, auf dem Schiff gab es niemanden mit dem er reden konnte – vom Piloten abgesehen. Nein, ab jetzt musste er alleine klarkommen mit seinen Gedanken und seinen Dämonen. Er musste versuchen, sie ziehen zu lassen wie Wolken am Himmel, so wie er das beim Meditieren gelernt hatte. Aber diese Wolken hier waren wie Wirbelstürme, die alles mit sich rissen, was ihnen in die Quere kam. Wie sollte er einen Sturm wegmeditieren?

* * *

Die Tage vor dem Aufbruch verbrachte Mayï damit, seine Lehrer zu besuchen, die ihn mit vielen guten Ratschlägen und reichlich Lernstoff bedachten und von ihm – war ja klar – regelmäßige Berichte erwarteten. Die Meister der Waffenschulen kamen vorbei, um ihm eine gute Reise zu wünschen und nebenbei zu erwähnen, dass sie zufällig an diesem und jenem Punkt der Route auf Mission seien und bei der Gelegenheit nach dem Rechten sehen würden. Großmeister Harm von der Schule unten in der Ebene und seine Gefährtin Hedda, die beste Pilotin mechanischer Flieger, hatten ihm bereits Kontrollbesuche angekündigt. „Ich weiß, du willst da draußen gern dein eigener Herr sein und dir nicht ständig von einem Erwachsenen vorschreiben lassen, wo es langzugehen hat", hatte Harm gesagt und sich über ihn gebeugt, groß, mächtig, furchterregend, seine hellen Augen mit den winzigen Pupillen auf ihn gerichtet. „Aber den Sohn meines besten Freundes werde ich nicht einfach so sich selbst überlassen. Ich werde euch im Auge behalten, dich und deinen Piloten." Kurz danach hatte ihn Hedda beiseite genommen, ihm die Haare zerzaust – nicht, dass sie vorher besonders ordentlich ausgesehen hätten – und ihm zugeflüstert: „Wir werden dich schon in Ruhe lassen, aber du sollst auch wissen, dass wir über dich wachen."

Meistens war er aber oben beim Raumdock, um sich mit dem Springer vertraut zu machen und seine Kajüte einzurichten, die für längere Zeit sein Zuhause werden sollte. Es galt, Vorräte einzulagern und sicherzustellen, dass der Datentransfer ohne Informationsverlust verlief – nicht überall würden sie Kommunikationsbojen vorfinden, die ihnen den Zugang zum Datenspeicher der Gemeinschaft ermöglichten.

Mayï und der Pilot verstanden sich auf Anhieb, vielleicht, weil sie dieselbe Aufregung und Vorfreude auf die Reise teilten. Wohin Mayï auch ging, der Pilot glitt ihm hinterher, durch dikke Rohre, die zusammen mit den feinen Kanälen des Netzwerkes das Schiff durchzogen. Das quallenartige Wesen kommunizierte mittels Lichtimpulsen, und Vibrationen, die sein Körper erzeugte. Ein Übersetzungsprogramm sorgte dafür, dass er sich mit anderen unterhalten konnte. Mayï hatte es zunächst auf karneanische Hofsprache eingestellt, die Muttersprache seiner Eltern; die Umgangssprache der Meute war das Kriegsjargon von Lereans Heimat: aufs Nötigste reduziert, unmissverständlich, hart und ohne Vergangenheitsform, denn ein Krieger existierte nur im Hier und Jetzt. Selbst wenn er sie perfekt beherrschte, so blieb Mayï die Standardsprache der Gemeinschaft doch stets fremd. „Das verstößt gegen das Bordprotokoll, auch wenn es für dich noch so praktisch ist", hatte ihm Pao anschließend erklärt. „Denke daran, dass alles aufgezeichnet wird und für jeden der Gemeinschaft verständlich sein muss. Niemand außer uns versteht Karneanisch. Kaum zu glauben, aber wahr", fügte sie neckend hinzu, sodass Mayï mit den Augen rollte.

Ganz besonders interessierte den Piloten, was in Mayïs Kajüte vorging. „Was ist das?", hatte er gefragt, als Mayï das kleine Regal füllte.

„Bücher", hatte Mayï geantwortet. „Eine Art begrenzte Datenträger."

„Wozu brauchst du die noch? Unsere Datenbank ist riesig."

„Das ist nicht dasselbe", hatte Mayï geantwortet. „Ein Buch kannst du riechen, du kannst es mit in eine gemütliche Ecke nehmen und dort lesen. Ein Buch kann man nahezu überall lesen."

„Wirklich, ja? Auch hier drin?", fragte der Pilot und gab ein Blubbern von sich. Seine Art zu lachen.

„Außerdem", fuhr Mayï unberührt fort, „nehme ich sie nur noch sehr selten in die Hand. Es sind meine alten Kinderbücher. Ich wollte sie nur dabeihaben, als Erinnerungsstücke." Er drehte sich zu einer Stelle an der Außenwand, durch die eine der großen Röhren entlanglief. Die Wand war hier durchsichtig und Mayï konnte den Kopf des Piloten dahinter im Wasser schweben sehen. Der blickte aus seinen zahlreichen kleinen Augen zurück, die er nach Belieben bewegen konnte, selbst bis in die Spitzen seiner Tentakel, wie er Mayï erklärt hatte.

„Was hast du denn als Andenken mitgebracht für die Reise?", fragte er den Piloten.

„Erinnerungen", antwortete der, „und Informationen, die ich in die Datenbank eingegeben habe. Mit Gegenständen kann meine Spezies nichts anfangen. Wir Chloeopsiden benutzen mehr unseren Kopf." Mayï lachte. Es klang jung und unbeschwert und alle, die gerade an Bord waren und es hören konnten, atmeten erleichtert auf.

Der Pilot gab wieder sein blubberndes Gelächter von sich, als Ni die Funktionen der Hygienestation erklärte. „Wir haben uns für deinen Springer gegen einen Abort entschieden, der sich der jeweiligen Spezies anpasst. Zu wenig Platz. Stattdessen stellst du dich hierhin." Er deutete auf eine mit Metall ausgekleidete, mannshohe Nische in der dicken Wand. „Im Grunde handelt es sich um eine rudimentäre Lebenserhaltungseinheit, nur vertikal eingebaut. Sie befreit deinen Körper von allem, was nicht mehr dort hineingehört und lässt gleichzeitig ein Diagnoseprogramm laufen. Nur für den Fall."

„Nur für den Fall", fragte Mayï, dem die Vorrichtung nicht ganz geheuer war, „was mache ich, wenn das Ding ausfällt? Einen Eimer nehmen und anschließend ins All kippen?" Ni lachte und betätigte mit dem Fuß einen Schalter. Der Metallboden glitt nach vorn und entblößte ein Loch, mit Mulden zu beiden Seiten für die Füße.

„Für den *Not*fall", betonte Ni. „Du brauchst dir nur auszumalen, was passiert, wenn die Schwerkraft ausfällt." Mayï verzog das Gesicht. Nein, das wollte er sich nicht vorstellen.

Die eigentliche Diagnosestation befand sich auf der anderen Seite des Raumes und war ebenfalls in die Wand eingelassen und bereits voll entfaltet, anstatt wie gewöhnlich in Kugelform auf ihren Einsatz zu warten. An der Wand des vergrößerten Gleitkanals dahinter war das Pendant für den Piloten installiert.

„Die Toilette übermittelt die Daten an den Bordcomputer", erklärte Ni und klopfte gegen die Station. „Wenn die hier aktiviert wird, schickt sie umgehend ein Signal an uns, ebenso wie alle Informationen über euren Zustand. Hoffen wir, dass ihr zwei sie nicht brauchen werdet."

Zu seinem Bedauern musste Mayï feststellen, dass es an Bord kein Bad gab in der Art, wie er es von zu Hause her kannte, mit einem großzügigen Wasserbecken, aus dessen Wänden auf eine

Handbewegung hin ein warmer Wasserfall rauschte. Die Dusche war ebenso minimalistisch und funktional wie alles andere im Hygieneraum: Ein mannshoher durchsichtiger Zylinder mit zahlreichen Wasser- und Luftdüsen reinigte schnell und effizient. Mayï beneidete den Piloten um seinen Wassertank.

Der Wasserkreislauf eines Springers war kompliziert und der Aufwand, um ihn mit Frischwasser zu versorgen, groß. Es galt demnach, keinen Tropfen zu verschwenden. Das Abwasser wurde in seine Atome zerlegt und wiederverwendet. Ebenso verhielt es sich mit allen anderen Abfällen und Ausscheidungen. An Sauerstoff mangelte es nicht, dafür sorgte die organische Beschaffenheit des Springers; seine Wände waren durchsetzt mit phosphoreszierenden Algen, die unablässig Sauerstoff in die Luft abgaben. Das Kohlendioxid atmender Wesen und die zerlegten organischen Abfälle versorgten wiederum die Algen mit allen nötigen Mineralien. Ein Springer mit seiner Besatzung war ein beinahe autarker Organismus.

„Wie heißt du eigentlich?", hatte Mayï den Piloten bei ihrer ersten Begegnung gefragt und als Antwort eine Serie von an- und abschwellenden Pfeiflauten bekommen. Es dauerte einen Augenblick, bis er begriff, dass der Übersetzer keine Fehlfunktion hatte, sondern tatsächlich die Töne einfach wiederholte. Nun verstand er, was sein Vater damit gemeint hatte, als er sagte, er könne den Namen nicht aussprechen. Für den Namen des Piloten gab es überhaupt keine Worte. „Tut mir leid", sagte Mayï, „damit kann ich nichts anfangen. Aber ich muss dich doch irgendwie anreden können, ohne dauernd ‚Pilot' sagen zu müssen." Er fuhr sich mit beiden Händen durch das krause Haar und überlegte. „Für einen Pfeifer wie dich müssen wir uns was einfallen lassen." Mayï stutzte und blickte zum Wasserrohr in der Wand. Der Pilot ließ ein Blubbern ertönen und Mayï grinste.

5.

* * *

Beim Abschied flossen keine Tränen. Die Mitglieder der Meute waren herzlich aber ihrer Natur entsprechend unsentimental; Mayï selbst war zu aufgeregt, um emotional zu sein – dafür sorgte ein wässriges Gefühl in seinen Eingeweiden. Es gab viel Gelächter und Schulterklopfen und feste Umarmungen; die kleine Philia, jüngste Meisterschülerin seines Vaters, musste sich auf die Zehenspitzen stellen, um ihm einen Kuss auf die Wange zu geben. Karkuru hatte sich bereits von ihm verabschiedet. Er leitete seine eigene Schule jenseits des Äquators und kam nur noch gelegentlich vorbei. So wie jetzt. So wie damals, am Tag, der alles verändern sollte.

Mayï war am Vorabend seiner Abreise nach draußen gegangen, über die hintere Veranda am kleinen Waffensaal seines Vaters vorbei in den Garten. Hatte noch einmal den Duft der Teesträucher eingeatmet, die in ordentlichen Reihen den Hügel zum Wald hinauf Spalier standen. Sein Vater hatte die kleine Plantage in jahrzehntelanger Arbeit angelegt, nach und nach Setzlinge von überall her zusammengetragen, gepflanzt und gepflegt und im Frühling die jungen Triebe geerntet. Am Fuß des Hügels, ein paar Schritte vom Teich entfernt, stand eine kleine Hütte mit allem, was zur Herstellung von Tee nötig war: ein Ofen und große Silberpfannen zum Erhitzen der Ernte, lange Tische zum Ruhen und Fermentieren der Blätter, offene Regale zum Trocknen. Der Tee von Altmeister Lerean war beliebt und den Großteil der Ernte verschickte er an Abnehmer in der Kernwelt und selbst zu entlegenen Außenposten.

„Tee ist nicht nur Nahrung für deine Mutter und mich", hatte sein Vater ihm einmal erklärt. „Sich hinsetzen, in der Hand eine warme Tasse, den Duft des Tees in der Nase, seine Gedanken schweifen lassen – es ist ein Ritual. Mit den Arbeitsschritten, die zu dieser einen Tasse Tee führen, verhält es sich ebenso." Dabei hätte er sich die Mühe des Anbaus doch so einfach ersparen können, hätte seine Fähigkeiten einsetzen können, so wie auf seinen Missionen. Unkraut jäten? Er hätte es in einem Augenblick zu Staub zerfallen lassen können. Und statt die Blätter mühselig eines nach dem anderen mit der Hand auszurupfen, wäre es doch viel einfacher gewesen, sie allesamt zu erfassen und wie eine Wolke in den Korb schweben zu lassen. Aber nein! Neben seinen langen Streifzügen durch die Berge waren diese ganze Arbeit und all der Aufwand Lereans Art, den Kopf freizubekommen. Denn ein Gauch lauschte niemals nur seinen eigenen Gedanken; ein Gauch war nie wirklich allein.

Wer würde sich nun um die Plantage kümmern? Außer Ni mochte hier oben niemand das bittere Getränk.

„Störe ich dich, Mayï?", hatte eine Stimme hinter ihm gesprochen, näselnd, schnarrend, unverkennbar. Mayï hatte sich umgedreht und Karkurus lange Silhouette gesehen, die auf ihn zukam. Seine Bewegungen wirkten schlaksig und unbeholfen, als wüsste er nicht, wohin mit seinen langen Gliedern, doch er war ein Meisterschüler seines Vaters gewesen und, so wie Pao, Philia und Ni, zudem Großmeister. Einem Gegner, der diesen scheinbar ungelenken Mann unterschätzte, blieb meist keine Zeit mehr, seinen Irrtum zu bereuen. Karkuru hatte dem Jungen zur Begrüßung das feuerrote Haar zerzaust – was fanden sie bloß alle an seinen Haaren! – und gesagt: „Ich bin gekommen, um dir eine gute Reise zu wünschen. Man hat mir gesagt, dass Pao und Ni gar nicht mal so schlechte Arbeit geleistet haben, um den Zeitplan zu verkürzen. … Was?" Er musste etwas in Mayïs Blick gesehen haben.

„Versteh mich nicht falsch", hatte Mayï gesagt, „ich freue mich wirklich auf die Reise, ehrlich, ich kann es kaum erwarten. Besonders, nachdem ich allen jahrelang damit in den Ohren gelegen habe. Aber …"

„Aber?", hatte Karkuru nachgehakt.

„Wieso muss ich jetzt so schnell aufbrechen? So überstürzt, als wollte ich fliehen? Sie sagen, es wäre sicherer für mich, aber ist es das? Ich meine, das hier ist mein Zuhause, warum kann ich nicht selbst entscheiden, wann ich es verlasse? Sie sagen dauernd, selbstverständlich könnte ich bleiben, wenn ich das wollte, aber ihre ganze Haltung verrät etwas anderes." Sie: Ni, Pao und Philia. Harm und Hedda.

„Mayï, du allein entscheidest, was du tun möchtest. Und ja, dies ist dein Zuhause, aber das wird es auch noch sein, wenn du von deiner Reise zurückkommst. Du willst wissen, warum wir dich von hier weghaben wollen? Das ist der andere Grund, aus dem ich gekommen bin." Während ihrer Unterhaltung hatten sie sich der Hütte genähert, unter deren überhängendem Dach eine schlichte Sitzbank stand. Trotz des aufsteigenden Bodennebels war das Holz noch trocken und die beiden hatten sich hingesetzt. Dann hatte Karkuru begonnen zu erzählen.

„Am Tag des Anschlags war ich bei deinem Vater, wie du ja weißt. Ich hatte ihn aufgesucht, um ein paar persönliche Dinge mit ihm zu besprechen und ein paar Ratschläge einzuholen. Ich kam unangekündigt, und der Meister war schon unterwegs auf seiner Runde durch die Berge. Er nahm immer den gleichen Weg, stets zur gleichen Zeit, wie ein Uhrwerk." Karkuru seufzte. „Hätte er doch nur dieses eine Mal einen anderen Weg genommen! Jedenfalls bin ich ihm hinterhergelaufen und habe ihn eingeholt. Den Rest des Weges sind wir nebeneinander gelaufen. Wir waren beide ins Gespräch vertieft, hatten den Wald gerade hinter uns gelassen und wollten das alte Gletscherbett überqueren, als dein Vater mitten im Schritt innehielt. Er schwankte leicht, erst verstand ich nicht, wieso. Es hatte kein Geräusch gegeben, keine Warnung. Der Hinterhalt war so gut gelegt, dass der Meister, selbst, wenn er nicht durch mich abgelenkt gewesen wäre, ihn nicht bemerkt hätte. Er fasste sich an den Bauch und als er die Hand zurückzog, war sie voller Blut. Ich sah zwei glatte Durchschüsse. Der Meister wechselte sofort in den Kampfmodus, wie früher, und befahl mir, Hilfe zu holen. Du weißt, was ich meine: die Art, wie er mit einem einzigen Blick eine ganze Reihe an Befehlen erteilen konnte. All das passierte beinahe gleichzeitig, aber … Nie zuvor habe ich erlebt, dass dein Vater sich vor irgendetwas gefürchtet hätte, doch in dem Augenblick, als die Schüsse ihn trafen und er das Blut an seinen Händen sah, habe ich Angst in seinen Augen gesehen – große Angst. Nicht seinetwegen, ihm war in dem Moment vollkommen klar gewesen, was ihm bevorstand. Ich glaube, er hatte sein ganzes Leben auf diesen Augenblick gewartet. Nein, seine Sorge galt dir und deiner Mutter. Ganz besonders galt sie dir, Mayï. Ich weiß nicht, was sie deiner Mutter angetan haben, aber eines ist sicher: Sie haben sie benutzt, um ihn davon abzuhalten, sich zu wehren. Nicht auszudenken, was passiert wäre, wenn du noch bei Toï gewesen wärst, als die Falle zuschnappte. Ich bin also losgerannt, so schnell ich konnte, zurück zur Schule. Deinen Vater habe ich noch rufen hören: ‚Lasst sie in Ruhe, ich bin es doch, den ihr wollt.‘ Den Rest kennst du ja.“

Dieser *Rest* verfolgte Mayï seither in seinen Alpträumen. Der metallische Geruch, der gebrochene Körper in seinen Armen, die Kleider durchnässt von Schmelzwasser und Blut. Das Wissen um die Agonie seiner Mutter, tief in seinem Herzen. Er sah die Schüler der Meute wie sie fluchten und brüllten, ein lebender Schutzwall zwischen ihm und den Schützen im Hinterhalt, er hörte das tiefe Brummen der Kanonen, Geschütze, die einzig dazu dienten, die Kraft eines Gauch unwiederbringlich zu vernichten. Er durfte nicht zulassen, dass sie ihn auf diese Art töteten, aber er war nur ein Junge und er hatte seinen Eltern sein Wort gegeben.

Karkuru hatte einen Arm um Mayïs Schultern gelegt und jeden Satz mit einem sanften Druck seiner langen Finger bekräftigt. „Deine Eltern haben ihr Leben gegeben, um dich zu schützen. Und Ni, Pao, Philia, ich – wir alle – sind bereit, dasselbe zu tun. Weil du wie ein kleiner Neffe für uns bist. Weil du etwas Besonderes bist. Deine Eltern wussten das; Ni hat gesagt, dass er eine winzige Ahnung davon erhaschen konnte, als er dich – oder vielmehr du ihn – hierher zurückbrachte. Wir wollen dich nicht verstecken, im Gegenteil: Du wirst dort sein, wo dich jeder sehen kann, wo wir ein Auge auf dich haben können und wo niemand ohne unser Wissen auch nur auf Lichtjahre in deine Nähe kommt. Es ist sehr wichtig, dass du verstehst, warum wir das tun.“

Mayï hatte nur schwach mit dem Kopf nicken können. Er fühlte sich schuldiger denn je.

„Es wird kühl. Komm, Mayï, gehen wir zurück ins Haus."

In dieser Nacht drängten sich vier Meisterschüler auf der Treppe zu Mayïs Zimmer.

6.

In aller Frühe brachen sie auf – Mayï, Ni, Pao und Philia. Die Meute stand im Hof zwischen dem Haus und der Großen Halle und blickte der Fähre nach, wie sie senkrecht nach oben stieg und zwischen den Wolken verschwand. Die Tür zum Haus, in dem der Junge sein ganzes Leben verbracht hatte, stand offen. In der Diele gab es eine Nische mit einem Gestell aus glänzendem Lack, auf dem sein Vater sein Langschwert abzulegen pflegte. Mayï war nicht aufgefallen, dass an diesem Morgen das Schwert fehlte.

Sie hatten den äußeren Asteroidengürtel passiert, die Sonne ihrer Heimatwelt war nur noch ein Stern unter vielen. Drei Tage hatten sie für die Einarbeitung geplant – Mayï und Pfeifer, sein Pilot, in ihrem kleinen Springer, die anderen auf dem ausgewachsenen Exemplar. Zum gefühlt hundertsten Mal ging Mayï zusammen mit Hedda die Steuerungsprotokolle durch und manövrierte den Springer vom Steuerpult aus durch ausgedehnte Felder schwebender Metall- und Eisbrocken. Ab und zu wurde es eng und Mayï heiß, doch das Magnetfeld des Springers verhinderte jedes Mal eine Kollision.

„Wie schaffst du es eigentlich, den Gang rauf- und runterzulaufen, ohne dich andauernd zu stoßen?", feixte Pfeifer aus seinem Wassertank heraus. „Wenn du so laufen würdest, wie du fliegst, wärst du ständig grün und blau."

Mayï ignorierte ihn und konzentrierte sich. Es wäre so viel einfacher, ohne Instrumente zu fliegen und das Schiff nur mit seinem Willen zu lenken – oder, um den Gedanken weiterzuspinnen, die Asteroiden gleich alle aus der Flugbahn zu räumen. Aber

Mayï dachte an sein Versprechen. Schon am zweiten Tag waren ihm die Proportionen des Springers so vertraut, dass er mühelos zwischen fliegenden Hindernissen navigieren konnte. Hedda, die hinter dem Jungen am Steuerpult stand, verkniff sich einen erleichterten Stoßseufzer und lächelte stattdessen aufmunternd.

* * *

„In Ordnung, Leute, heute ist es so weit", verkündete Hedda am dritten Tag, „wir springen." Alle außer Mayï und seinem Piloten hatten den kleinen Springer verlassen. Es gab nur noch ihr kleines Team. Ab hier begann ihr Abenteuer. Mayï saß im Sessel des Navigators, doch dieser Moment gehörte ganz Pfeifer. Er hörte den Austausch zwischen dem jungen Piloten und seinem Mentor, der das Begleitschiff dirigierte, in dem gurgelnden Singsang, der für ihre Spezies so typisch war.

„Bereit?", fragte Pfeifer nach einer Weile. Mayï bejahte, hatte aber ein mulmiges Gefühl. Es schlug ihm jedes Mal auf den Magen, wenn er mit einem Springer den Raum überbrückte. Zunächst krümmte sich das Schiff zusammen und spannte sich wie eine Feder. Ein Korridor, der eben noch horizontal verlaufen war, wölbte sich, sein Ende sackte ab und verschwand aus dem Blickfeld. Gleichzeitig nahm die künstliche Schwerkraft zu und man fühlte sich unglaublich schwer, als hätte man Steine verschluckt. Dann, im Augenblick höchster Anspannung, ließ der Springer los und sein Körper schnellte in die andere Richtung; die dabei freiwerdende Energie katapultierte ihn durch das Raumgefüge. Der Sprung eines Schiffes war hübsch anzusehen: Eben war es noch da, krumm wie eine Bohne, dann konnte man noch gerade sehen, wie sich die Spannung entlud – und weg war es; was blieb, war eine kugelförmige Verzerrung des Lichtes, dort, wo eben noch der Springer gewesen war. „Als würde man einen Stein ins Wasser werfen, nur umgekehrt", hatte Mayï es einmal beschrieben, nachdem er seinen ersten Springer beobachtet hatte.

Jetzt drehte sich Mayï im Sessel um und blickte nach oben zum Korridor. Von seiner Position aus konnte er nur einen kleinen Ausschnitt der Decke sehen, und, ja, sie wölbte sich. Aber nicht genug. Er fühlte sich auch nicht nennenswert schwerer, wie das bei einem solchen Manöver eigentlich der Fall sein sollte. Mayï stand auf, um die Decke des Korridors besser beobachten zu können. „Pfeifer, hast du schon mal einen Sprung absolviert?", fragte er seinen Piloten.

„Ich weiß, wie's gemacht wird."

„Das ist keine Antwort auf meine …"

Weiter kam er nicht, denn ein heftiger Ruck ging durch das Schiff und riss ihn von den Füßen. Er hörte, wie irgendwo im Schiff etwas zu Bruch ging. Ein sauberer Sprung fühlte sich an, als würde ein Seeschiff in eine schwere Welle steuern: ein kurzes Auf und Ab in der Magengegend, ein Schwanken und schon war es vorbei. Das hier fühlte sich an, als hätten sie bei voller Fahrt auf den Strand aufgesetzt. Mayï wusste, wovon er sprach, sein Vater hatte ihn ein paar Mal mit zum Segeln genommen – nicht zu den haarsträubenden Touren, die er mit seinem besten Freund Harm zu unternehmen pflegte, in einer Nussschale durch den Orkan, sondern zu ziemlich normalen Ausflügen bei leidlich gutem Wetter und stets in Küstennähe –, und aus diesem Grund wusste er auch, dass das Manöver gerade gar nicht gut gewesen war.

Er rappelte sich hoch und blickte durch das Große Bullauge. Die Sternenkonstellation war eine andere, doch nicht die, die er erwartet hatte. Während er sich die schmerzende Nase rieb – er war mit dem Kopf gegen die Sitzlehne geknallt –, hörte er über die Kommunikationsstation Hedda und Ni gleichzeitig rufen: „Mayï! Ist alles in Ordnung bei euch? Wie ist eure Position?"

Mayï überprüfte die Instrumente und gab die neuen Koordinaten durch.

„Ihr seid vom Kurs abgekommen! Bis zur geplanten Position ist es eine Tagesreise. Sag deinem Piloten, das Springen muss er noch üben." Das musste Mayï gar nicht; den schrillen Geräuschen nach zu urteilen, die aus dem Tank kamen, bekam Pfeifer gerade von seinem Mentor eine gehörige Standpauke gehalten.

„Ich habe den Kurs manuell korrigiert", gab Mayï an das Mutterschiff durch. Er überlegte kurz und fragte: „Ni?" Der Waffenmeister wusste, worauf der Junge anspielte: Was, wenn er den Springer auf die gleiche Art beförderte wie damals den Flieger? Seine Antwort kam prompt: „Nein, auf gar keinen Fall. Das hier ist kein Notfall, ihr habt jede Menge Zeit und sollt außerdem nicht auffallen. Kehrt zu der geplanten Route zurück und schont den Springer. Wir werden hier auf euch warten."

* * *

Mayï war für den Rest des Tages damit beschäftigt, aufzuräumen und Inventar zu führen. In seinem Zimmer herrschte das größte Durcheinander: Die Bücher waren aus den Regalen gefallen und lagen mit aufgeschlagenen Seiten auf dem Boden zwischen Kleidungsstücken, die von einem Stuhl heruntergerutscht waren, und über das Ganze verteilten sich die Scherben einer – zum Glück leeren – Suppenschüssel. Er würde seine Sachen besser verstauen müssen und keine zerbrechlichen Gegenstände mehr herumstehen lassen dürfen, denn das war bestimmt nicht ihr letzter holpriger Sprung gewesen. Im Lagerraum hatte sich der kleine mechanische Flieger, den man ihm mitgegeben hatte, aus seiner Verankerung gelöst und sich quer gestellt. Ansonsten war alles heil geblieben.

Pfeifer meldete aus seinem System ebenfalls keine Schäden. „Ich fürchtete, dass ich die Struktur überdehne und habe daher zu schnell losgelassen", erklärte Pfeifer am Ende des Tages, als beide ein paar ruhige Augenblicke hatten. Mayï saß auf der Fensterbank in seiner Kajüte und tat nicht viel mehr, als den Sternen beim Vorbeiziehen zuzuschauen. Er konnte das stundenlang tun. „Du brauchst dich nicht zu rechtfertigen", sagte Mayï und fügte hinzu: „Aber du hättest mich vorwarnen können."

„Na gut, das nächste Mal, wenn ich uns wegschmeiße, sage ich dir vorher Bescheid. Außerdem … ich habe den Verdacht, dass du auch springen kannst. Ohne Schiff und alles. Stimmt das?"

Mayï wurde hellhörig. „Wie kommst du darauf?"

„Ich habe zufällig einmal eine Unterhaltung meiner Lehrer mitgehört. Ein Pilot der Schulen hatte wohl eine künstliche Verwerfung erwähnt, zwischen der Kernwelt und dem Ort, an dem wenig später die Explosion stattfand." Die Explosion jenes Schiffes, das er auf Wunsch – nein, auf *Befehl* – seiner Mutter verlassen hatte.

„Verwerfungen entstehen manchmal", sagte Mayï. „Es waren chaotische Tage, es gab jede Menge Verkehr zwischen den beiden Positionen."

„Zu diesem präzisen Zeitpunkt nicht. Da war nur ein Kurzstreckenflieger mit zwei Personen an Bord unterwegs. Alle anderen Schiffe in dem Sektor sind näher an dem Ort der Explosion gewesen. Ich habe es recherchiert und meine Schlüsse gezogen."

Mayï seufzte genervt. „Und wenn schon! Es musste sein. Und als ob es irgendetwas geändert hätte. Was willst du jetzt tun? Einen Rückzieher machen und die Reise absagen?"

„Überhaupt nicht, im Gegenteil. Ich freue mich jetzt umso mehr darauf."

Nach einer ganzen Weile des Schweigens, während der nur das leise Gurgeln der Luftblasen in den Röhren zu hören war, fragte Pfeifer: „Wirst du mir einmal davon erzählen? Was wirklich passiert ist?"

„Ich weiß nicht, ob ich das kann, Pfeifer", antwortete Mayï, „oder ob ich überhaupt einmal dazu in der Lage sein werde."

Ziel ihres ersten holperigen Sprunges war eine Zone oberhalb des Spiralarms der Galaxis gewesen, in dem sich das Sonnensystem mit Mayïs Heimatplanet, der Kernwelt, befand. Die Zone bildete den Übergang von der Galaxienblase zum eigentlichen intergalaktischen Raum. Hier verliefen die großen kosmischen Strömungen, die uralten Spuren der Energiejets längst verschwundener Quasare, gigantischer Schwarzer Löcher aus der Anfangszeit des Universums. Im Laufe von Jahrmilliarden hatten sich die Galaxienhaufen nach dem Verlauf dieser Strömungen in der Form von Filamenten ausgerichtet. Vom Steuerraum aus überblickte Mayï das riesige Feld aus Sternen und Nebeln, aus dem seine Heimatgalaxie bestand. Am Horizont konnte er das Band der Nachbargalaxie erkennen, die sich unaufhörlich in einen ihrer Spiralarme hineinschob.

Er überprüfte die Instrumente; sie hielten den Kurs zum Treffpunkt.

7.

* * *

„Ab hier seid ihr auf euch allein gestellt, ich erwarte daher absolute Disziplin. Haltet euch an eure Befehle und bleibt auf Kurs. Das gilt besonders für dich, Pilot." Ni hörte sich genauso an wie sein alter Meister, selbst der Tonfall war zum Verwechseln ähnlich. Sie standen im Lagerraum vor der kleinen Schleuse. Hedda und Philia waren zurück an Bord des Mutterschiffes gekehrt, Pao warf noch einen letzten Blick auf die Gerätschaften hier unten. Pfeifer schwebte in einer der durchsichtigen Röhren und nahm die Anweisungen schweigend entgegen. „Ihr habt beide noch eine Menge zu lernen, werdet also nicht übermütig und haltet euch an die Vorgaben. Und denkt daran, regelmäßige Berichte zu schicken." Ni hätte noch viel mehr Ratschläge erteilt, wenn Pao nicht zum Aufbruch gedrängt hätte. Nach einer letzten Umarmung betraten die Meisterschüler die Schleuse.

„Ich werde deine Nudelsuppe vermissen, Ni!", rief Mayï ihnen noch hinterher. Ni grinste. „Oh, ich denke nicht." Dann schloss sich die Luke mit einem Zischen.

Zurück im Steuerraum setzte Pfeifer den Kurs in Richtung der kosmischen Strömung, die sie in die Nähe ihrer ersten Etappe bringen würde. Durch das Fenster schaute Mayï dem Mutterschiff zu, wie es sich langsam und majestätisch dehnte und einen Buckel machte und die tausend Augen seiner Hülle dabei im Sternenlicht funkelten. Dann verschwand es und zurück blieb nur das wellenartige Zittern der Sterne.

Pfeifer startete den Countdown: „Beginne mit der Geschwindigkeitsanpassung. Verlassen des Standardraumes und Eintritt in den Jetstrom in zwanzig zu fünfzig … in zehn zu fünfzig …" Ein sanftes Zittern erfasste den Springer und legte sich ebenso schnell wieder. „Eintritt erfolgt. Keine Fremdkörper auf der Route. Das wird ein langer, einfacher Ritt."

Mayï stand vom Steuersessel auf. „Ich gehe in meine Kajüte. Meine Eltern haben Aufzeichnungen zu den einzelnen Etappen gemacht, die wollte ich mir ansehen. Möchtest du dabei sein?"

* * *

„Abspielen", befahl Mayï und das Hologramm entfaltete sich augenblicklich. Diesmal lag kein Projektor auf dem Boden, alle Dateien befanden sich in der Kommunikationskonsole und eine eingebaute Linse projizierte die Aufzeichnung in den Raum. Wieder verspürte Mayï einen Stich im Herzen, als er seine Eltern in Lebensgröße vor sich stehen sah. Die Datei war älter als die Botschaft, die er sich zu Hause angesehen hatte, und Lerean und Toï war noch nicht diese Aura von Sorge und grimmiger Entschlossenheit anzumerken, die sie bei ihren letzten Worten an ihren Sohn gezeigt hatten. Sie wirkten sogar heiter. Seine Mutter ergriff als erste das Wort.

„Mayï, inzwischen wirst du zu deiner großen Reise aufgebrochen sein. Du und dein Pilot werdet Ziele ansteuern, von denen ich hoffe, dass sie eure Neugierde wecken. Die erste Etappe wird euch nach Karneä führen, unserer alten Heimat, weshalb wir sie gemeinsam beschreiben.

Wenn ich von Karneä als meiner alten Heimat spreche, so stimmt das. Die Welt meiner Herkunft, Lyr, habe ich nie kennengelernt. Beide Planeten umkreisen einen Gasriesen, den das Volk deines Vaters Oo nennt, Karneä und Lyr sind also streng genommen Monde. Es sind die einzigen Himmelskörper in dem Sonnensystem, auf denen sich Leben entwickeln konnte. Lyr ist entwicklungsgeschichtlich weiter fortgeschritten als Karneä, es hat schon lange den postindustriellen Grad erreicht, während auf Karneä noch eine feudale Agrargesellschaft herrscht. Das sind jedoch nur grobe Definitionen, da seit Jahrtausenden ein Austausch zwischen den beiden Zivilisationen besteht. Die Bewohner von Lyr beherrschen die interplanetare Raumfahrt und haben viele

Artefakte auf dem Nachbarmond hinterlassen, die nicht dorthin gehören. Das gilt zum Beispiel für die Maschinen in den Manufakturen, doch insbesondere für die Waffentechnik. Ich rate dir daher zur Vorsicht. Ein anderes zivilisatorisches Brückenteil sind die sogenannten Geiseln, Mitglieder des Volkes von Lyr, die alle paar Generationen nach Karneä geschickt werden und dort als gottgleiche Wesen verehrt werden. So die Theorie. Faktisch sind sie ein nützliches Pfand in den Intrigenspielchen der herrschenden Adelsklasse. Ich war noch zu klein, als man mich nach Karneä schickte, um mich an irgendetwas zu erinnern, und was ich von Lyr weiß, habe ich aus den gleichen Quellen wie du, Mayï."

Lyr war ein Planet des Nebels und der Feuchtigkeit, seine Bewohner perfekt an die Bedingungen angepasst. Seine Mutter konnte im Dunst unendlich viele Schattierungen von weiß bis grau erkennen. Ihre Augen nahmen Infrarotstrahlung wahr, ihre großen raubtierhaften Ohren jedes noch so kleine Geräusch. Ihr Haar ließ jede Feuchtigkeit abperlen, es wurde niemals nass. Karneä hingegen war vergleichbar mit der Kernwelt, nur trockener und mit ausgedehnten Steppen. Durch die Anziehungskraft des Gasriesen Oo wurden die Küsten der Meere und großen Gewässer verwüstet von permanenten Sturmfluten. Die Gezeiten waren so mörderisch, dass eine Seefahrt sich nicht hatte entwickeln können – die Schiffe und Boote würden im Nu von den Wellen zerschmettert. Die Völker von Karneä waren Reitervölker, einige von ihnen waren sesshaft geworden und hatten sich zu der Feudalgesellschaft entwickelt, in die sein Vater hineingeboren worden war.

„Wenn du dich nach Karneä begibst, wirst du auffallen", sagte sein Vater. „An deinen roten Haaren wird dich jeder als Karnathiden erkennen, als Mitglied des Clans der Generäle – meines Clans. Man wird auch sehr schnell feststellen, dass du nicht adlig bist, weil du keine Konditionierung durchlaufen hast."

Die Konditionierung: die äußerste Perversion einer Gesellschaft, die dem göttlichen Ideal von Lyr nacheiferte; die nach körperlicher Perfektion strebte. Sie begann bereits im Mutterleib durch spezielle Nahrung, die die werdenden Mütter aufnehmen mussten. Die Gesandten von Lyr, die Geiseln, ernährten sich ausschließlich von Tee und produzierten keine Ausscheidungen. Sie waren das Sinnbild geistiger wie körperlicher Reinheit. Über die Jahrtausende hatte sich das Ritual der Konditionierung herausgebildet, in jenen reichen Adelsfamilien, die es sich leisten konnten: Neugeborene wurden nur drei Tage lang gesäugt, danach erhielten sie ausschließlich Tee mit etwas Honig, wodurch ihre Eingeweide nach und nach verkümmerten und schließlich ihre Funktionen einstellten. Es war eine aufwendige und für die Säuglinge qualvolle Prozedur. Giftstoffe konnten nur noch ausgeschwitzt werden, was erklärte, wieso sein Vater sehr großen Wert auf gründliche Körperreinigung legte und ständig seinen Flüssigkeitshaushalt in der Balance zu halten suchte. Seine Konditionierung war auch der Grund, wieso er regelmäßig seinen Körper und besonders seine Nieren medizinisch entgiften lassen musste; Nierenversagen war die häufigste Todesursache unter dem karneanischen Adel.

„Du wirst dir eine plausible Erklärung für dein Auftauchen einfallen lassen müssen. Vermeide es, zu lügen, denn Lügen führen zu weiteren Unwahrheiten und du wirst dich leicht in ihrem Netz verstricken. Bleibe dicht an der Wahrheit und doch so vage, wie es nur geht. In unserer alten Heimat gelten deine Mutter und ich vermutlich als verschollen – verschüttet beim Einsturz eines Bergstollens. Nach der Aufnahme in die Gemeinschaft war uns der Kontakt zur Heimat untersagt. Und, um ehrlich zu sein, hatten wir genug andere Sorgen, die uns davon abhielten, die Entwicklungen auf Karneä weiterzuverfolgen. Was wirst du vorfinden? Gibt es noch jemanden, der sich an uns erinnert? Es ist fünfzig Jahre her, da wir unsere Heimat verließen – fünfzig unserer Jahre, wohlgemerkt, auf Karneä sind die Jahre kürzer, und es sind dort knapp sechzig Jahre vergangen." Lerean schien kurz in Gedanken versunken, bevor er fortfuhr.

„Da gibt es zunächst die Palastinsel, im See nahe Bokkar, der Hauptstadt des Reiches, mit dem Hof des Kaisers im Zentrum, umringt von den vier Palästen der vier Häuser. Die Burg des Patriarchen liegt am Südende der Insel. Ist die Insel mittlerweile verlassen und haben sich die großen Häuser auf ihre Stammsitze zurückgezogen? Gibt es überhaupt noch einen Patriarchen? Nach dem Fall des Hauses Gaut und der Zerstörung des Tempels der Insignien wäre das nicht unwahrscheinlich. Steht es noch, das Stammhaus der Karnathiden in den Bergen von Karnath? Es war bereits dem Verfall preisgegeben, als deine Mutter und ich vor langer Zeit den Winter dort verbrachten. Damals konnten wir direkt von der Palastinsel nach Karnath gelangen, durch einen verborgenen Tunnel, in dem sich der Raum kondensierte – eine Passage, wie wir später erfahren sollten. Er wurde während der Kämpfe gegen die Gaut zerstört. Dies sind die Orte, die du dir ansehen solltest, um deine Herkunft etwas besser zu verstehen."

„Etwa tausend Meilen südlich der Kaiserstadt liegen die Besitztümer des Hauses Lor", fuhr seine Mutter fort. „Als ich nach Karneä kam, wurde ich in die Obhut des lokalen Clanoberhauptes, Kagi ap Lor, gegeben; dort bin ich aufgewachsen, bis Kagi in Ungnade fiel und ich Lereans Haus zugesprochen wurde." Toï sah ihren Gefährten an und zeigte ein trauriges Lächeln. „Ohne dieses Unglück wäre ich deinem Vater nie begegnet. Mayï, die Gemeinschaft hatte eine Sonde in der Umlaufbahn von Karneä platziert, um mich zu orten und meine Fähigkeiten zu analysieren, bevor man sich entschied, mich mitzunehmen. Der Zufall wollte es, dass wir schließlich zu dritt auf den Springer gelangten – wir beide und der Hausmeier deines Vaters." Mayï musste lächeln, als die Erinnerungen an den alten, hochgewachsenen Mann zurückkamen. In seinem alten Leben bei Hofe war er der Leibdiener des Kronprinzen Lerean aus dem Hause Gaut gewesen. Mayï kannte ihn als einen geduldigen Freund, still und mit ernstem Blick, der scheinbar ununterbrochen hinter ihm aufräumte und ihm Geschichten vorlas aus den vielen Büchern, die er sammelte. Der eines Abends in seinem Lehnstuhl eingeschlafen und nicht mehr aufgewacht war. Da war Mayï keine sechs Jahre alt gewesen. „Diese Sonde wurde abgezogen, du kannst dich also auf Karneä frei bewegen. Sei aber dennoch vorsichtig", sagte Toï mit Nachdruck. Dann wandte sie sich an Pfeifer: „Pilot, du wirst irgendwann feststellen, dass dein Begleiter gewisse …

außerordentliche Talente besitzt. Vielleicht weißt du es ohnehin bereits. Mayï ist durchaus im Stande damit umzugehen, denn dazu wurde er ausgebildet. Er hat aber seinem Vater und mir das Versprechen gegeben, seine Begabung nur einzusetzen, wenn es notwendig ist, nicht auffällt und mit den Mitteln der Gemeinschaft nicht festzustellen ist. Wir vertrauen darauf, dass du dich ebenfalls an diese Bedingungen hältst und ihn nicht drängst."

* * *

Die Aufnahme endete ohne Abschiedsworte, denn sie war eher als Anleitung denn als Botschaft gedacht; viele weitere warteten darauf, im Verlauf dieser Reise abgespielt zu werden, wenn der Springer mit seiner kleinen Besatzung von Etappe zu Etappe flog.

Pfeifer sprach als erster: „Das ist deine Mutter? Du siehst ihr gar nicht ähnlich."

„Natürlich nicht, meine Eltern gehörten zwei verschiedenen Spezies an. Ich besitze nur die Gene meines Vaters."

„Du wurdest geklont?"

Mayï streckte sich der Länge nach auf der Fensterbank aus, von wo er sich die Aufzeichnung angesehen hatte. „In der Art. Meine Mutter wollte unbedingt ein Kind von meinem Vater, also entnahm sein Mediziner eine Genprobe und manipulierte die Sequenzen so, dass keine exakte Kopie entstehen würde. Ich trage die Gene der Karnathiden wie auch der Pautar – das ist die Familie meines Großvaters des Kaisers – in mir, aber anscheinend ähnele ich mehr der Mutter meines Vaters. Wer sind eigentlich deine Eltern, Pfeifer? Du hast sie noch nicht erwähnt."

„Weil ich keine habe", antwortete Pfeifer. „Nicht in eurem Sinne. Auf meinem Heimatplaneten versammeln sich einmal im Jahr die erwachsenen Chloeopsiden zum sogenannten Hochzeitsschwarm. Sie schwimmen in einer Vollmondnacht zur Wasseroberfläche und lassen dann Eier und Samen ins Wasser ab. Das war's. Danach dauert es ein paar Jahre bis aus einer erfolgreichen Befruchtung eine Nymphe wird. Sind die groß genug, werden sie eingesammelt und in Kolonien großgezogen. Meine Gene ließen sich natürlich zu zwei Individuen zurückverfolgen, wenn man eine Bestimmung durchführen wollte, aber wozu? Sie allein sind ja nicht für mich verantwortlich. Das gesamte Kollektiv der Chloeopsiden beteiligt sich an der Erziehung der Jungen."

Mayï versuchte, sich dieses Konzept vorzustellen; schon zwei Elternteile konnten manchmal anstrengend sein, aber gleich eine ganze Gesellschaft als Vormund zu haben, die einem sagte, was man zu tun und zu lassen hatte …

„Wie kommt es überhaupt, dass du diese Eltern hattest? Ist es einem Krieger nicht untersagt, Kinder zu haben? Weil sie bei ihren Einsätzen ja ständig ihr Leben riskieren?"

„Stimmt, solange sie aktiv sind. Aber mein Vater hatte seinen Auftrag niedergelegt, bevor ich geboren wurde, und meine Mutter gehörte der Zunft der Psychen an, bei denen es diese Regel nicht gibt. Eine alte Verletzung hatte meinen Vater gezwungen, aufzuhören – er hätte sich beinahe umgebracht, um seine Schüler durch die Großmeisterprüfung zu bringen –, und anschließend war er nur noch taktischer Ausbilder und Berater; mit einer Ausnahme ist er nicht mehr in einen offenen Kampf gezogen. Meine Mutter schon, was wiederum beweist, wie unsinnig diese Keine-Kinder-Regel für Krieger ist, denn sie hatte sich ja auch weiterhin einem großen Risiko ausgesetzt. Und bei näherer Betrachtung", fügte Mayï bitter hinzu, „lauerte die wirkliche Gefahr ohnehin nicht irgendwo hier draußen, sondern zu Hause. Dort, wo es sicher sein sollte."

„Sinnst du auf Rache?", fragte Pfeifer.

Mayï starrte an die Decke und überlegte. Pfeifer wollte seine Frage schon wiederholen, als der Junge schließlich antwortete. „Ich würde gerne sagen können: Ja, ich sinne auf Rache. Aber das tue ich nicht, nicht mehr. Das haben die Erwachsenen für mich übernommen."

Mayï war wieder dort, im Tal, spürte das kalte Gletscherwasser, als er aus dem Flieger in eines der kleinen Rinnsale sprang. Sah seinen Vater dort liegen, Dampf stieg von seinem Körper hoch, in dem immer noch die Hitze steckte, der er ausgesetzt gewesen war; Harm kniete neben ihm und mehrere Schüler bildeten einen Schutzwall um die beiden. Im Hang sah er das Wrack eines weiteren Fliegers – Harm war damit gegen den mit einem Magnetfeld gesicherten Hinterhalt gesteuert und hatte den Strahl des Geschützes unterbrochen, der seinen Vater eingehüllt hatte. Jener Kanone, die es vermochte, einen Gauch zu vernichten. Mayï erinnerte sich wieder, wie er zu seinem Vater gerannt war, um ihn in die Arme zu nehmen. Er hatte kaum noch geatmet, sein Körper war unnatürlich heiß gewesen, seine Augen schwarz und tot. Doch sein Verstand war noch immer klar gewesen, und er hatte gespürt, wie sein Sohn die ganze Wut und Trauer und Angst, gegen die er nicht anzukämpfen vermochte, auf die kleine, feige Gruppe richten wollte, die sich dort im Hang verschanzt hatte, denn er packte den Jungen beim Arm. So hart, dass Mayï erschrocken zusammengefahren war. „Nicht! Denke an dein Versprechen", seine Worte waren nicht mehr als ein Flüstern, das er nur mit viel Mühe hervorbrachte. „Aber sie wollen dich vernichten!", hörte sich Mayï wieder schreien. „Spielt keine Rolle mehr. Nur du bist jetzt wichtig. Verstehst du? Du …!" Weiter war er nicht mehr gekommen.

Mayï riss sich aus seinen Erinnerungen. Er wollte nicht an das denken, was dann gefolgt war; nicht jetzt und auch nicht später. Nie wieder!

Er setzte sich auf. „Also, was liegt vor uns auf dem Weg?"

8.

* * *

„Großes Nebelfeld voraus", meldete Pfeifer. Mayï setzte sich auf, gähnte und rieb sich den Schlaf aus den Augen. Noch war es nicht Zeit für ihn, aufzustehen, aber diesen Anblick wollte er nicht verpassen. Als er die Steuerzentrale betrat, war er bereits hellwach, nur seine feuerroten Locken standen ihm noch wilder vom Kopf ab, als üblich – er hatte in der Aufregung vergessen, sich zu kämmen. Durch das riesige Bullauge im Bug des Springers sah er in weiter Ferne ein braunrotes Band, das sich über den Horizont ihrer Route erstreckte. Sonnenhaufen in seinem Innern ließen es in der Dunkelheit des Alls leuchten. „Bring uns tiefer in den Strom, Pfeifer", bat Mayï seinen Gefährten, ohne den Blick vom ovalen Bullauge abzuwenden. Seine heiße Milch schlürfend, machte er es sich im Steuersessel bequem. Der Pilot ging in den Sinkflug und die herannahende Nebelwand nahm bald die obere Hälfte des Fensters ein.

„Beeindruckend", sagte Mayï.

„Beunruhigend", meinte Pfeifer. „Wir kommen zur engsten Stelle dieses Filaments, zu allen Seiten drängen die Voids heran und die Strömung wird unberechenbar. Mach dich auf eine raue Passage gefasst."

„Rauer als dein Sprung?", fragte Mayï.

„Das ist nicht witzig!"

„Finde ich schon", sagte Mayï grinsend. Dann schwieg er und genoss die Aussicht.

Von der intergalaktischen Jetspur getragen, tauchte das kleine Schiff unter das Nebelfeld ein. Die Oberfläche war ungewöhnlich glatt und wies ein Wellenmuster auf. „Das sieht aus wie der Meeresboden nahe der Wasseroberfläche, dort, wo der Wellengang den Sand formt", meinte der Pilot. Anstatt sich wie andere Nebel wolkenartig in alle Richtungen auszudehnen, war das Große Nebelfeld eingeschlossen zwischen zwei Voids, deren beider Massen es an Ort und Stelle hielten und deren gleichzeitiger Druck es flachpresste. Über eine der Flächen trieb der kosmische Strom hinweg und verlieh so dem Nebel seine eigentümlichen Wellenformen.

Mayï blickte hinaus in den Nebel und trainierte seine Wahrnehmung, wie es seine Mutter ihn gelehrt hatte. „Mit deinen Augen siehst du die Erde, die Berge und den Himmel. Psychen sehen mit dem Geist und durchdringen die Oberfläche dessen, was das Auge sieht, erkennen die Beschaffenheit der Dinge und ihre Energie." Und wie er mit seinen Händen die Dinge greifen konnte, erfassten die Psychen die den Dingen innewohnende Energie, um sie zu bewegen.

Mayï konnte sich noch an seine erste Lektion erinnern. Er musste damals drei gewesen sein und hatte auf der hinteren Terrasse mit kleinen Holztieren gespielt, als seine Mutter sich zu ihm gesetzt und eines der Spielzeuge – einen kleinen Vogel – in die Hand genommen hatte. „Möchtest du, dass er fliegt?", hatte sie mit ihrer sanften Stimme gefragt. Mayï hatte genickt. „Wie machst du das, damit er fliegt?", hatte sie gefragt. Er hatte mit der Hand nach dem Vogel greifen wollen, um seiner Mutter zu zeigen, wie er ihn durch die Luft auf und ab bewegte, um den Vogelflug nachzuahmen, doch Toï hatte das Holzspielzeug außer Reichweite gehalten. Er hatte sehen können, wie das Sonnenlicht durch ihre filigranen Finger hindurchschien. Sie hatte den Kopf geschüttelt und gesagt: „Greif nach ihm, aber nicht mit der Hand." Mayï hatte intuitiv begriffen, was seine Mutter von ihm verlangte, schließlich hatte er immer wieder mal Dinge umgeworfen oder durch das Zimmer geschleudert, ohne sie vorher angefasst zu haben. Doch das war immer zufällig passiert, ganz ohne Absicht, wenn er besonders aufgeregt gewesen war, oder verärgert. Jetzt forderte Toï, dass er das Spielzeug ganz bewusst bewegte. Er hatte die Stirn in Falten gelegt und auf den Vogel gestarrt; er hatte so eine ganze Weile dagesessen und dabei die Augen immer enger zusammengekniffen, während seine Mutter geduldig gewartet hatte. Nichts. Mayï hatte schließlich einen frustrierten Laut von sich gegeben – und eines der Spielzeuge setzte sich ruckartig in Bewegung, schlitterte über die Terrasse und darüber hinaus und fiel mit einen Plopp in den Teich. „Nicht dieses Spielzeug", hatte Toï gesagt und auf ihre erhobene Hand gezeigt, die noch immer das Spielzeug hielt. „Den Vogel." Mayï hatte getastet, gefuchtelt und wild um sich geschlagen mit seinen Gedanken; es hatte ihn geärgert, dass er den Vogel vor sich sehen konnte, der sich aber nicht fassen ließ. Dass er unerreichbar blieb. Dann hatte er gespürt, wie eine große Kraft ihn behutsam, aber unnachgiebig packte und seine wild flatternden Gedanken zusammenführte, *bündelte,* und um den kleinen Vogel legte. So, wie ihre Hand die seine führte, wenn er das Schreiben übte. „Fühlst du ihn?", hatte Toï gesagt. „Spürst du das Holz und wie leicht es ist? Und jetzt greif danach. Dazu musst du deine Sinne in Bahnen lenken." Mayï versuchte es wieder und diesmal klappte es. Der kleine Holzvogel in der Hand seiner Mutter begann zu zittern, dann zu vibrieren und schließlich zu schweben, erst langsam und zögernd, bevor er dann immer schneller hin- und herflog, ein paar Fuß hoch über den Brettern der Terrasse. Mayï erinnerte sich, wie er einen Freudenschrei ausgestoßen hatte, als er sein Spielzeug derart durch die Luft bewegte – bis es plötzlich beinahe lautlos in einer kleinen Wolke aus Holzspänen explodierte. Als der kleine Junge erschrocken zu weinen anfing, hatte seine Mutter ihn tröstend in den Arm genommen und gesagt: „Sei nicht traurig, das hast du gut gemacht. Du bekommst ein neues Spielzeug, und dann üben wir weiter." Der Junge hatte damals nicht mitbekommen, welche Anstrengung Toï hatte aufbringen müssen, um die mentale Kraft ihres Sohnes unter Kontrolle zu bringen, und wie groß ihr Erstaunen gewesen war, als sie zu ahnen begann, welches Potential in diesem kleinen Kind schlummerte und sich fragte, wie sie und Lerean damit umgehen sollten.

* * *

Mayïs Sinne erfassten Turbulenzen weiter stromabwärts, im Einflussbereich eines Schwarzen Lochs ... nein, gleich von dreien, die sich gegenseitig umkreisten. Zwar befanden sich die Schwarzen Löcher in sicherer Entfernung, aber ihre Gravitationskraft beeinflusste die Strömung. Durch das Große Bullauge war nichts zu sehen, außer dem schier endlosen Nebelfeld. Mayï warf einen Blick auf die Instrumentenkonsole vor sich; die Gruppe der Schwarzen Löcher wurde angezeigt, ebenso ihre Daten. Doch er entdeckte keine Angaben zu Änderungen der Strömungsverhältnisse. Er wartete ab.

Dann, nach Stunden ereignislosen Fluges, blinkte auf der Konsole ein Warnlicht auf. „Turbulenzen voraus!", meldete der Pilot in dem Moment, als der Springer von einem Beben erschüttert wurde, das die nichtorganischen Bestandteile des Schiffes zum Klappern brachte. Der Nebel geriet in Bewegung, klappte seitlich weg und glitt unter dem Schiffsrumpf vorbei, um im nächsten Augenblick ganz zu verschwinden. Als er von rechts wieder ins Blickfeld geriet, ließen die Erschütterungen nach; in Mayïs Kopf drehte sich alles, vom Torkeln des Schiffes war ihm schwindlig geworden. Nun, daran würde er sich gewöhnen müssen.

„Kurs stabilisiert", meldete sich Pfeifer. „Na, habe ich zu viel versprochen?"

„Schwer voraussehbar, diese Turbulenzen, wie?", fragte Mayï und drehte sich zum Tank um, in dem der Pilot schwamm.

„Ja und nein. Der Springer hatte sie lange vor den mechanischen Sensoren gespürt, aber wie stark sie genau sind, um gegensteuern zu können, weiß man erst, wenn man hineingerät. Drei Schwarze Löcher. Kreisen seit Jahrzehntausenden umeinander, und ihre Rotationsgeschwindigkeit nimmt allmählich zu. Und damit auch ihr Einfluss auf die Strömung."

Der Junge und der Chloeopside betrachteten beide den Weltraum durch das Große Bullauge. Der Nebel dehnte sich vor ihnen aus wie ein endloser rotbrauner Himmel. Mit dem bloßen Auge war nichts zu erkennen, lediglich das charakteristische Wellenmuster auf der Oberfläche des Nebels war in einem Bereich links von ihrem Schiff weniger ausgeprägt und schien sich überdies verformt zu haben. Auch war diese Stelle viel dunkler als der Rest des Nebels, der von unzähligen Sonnen in seinem Inneren erhellt wurde. Nachdem sie den Einflussbereich der Schwarzen Löcher hinter sich gelassen hatten, beruhigte sich auch die Strömung wieder.

* * *

Sie brauchten insgesamt neun Tage, bis sie das Nebelfeld hinter sich gelassen hatten. Der Flug verlief ohne weitere Turbulenzen, doch nicht ohne Zwischenfälle. Gegen Ende des zweiten Tages orteten die Sensoren vor ihnen im Strom ein riesiges Trümmerfeld mit Eisbrocken, die größten davon hatten die Ausmaße eines ausgewachsenen Springers. Sie trieben vor ihnen auf der Flugbahn wie schwebende Kolosse.

„Das Trümmerfeld ist auf keiner Karte vermerkt", bemerkte Pfeifer. „Hier muss es wohl vor Kurzem eine Kollision gegeben haben zwischen ein paar größeren Himmelskörpern."

„Wir müssen das melden", sagte Mayï, an das Protokoll denkend. „Und wir müssen sie umschiffen, denn die Trümmer sind langsamer als wir."

Durch das Trümmerfeld hindurch zu navigieren wäre möglich, aber unklug. Allein die Fließgeschwindigkeit des Stroms verhinderte schon präzises Manövrieren. Außerdem bewegten sich die Brocken dicht an dicht, die Gefahr, dass ihr Springer mit einem oder gleich mehreren dieser Trümmer kollidierte, war zu hoch.

„Wir könnten ins Zentrum der Jetspur tauchen, dort ist die Bahn frei von Hindernissen. Allerdings ist die Strömung dort auch sehr schnell. Und es gibt da drinnen Stromschnellen."

„Hält unser Schiff das aus?"

„Natürlich. Es wird nur etwas …"

„Holprig. Ist mal was Neues."

* * *

Einen ganzen Tag lang wurden sie durchgeschüttelt oder gerieten in eine Unterströmung, die ihr Schiff um seine eigene Achse rotieren ließ. Mayï assistierte seinem Piloten an der Steuerkonsole beim Manövrieren des Springers, damit sie einen einigermaßen geraden Kurs halten konnten. Pfeifer gab ihm beinahe im Sekundentakt Befehle durch, die der Junge konzentriert und punktgenau befolgte. Als sie das Trümmerfeld endlich hinter sich gelassen hatten und wieder in die ruhigere obere Zone des intergalaktischen Stromes gestiegen waren, sackte Mayï erschöpft in seinem Sessel zusammen. „Für die nächste Zeit will ich nichts mehr von Stromschnellen wissen", stöhnte er.

* * *

An diesem Abend ging er früh zu Bett, nachdem er einen ausführlichen, aber stichwortartigen Bericht an Ni geschickt hatte. Für persönliche Bemerkungen war er diesmal einfach zu müde. Als Pfeifer kurz darauf hinter der transparenten Wand seines Zimmers auftauchte, um wie jeden Abend noch kurz mit ihm zu plaudern, schlief der Junge bereits tief und fest. Der Pilot schwamm zurück zum Tank in der Steuerzentrale, etwas enttäuscht über das entgangene Gespräch, aber gleichzeitig auch sehr zufrieden. In dem Sohn des Gauch mochte etwas schlummern, das viele beunruhigte – sofern er den Gerüchten Glauben schenken wollte, die unter seinen Lehrern zirkulierten. Er selber konnte nur feststellen, dass sein Navigator ein angenehmer Begleiter war, humorvoll und zuverlässig. Und ein überraschend guter Raumfahrer dafür, dass er kein Chloeopside war.

9.

* * *

„In ein paar Tagen erreichen wir das Sonnensystem deiner Eltern", sagte Pfeifer eines Morgens, als Mayï gerade seine Übungen beendet hatte. Sie befanden sich auf dem Hangardeck, das
noch keines war, Mayï schnaufend in der Mitte einer kleinen
freigeräumten Fläche, Pfeifer in seiner Röhre in der Wand. „Es
wäre an der Zeit, mir mehr über sie zu erzählen." Chloeopsiden
redeten nicht um den heißen Brei herum.

Mayï legte sein Übungsschwert auf dem Boden ab, wie sein
Vater es ihn gelehrt hatte: respektvoll und zeremonienhaft, richtete sich auf und streckte den Rücken. „Du meinst, was sie *mir*
erzählt haben?"

„Die Informationen in den Datenbanken sind unpersönlich.
Mich interessiert, was sie selber erlebt haben."

Mayï stemmte die Hände in die Hüfte, senkte den Kopf und
überlegte. Ihm war überhaupt nicht bewusst, wie typisch diese Haltung für seinen Vater gewesen war. „Nun ja, als ich klein
war, haben sie mir viele Gute-Nacht-Geschichten erzählt, die
von ihrem alten Leben auf Karneä handelten. Trotzdem ist das,
was ich über das Leben meiner Eltern damals weiß, im besten
Fall lückenhaft."

„Das ist doch besser als nichts! Ich möchte diese Zivilisation
besser kennenlernen."

„Na gut. Aber hat das auch Zeit, bis ich mich frischgemacht
und gefrühstückt habe?"

* * *

„Auf Karneä gibt es zwei große Landmassen, beide sind besie-
delt, die Völker haben aber keinen Kontakt zueinander, wie du

weißt." Mayï saß im Schneidersitz vor dem großen Fenster im Steuerraum und blickte hinaus auf die Sterne, als er erzählte.

„Wegen der Gezeitenfluten", bemerkte Pfeifer. „Fürchterliche Meere, ständig aufgewühlt. Da möchte selbst ich nicht leben und ich bin ein Meeresbewohner."

„Auf einem der Kontinente hat sich eine Zivilisation aus Reitervölkern gebildet. Sie nannten ihre Welt Karneä, gründeten ein Königreich und wurden mit der Zeit sesshaft. Ihre Hauptstadt nannten sie Bokkar, ‚Herzland'; dort gibt es einen See mit einer alten Vulkaninsel. Obwohl sie nun einen König hatten, waren die Clans nach wie vor zerstritten und lange Zeit folgte ein Krieg auf den anderen. Erst mit dem Ende der Clankriege und dem Beginn des Kaiserreiches wurde die Insel zum Sitz des Herrschers und seines Hofes bestimmt. Die vier größten Clans teilten sich die Macht: die Lerund, die Pautar, die Hadufil und die Gaut. Aus diesen vier Häusern stammten auch die vier Hauptfrauen des Herrschers und der jeweils erstgeborene Sohn jeder dieser Hauptfrauen wurde Kronprinz." Mayï hob die Hand und zählte auf: „Wir haben also einen Kaiser, vier Kronprinzen aus vier Häusern – und den Patriarchen, sozusagen als Gegengewicht zum Kaiser, weil der für alle größeren Entscheidungen die Zustimmung des Patriarchen benötigt. Der Patriarch wiederum wird aus den Reihen der Kronprinzen gewählt. Da nur einer von ihnen der nächste Kaiser werden kann, und um Streitigkeiten um die Thronfolge zu vermeiden, müssen die übrigen Kronprinzen allen weltlichen Dingen entsagen – insbesondere eben ihrem Anspruch auf den Thron – und sich in die Provinz Puhar ins Kloster von Lum zurückziehen, bis einer von ihnen zum Patriarchen gewählt wird und wieder auf die Palastinsel zurückkehren darf, um den Kaiser zu beraten." Mayï schlürfte an seiner warmen Milch – die morgendliche Tasse Milch am Steuerpult war zum Ritual geworden – und fuhr fort: „Soweit die Theorie. Tatsächlich kämpfen die Clans seit jeher um die Vormachtstellung. Mein Vater wurde in den Clan der Gaut hineingeboren, dem damals mächtigsten Haus. Sein Vater, der Kaiser, war ein Pautar. Der Patriarch, ebenfalls ein Gaut, kontrollierte durch seinen Clan faktisch das gesamte Reich."

„Sagtest du nicht eben, der Patriarch sei ein Mönch und hätte allen weltlichen Dingen entsagt?", fragte Pfeifer.

„Theoretisch ja. Aber du musst bedenken, dass das ja keine gewöhnlichen Mönche sind, sondern ehemalige Kronprinzen, die absolute Elite des Reiches. Sie haben die härteste Ausbildung erhalten, die du dir vorstellen kannst. Die ziehen sich nicht einfach so zur Kontemplation zurück und überlassen das Regieren dem älteren Bruder oder Onkel. Oder, schlimmer noch, einem anderen Clan."

„Wozu überhaupt diese harte Ausbildung, wie du sie nennst? Wenn sie eh dem Ältesten bei der Thronfolge den Vortritt lassen müssen, wieso nimmt man eine solche potentiell gefährliche Konkurrenz in Kauf?"

„Zum einen wegen der Tradition; die Karneaner sind schon immer ein Kriegervolk gewesen. Die Kampfkunst wurde über Jahrtausende weiterentwickelt und ist so effizient, dass mein Vater sie sogar in der Gemeinschaft unterrichten konnte, weil sie etwas völlig Neues darstellte. Und die Ausbildung war natürlich notwendig wegen der Insignien, durch die der Kaiser offiziell bestätigt wurde."

„Das musst du genauer erklären."

„Bevor ein neuer Kaiser den Thron besteigen konnte, musste er erst die Insignien von seinem Vorgänger empfangen. Diese Insignien sind eigentlich nur ein Muster oder Bild, das dem Kandidaten eintätowiert wird."

„Was ist daran so gefährlich?"

„Es ist eine Lichttätowierung: gebündelte Starklichtstrahlen, welche das Muster bis in die Knochen einbrennen. Ein Kandidat muss wirklich, wirklich zäh sein, um die Prozedur auszuhalten. Nicht alle überleben sie, auch ohne, dass dabei nachgeholfen wird. Wurde der Kandidat nicht richtig fixiert und bewegt er sich, treffen die Strahlen im falschen Winkel ein. Oder die Einstrahlung wurde zu stark eingestellt. In beiden Fällen erleidet der Kandidat fatale Verbrennungen. Jedenfalls wurden diese Insignien in einem Schrein auf der Palastinsel verwahrt, im Inneren einer Apparatur aus Sonnenkollektoren und Spiegeln – Technik aus Lyr, selbstverständlich –, und wenn ein Kaiser sein Ende nahen fühlte, musste er den Mechanismus entsperren, indem er seine eigene Tätowierung unter den Spiegel hielt. Jedes Muster war nämlich einmalig und enthielt den Code für die Freigabe. Erst danach konnte die Apparatur für eine einzige Anwendung in Betrieb genommen werden, bevor sie sich erneut verriegelte."

„Das ist Irrsinn. Warum tun Karneaner so etwas?"

„Karneaner sind ein archaisches Volk; ihre Bräuche sind es ebenso. Außerdem gibt es den Schrein nicht mehr, denn kurz bevor meine Eltern Karneä verließen, sprengte der Hohepriester das Gebäude in die Luft. Damit die Gaut nicht an die Insignien gelangen konnten."

„Erkläre."

„Das ist kompliziert, ich will versuchen, es kurz zu machen: Die Gaut wollten an die Macht und den nächsten Kaiser stellen, mein Vater war aber nur dritter in der Thronfolge. Außerdem rebellierte er ständig gegen seine Mutter und deren Onkel, den Patriarchen und weigerte sich, bei deren Intrigen mitzumachen. Also: Weil der eigene Sohn sich von seinem Haus losgesagt hat, macht Lefat – so hieß die Mutter meines Vaters, also die vermeintliche Mutter – erst den ältesten Kronprinzen unschädlich und adoptiert den Zweitältesten, indem sie ihn mit der Zwillingsschwester meines Vaters verheiratet. Das zumindest war der Plan, doch Fenee, die Schwester, beging Selbstmord, um der Heirat zu entkommen, denn sie hatte ein heimliches Verhältnis zu Illan, dem ältesten Kronprinzen. Dann mischt sich der Kaiser ein und arrangiert die Übergabe der Insignien an meinen Vater. Während also die Spiegelapparatur des Schreins für die Einäscherung seiner Schwester anläuft, werden die Insignien auf meinen Vater übertragen. Tage später flüchten meine Eltern nach Karnath."

„Dein Vater war also der rechtmäßige Kaiser von Karneä! Warum ist er dann geflohen?"

„Er verließ die Palastinsel auf Bitten des Kaisers, seines Vaters. Zu der Zeit gab es überall in den Provinzen Aufstände gegen die hohen Steuern der Regierung, die, wie gesagt, von den Gaut kontrolliert wurde. Eine Bastion der Rebellen war die Provinz Karnath im äußersten Norden des Reiches, eine waldreiche und bergige Gegend – und durch eine Raumverdichtung mit der Palastinsel verbunden. Außerdem sollte es sich herausstellen, dass mein Vater gar kein Gaut war, sondern ein Karnathide. Seine Mutter – meine Großmutter – war als Konkubine des Kaisers an den Hof gekommen und ein Opfer von Lefats Intrigen geworden. Jeder bei Hof wusste, dass mein Vater und seine Schwester Fenee nicht Lefats leibliche Kinder waren, denn nur Karnathiden haben das charakteristische rote Haar." Mayï ergriff eine Handvoll seiner feuerroten Locken, um seine Worte zu betonen. „Und jeder bei Hof hielt darüber den Mund, aus Angst vor der Vergeltung der Gaut und aus Respekt vor dem Kaiser, weil Maitee seine Favoritin gewesen war. Erst als mein Vater ihr Portrait in der Ahnengalerie der Karnathiden sah, begriff er das ganze Ausmaß der Manipulation, die der Patriarch aus dem Hintergrund heraus leitete. Meine Mutter sagte einmal, dass sie meinen Vater in all den Jahren nur ein einziges Mal richtig wütend erlebt hat, nämlich, als er auf seinen alten Waffenmeister losgegangen war, der natürlich die ganze Zeit von seiner wahren Herkunft gewusst hatte. Gorumsam – so hieß der Waffenmeister – hatte Maitee nämlich verehrt und machte meinen Vater für ihr Schicksal verantwortlich. Hätte Maitee keinen Sohn geboren, hätte Lefat ihn nicht als ihren eigenen Erstgeborenen ausgegeben und seine Mutter beseitigen lassen. Gorumsam hat meinen Vater sein Leben lang dafür büßen lassen, hat ihn geprügelt und schikaniert, und zwar noch schlimmer, als er es ohnehin als Ausbilder der Kronprinzen tat. Du hättest mal all die Narben sehen sollen, die mein Vater hatte; die meisten davon stammten aus seiner Zeit als Gorumsams Schüler. Jedenfalls konnte meine Mutter ihn gerade noch davon abhalten, seinen Waffenmeister zu erschlagen. Den Winter verbrachten meine Eltern auf dem Stammsitz der Karnathiden, wo mein Vater und Gorumsam die Rebellen im Kampf ausbildeten – also nicht wirklich im Waffengebrauch, denn dafür reichte die Zeit nicht. Es sollte genügen, wenn sie auf dem Feld wie eine kampferprobte Armee aussahen. Das sollte die Soldaten des Patriarchen bei einer Konfrontation genügend abschrecken, denn zuvor waren diese von ständigen Guerilla-Attacken zermürbt worden. Das war die eigentliche Spezialität der Truppe. Schließlich nahmen die Rebellen und ihre Verbündeten die Palastinsel ein, stürzten den Patriarchen und ernannten Illan, den ältesten Kronprinzen, zum Kaiser."

„Was ist mit dem alten Kaiser?", hakte Pfeifer nach.

„Der hat sich das Leben genommen, als die Gaut seinen Palast stürmten und ihn zur Freigabe der Insignien zwingen wollten – was er ja gar nicht mehr konnte, da mein Vater den neuen Code nun trug; aber eben das durften die Gaut auf keinen Fall erfahren. Bei jeder Übergabe wird ein winziges Detail im Muster automatisch verändert, das dann als Schlüssel für die nächste Freischaltung dient. Und der Kaiser wollte seinen Sohn um keinen Preis verraten. Schade eigentlich, denn sein Tod war zwar heroisch, aber völlig umsonst, weil kurz darauf der Schrein in die Luft flog. Und anschließend noch der Tunnel, in dem meine Eltern und der Meier steckten."

„Der Meier?"

„Der Hausmeier, der Leibdiener meines Vaters. Zu Hause nannten alle ihn nur den Meier."

„Denkst du, die Karneaner sind immer noch so blutrünstig, wie in deiner Geschichte?"

Mayï lehnte sich nach vorn und studierte die Instrumente auf der Konsole: noch drei Tage bis zum Eintritt in das Sonnensystem des Planeten Oo. „Das werden wir bald herausfinden", antwortete er. „Und das ist keine Geschichte, sondern *Geschichte*."

10.

*** *** ***

Mayï war in eine der Aufgaben vertieft, die ihm seine Lehrer
für die Dauer seiner Reise mitgegeben hatten, als sich Pfeifer
meldete: „Eingehender Anruf. Großmeister Ni für dich." Mayï
nahm die Verbindung in seiner Kajüte entgegen. Es war das erste Mal seit Antritt der Reise, dass er mit jemand anderem als seinem Piloten sprach; bisher hatte sich der Austausch auf schrift-
liche Nachrichten beschränkt. „Hallo, Ni. Schön, wieder mal
eine andere Stimme zu hören." Er bekam nicht sofort eine Antwort, sondern musste etwas warten, denn trotz der verhältnismäßig geringen Distanz, die das Sonnensystem von Karneä von
der Kernwelt der Gemeinschaft – Mayïs Heimat – trennte, dauerte es mehrere Augenblicke, bis die Worte zum Gesprächspart-
ner und wieder zurückfanden.

„Es freut mich auch, dich zu hören. Ist so weit alles in Ordnung? Keine besonderen Vorfälle?"

„Nein, seit wir den Strom verlassen haben, ist der Flug ruhig verlaufen. Was macht die Meute? Was gibt es Neues aus der
Gemeinschaft?"

Wieder dauerte es eine Weile, bis Ni wieder zu hören war.
„Sie lassen dich grüßen." Ni ging nicht auf seine zweite Frage ein. Mayï ahnte, was das bedeutete: Der Streit zwischen den
Schulen und den Anhängern der Gruppe der Zehn ging weiter,
nicht offen und Auge in Auge, sondern verdeckt und hinterlistig.
Auf eine Art also, die dem Denken dieses alten, zähen Kämpfers
völlig fremd war, ihn irritierte und ermüdete.

„Ihr befindet euch jetzt …", es gab eine kleine Pause, als Ni
am Gegenstück zu Mayïs Konsole die aktuellen Daten aufrief,
„… auf Höhe der Umlaufbahn des fünften Planeten des Systems.
Habt ihr irgendwelche Objekte geortet?"

Das hatten sie in der Tat, doch es handelte sich dabei nur um die Flugobjekte, welche die Sonden der Gemeinschaft vor mehr als einem halben Jahrhundert schon registriert hatten: eine alte, aber noch funktionierende lyrianische Raumsonde sowie ein weiterer, weitaus älterer Satellit, von dem kein Signal mehr ausging und der bloß noch ein Haufen Schrott war. Beide Sonden hatten das Sonnensystem bereits verlassen und trieben in die Weite des Alls hinaus.

„Neuere Flugkörper haben wir hier draußen nicht gefunden", sagte Mayï. „Die haben wohl das Interesse an der Erkundung des Weltalls verloren."

„Ich glaube, die Lyrianer hatten daran nie wirkliches Interesse; sie sind auf ihre eigene Welt und ihren Nachbarmond fokussiert. Seid trotzdem vorsichtig und hinterlasst keine Spuren, weder sichtbare noch messbare."

„Verstanden. Wir fliegen bereits mit dem Bauch voran und manövrieren so, dass das Schiff keinen Schatten wirft." Tatsächlich hatte der Pilot den Springer in eine gegenüber der Planebene des Sonnensystems vertikale Position gebracht, wobei er die Unterseite des Schiffes zur Sonne ausgerichtet hatte. Weil der silbrige Bauch des Springers das Sternenlicht reflektierte, war er sowohl für das bloße Auge als auch für Fernrohre mit starken Objektiven nahezu unsichtbar. „Aber", fügte Mayï hinzu, „du glaubst, da ist noch etwas Anderes, oder?"

„Ich kann nicht sicher sein, es ist eher ein Bauchgefühl. Wie du weißt, wurde hier eine Sonde ausgesetzt, um Toï aufzuspüren. Sie wurde abgezogen, nachdem deine Eltern damals der Gemeinschaft beigetreten waren und befand sich seitdem in der Reserve. Laut Inventarbericht wurde sie nie auf Null zurückgesetzt und enthält immer noch die Signaldaten deiner Mutter. Die Sonde wäre also jederzeit einsatzbereit, um Toï erneut aufzuspüren. Oder jemanden mit einem fast identischen Signal." Mayïs Signal.

„Lass mich raten: Diese Sonde ist verschwunden." Aber das musste nichts weiter bedeuten, Dinge verschwanden manchmal eben.

„Sie ist noch auf der Liste aufgeführt. Aber ich war dort, in der Reserve. Ich konnte sie nicht finden."

„Bauchgefühl, richtig?"

„Genau. Ich möchte niemandem etwas unterstellen, aber behalte das im Hinterkopf. Also, wo willst du als erstes landen?", fragte Ni.

„Ich denke, ich beginne mit der Palastinsel. Mein Vater sagte in seiner Aufzeichnung, dass jeder sofort meine Abstammung erkennen würde. Sollte ich mich tarnen und mir die Haare färben?"

„Mein Rat ist, dass du möglichst nicht auffallen solltest. Aber falls du entdeckt werden solltest, könnte es unter Umständen gefährlich werden, wenn man dich für einen unbekannten Fremden hielte. Einem Mitglied des Clans der Generäle werden die Leute dort anders begegnen. Freundlicher, hoffe ich. Sei einfach der, der du nun einmal bist: der Sohn des verschollenen Herrn von Karnath. Benutze den Generator, um ein paar der traditionellen Kleidungsstücke mit deinem Familienwappen zu versehen." Die dreifache Tiermaske vor einem stilisierten Spinnennetz: Mayï kannte das Symbol von der Garderobe seines Vaters her, in der einige Stücke mit diesem Muster versehen waren. Mayï hatte das Familienwappen der Karnathiden nie besonders hübsch gefunden, es war eine Variation des mythischen Weltentiers, wie es in den kaiserlichen Insignien vorkam, der Lichttätowierung auf dem Rücken seines Vaters – *diese* Tiermaske war richtiggehend gruselig gewesen wegen der Augen, die einen mit ihrem bronzenen Blick zu verfolgen schienen.

„Und noch etwas, Mayï: Als Karnathide solltest du bewaffnet gehen. Das gehört zum traditionellen Bild dazu, das sich die Karneaner von der Kriegerkaste im Allgemeinen und von den Generälen im Besonderen machen."

„Aber ich habe nur das stumpfe Übungsschwert dabei", sagte Mayï.

„Du hast also noch nicht im Fach in der Fensterbank nachgeschaut. Mach dich mit dem Schwert vertraut, bevor du runtergehst." Mayï mochte Waffen nicht besonders, sie waren für ihn nur ein Mittel zum Zweck bei seinen Übungen, und dabei konnte er erstaunlich gut damit umgehen – besser als so mancher karneanische Krieger, dem er noch begegnen sollte.

„Da ist noch etwas", fuhr Ni langsam fort, fast so, als wäre es ihm unangenehm, das Folgende auszusprechen. „Meister Kolloros – du weißt schon: der Pflanzenmeister, der jedes Jahr vorbeikam, um sich Tee abzuholen–, Kolloros also lässt fragen, was du mit den Teesträuchern anzufangen gedenkst."

„Mit den Tee…? Ich trinke keinen Tee, du bist im Moment der Einzige, der das Zeug mag. Was willst du damit machen?"

„Ich? Nichts. Ich frage dich, weil sie nun dir gehören. Wenn du für die Sträucher keine Verwendung hast, würde Meister Kolloros sie gerne mitnehmen und bei sich anpflanzen. Bevor sie verwildern oder verkümmern."

„Du willst sie nicht haben?"

„Ich habe kein Händchen dafür. Es sind außerdem viel zu viele Sträucher."

„Tja, nun, ich mag das Zeug nicht, und wenn du die Sträucher auch nicht willst, dann ist das für mich in Ordnung, wenn Meister Kolloros sie haben will. Glaube ich." Die kleine Teeplantage hatte schon immer dagestanden, Mayï hatte als kleiner Junge darin gespielt und manchmal seinem Vater bei der Ernte geholfen, indem er mit Begeisterung ganze Büschel ausrupfte, anstatt die jungen Triebe einzeln zu pflücken. So viele Erinnerungen waren damit verbunden. Aber das Leben ging weiter.

„Kolloros fragt auch, ob er den Schuppen haben kann", sagte Ni. Mayï spürte einen Stich im Herzen. Den Schuppen? Die Sträucher herzugeben, war eine Sache, aber gleich den ganzen Schuppen? Wieder kamen Erinnerungen hoch, sie ließen sich nicht abschütteln: der Duft frischer Teeblätter, die über dem Holzfeuer trockneten, das Rascheln und Prasseln, wenn sie in der heißen Silberpfanne geschwenkt wurden, die lauen Abende auf der Bank vor dem Schuppen, der Tanz der Drachenfliegen über dem Teich …

„Willst du es dir in Ruhe überlegen?", fragte Ni.

Mayï tat einen tiefen Seufzer. „Nein, das ist in Ordnung. Meister Kolloros kann die Plantage haben und den Schuppen auch. Warum sollte ich an etwas festhalten, mit dem ich nichts anfangen kann? So kann ich wenigstens sicher sein, dass die Sachen weiter genutzt werden und nicht verfallen. Aber weh tut es schon", fügte er leise hinzu.

„Das verstehe ich", sagte Ni. „Du hast eine gute Entscheidung getroffen."

Nachdem Ni ihn noch ein paar Mal zur Vorsicht ermahnt und ihm weitere Ratschläge erteilt hatte und sie sich schließlich verabschiedet hatten, ging Mayï hinüber zur Sitzbank unterm Fenster und hob das Polster hoch. Darunter befand sich ein schmales Fach, in dem ein Schwert in seiner Scheide lag – das Langschwert seines Vaters. Die Scheide war alt und zerkratzt, das Lederband um den Griff unzählige Male erneuert worden, das Metall des Stichblattes angelaufen. Mayï hob das Schwert aus dem Fach und zog die Klinge ein paar Fingerbreit aus der Scheide; das polierte Metall der Klinge glänzte wie ein Spiegel. Mayï wusste, dass die Klinge präpariert war und durch jedes Material schnitt – das Schwert würde bis zum Schaft im Boden versinken, wenn er es senkrecht fallen ließe. Es war eine fürchterliche Waffe. Und nun war es die Seine.

Mayï ließ sich auf den Boden sinken, drückte das alte Schwert an sich; Tränen kullerten über seine Wangen, als ein Gemisch aus Trauer und Schuldgefühlen wie eine Welle über ihn hinweggrollte. Sein Pilot, der ihm bei seinem Gespräch mit Ni zugehört hatte, zog sich still zurück.

11.

* * *

Der Gasplanet Oo nahm beinahe die gesamte Fensterfront ein und badete den Steuerraum in seinem orangefarbenen Licht. Auf seiner Oberfläche schoben sich Turbulenzen unendlich langsam aneinander vorbei. Ab und zu erhellte lokales Gewitterleuchten den undurchdringlichen Nebel. Die Umlaufbahnen von Oos bewohnten Monden Lyr und Karneä verliefen in Südpolnähe; durch die Achsenneigung ihres Gasriesen waren sie in die Sonne gerichtet und hatten Tages- und Nachtphasen, die jenen der Kernwelt sehr ähnlich waren, bloß kürzer. Der Springer schwebte über Oos Nordpol, unsichtbar für etwaige Beobachter auf den Monden. Der Junge und sein Pilot studierten Lyr auf ihren Monitoren. Wie Oo war der Mond in eine dichte Nebeldecke gehüllt, aus der nur die höchsten Berggipfel hervorlugten; Satelliten kreisten in seinem Orbit.

„Das sind erstaunlich wenige Satelliten für ein Volk von Raumfahrern. Müssten sie nicht viel mehr Interesse an ihrer Umgebung bekunden, wenn sie regelmäßig zum Nachbarmond fliegen?", wunderte sich Pfeifer.

„Vielleicht sind ihre Ressourcen begrenzt, oder zumindest ihre Möglichkeiten, sie kurzfristig und in großen Mengen auszubeuten und zu verwerten. Den Messungen zufolge gibt es da unten reichlich Bodenschätze aber keine größeren Industrieanlagen. Außerdem: Kann man die Lyrianer wirklich als Raumfahrer bezeichnen, nur weil sie in regelmäßigen Abständen ein winziges Raumschiff mit einem kleinen Kind darin zum Nachbarmond schießen?"

„Du hast doch von der lyrianischen Apparatur in diesem Schrein erzählt. Der Mechanismus, der die Insignien überträgt. Den muss doch jemand installiert und erklärt haben, wie er funktioniert. Ganz zu schweigen von dem Aufwand, der nötig gewesen sein musste, um das Ding von Lyr nach Karneä zu schaffen."

„Nach dem, was ich von meinen Eltern weiß, war dieses *Ding* über tausend Jahre alt. Aber ich sehe, worauf du hinauswillst: dass die Lyrianer in der Vergangenheit sehr wohl auf Karneä präsent waren. Als Pioniere vielleicht. Aber wieso hätten sie die Expeditionen dann eingestellt, nur um trotzdem weiter Babys nach Karneä zu schicken?" Mayï trommelte ungeduldig mit den Fingern auf der Stuhllehne. Nein, diese Annahme war einfach unbefriedigend. Ganz davon abgesehen, dass es monströs war, wenn ein Volk seine eigenen Kinder erstens ins All schoss, und zweitens, ohne sich um ihr weiteres Schicksal zu kümmern. „Es sei denn, es war zu Beginn ganz anders gewesen", murmelte er, als ihm eine Idee kam. „Was wäre, wenn …"

Mayï beugte sich über die Instrumentenkonsole und begann zu arbeiten. „Erinnerst du dich an den Tunnel, von dem ich dir erzählte? Der auf der Palastinsel begann und in den Bergen von Karnath herauskam – tausende Meilen entfernt?"

„Ja, eine Raumverdichtung, wie ein Wurmloch, nur auf der Planetenoberfläche. Laut Datenbank existiert es nicht mehr."

„Aber seine Signatur ist in der Datenbank gespeichert, richtig?", sagte Mayï, ohne die Augen von der Konsole zu nehmen. „Und Rückstände alter Signaturen lassen sich auch später noch orten, oder? Sehr viel später sogar? Hier." Mayï rief das große Display auf und vor dem Bullauge des Steuerraums erschien eine Energiewand voll mit Daten. Pfeifer schwamm näher an die Tankwand heran und richtete alle seine Augen auf die Diagramme und Listen auf dem Display. „Die Signatur der Raumverdichtung von damals … aktuelle Signaturspuren … Ja, die stimmen überein, aber was haben sie mit Lyr zu tun? Die Daten gehören zu exakt definierten und unveränderten Koordinaten."

„Ich scanne jetzt die beiden Ausgangspunkte der Raumverdichtung – der Passage, wie meine Eltern sie nannten. Er beginnt auf der Palastinsel unter dem Pavillon und endet in einem Bergstollen in Karnath. Ich erinnere mich vage, dass meine Mutter – oder war es mein Vater, ich habe vergessen, wer von beiden – eine Spalte in diesem Tunnel erwähnte, ein Loch, das ins Nichts führte. Wenn das tatsächlich existierte, sollte man doch … Da!", rief

Mayï triumphierend. „Eine zweite Signaturspur. Sehr schwach, aber eindeutig. Von einer instabilen Passage."

„Die ist in der Datenbank nicht enthalten", stellte Pfeifer fest.

„Vielleicht wurde sie damals von der stärkeren Signatur überlagert, wer weiß?"

„Und was schließt du jetzt aus deinem Fund?"

„Das hängt davon ab, ob sich Spuren dieser zweiten Signatur auf Lyr finden lassen."

* * *

Der Navigator und sein Pilot brauchten eine Weile, um die Oberfläche von Lyr abzusuchen. Das Ergebnis war enttäuschend. Zwar ließen sich Spuren dieser zweiten Signatur ebenfalls auf dem Nachbarmond nachweisen, aber die Messungen konnten nicht eindeutig bestimmen, ob es sich dabei um das andere Ende des instabilen Tunnels handelte, oder lediglich um Interferenzen, die von der ursprünglichen Quelle auf Karneä ausgingen und bis Lyr reichten. „Aber rein theoretisch hätte die Möglichkeit eines direkten Kontaktes zwischen den beiden Zivilisationen von Lyr und Karneä bestanden. Damit ließen sich all die lyrianischen Artefakte auf Karneä eher erklären als mit der Wir-waren-einst-Raumfahrer-und-schießen-jetzt-Babys-ins-All-Theorie."

„Willst du nach Lyr hinunter und den Spuren weiter nachgehen?", fragte der Pilot.

Selbstverständlich würde er das gerne tun! Er könnte sich unbemerkt unter dem Volk von Lyr bewegen, ohne dabei auch nur mehr als einen winzigen Bruchteil seines Potentials einzusetzen. Er wäre wie ein Schatten in der Dunkelheit, ein Hauch im Wind. Sein Pilot müsste davon nichts mitbekommen, Mayïs Geheimnis bliebe unentdeckt und beider Neugier wäre trotzdem befriedigt. Wenn, ja, wenn!, da nicht Nis Intuition wäre und die Möglichkeit, wie gering auch immer, bestand, dass da draußen eine Sonde gut versteckt auf genau diese Gelegenheit wartete. Daher antwortete Mayï: „Nein, lieber nicht. Ich glaube, Lyr ist kein besonders gastfreundlicher Ort."

12.

***

Mayï stand knietief in Gras und Unkraut, Winden und Efeu umschlangen die wuchernden Sträucher und drohten sie zu ersticken, in den Bäumen lärmten Insekten. Und dieser Geruch! Er wehte vom See her und kroch über die alte, bröckelnde Mauer, brackig und nach faulen Abwässern stinkend. Sie haben nie diesen Geruch erwähnt, dachte Mayï. Vielleicht waren seine Eltern so daran gewöhnt gewesen, dass sie ihn selbst nicht mehr wahrgenommen hatten. Wahrscheinlicher aber war, dass es damals – vor über einem halben Jahrhundert – noch weniger Bewohner gab, die um den See herum lebten. Die Hauptstadt Bokkar hatte seither ihre Fläche beinahe verdoppelt, war über die alten Stadtmauern hinausgewachsen und dehnte sich entlang des Seeufers aus. Es waren vorwiegend ärmliche, baufällige Hütten, die Mayï und sein Pilot auf den Aufnahmen sahen, die sie von der Umgebung der Palastinsel gemacht hatten. Sie hatten so gar nichts gemein mit den prächtigen Häusern der wohlhabenden Bürger in der Altstadt. Die Leute hier lebten unter erbärmlichen Bedingungen. Sollten die Unruhen, von denen seine Eltern erzählt hatten, nach so langer Zeit immer noch andauern? Waren das die Behausungen der Vertriebenen?

„Test!", dröhnte es in Mayïs Ohr und der Junge tat einen Satz vor Überraschung. „Hörst du mich?"

Mayï hielt sich den Kopf. „Ja, ja doch! Ich höre dich. Stell das Ding leiser!"

„Wie ist es jetzt?" Pfeifers Stimme – vielmehr die Stimme des Übersetzungsgeräts – klang nun schon moderater und nicht mehr so, als hielte man ihm eine Trompete ans Ohr. Mayï rümpfte die Nase und stocherte mit dem kleinen Finger in seinem rechten Ohr. „Besser. Das blöde Ding juckt!" Das *Ding* war ein Implantat zur Kommunikation, das in seinem Innenohr saß. Jedes Mal, wenn er den Springer verlassen wollte, musste Mayï ihn sich zuvor einsetzen, so schrieb es das Protokoll vor. Es war eine unangenehme Prozedur: Mayï musste sich auf die Pritsche der Diagnosestation legen und sich den silbrigen Inhalt einer Pipette in die Nase träufeln. Er konnte spüren, wie sich die Nanopartikel ihren Weg in sein Innenohr suchten und sich dort zum Komimplant formierten. Es war im Wesentlichen das gleiche Prinzip, das auch beim Sessel des Navigators und vielen weiteren Apparaturen in der Gemeinschaft Anwendung fand: eine amorphe Masse aus vorprogrammierten Molekülen, die jede gewünschte Form und Funktion annehmen konnte. „Reguliere es noch einen kleinen Tick runter. Wie ist die Verbindung auf deiner Seite?"

„Bestens. Was siehst du?" Das Komimplant war eine reine Audioverbindung; die leistungsfähigen Bordinstrumente des Springers machten ein zusätzliches Gerät für die visuelle Verbindung überflüssig. Der Blickwinkel hier unten auf der Oberfläche war natürlich ein völlig anderer, Mayï sah nur das, was er unmittelbar vor sich hatte, während sein Pilot das gesamte Areal überschaute.

„Einen völlig verwilderten Park", antwortete Mayï. „Hier ist seit Ewigkeiten kein Gärtner mehr gewesen. Ich sehe auch ein paar verkohlte Baumstämme. Und die Mauer um den Park", Mayï drehte sich um und nahm die Wand aus Basaltsteinen in Augenschein, „die hat auch schon bessere Zeiten erlebt. An einigen Stellen ist sie zusammengestürzt." Das Stück Mauer direkt vor dem Jungen waberte leicht; es waren die Restimpulse des Portals, das Pfeifer zwischen dem Schiff und der Stelle geöffnet hatte, an der sich Mayï befand. Den Flieger konnte er nicht benutzen, es sei denn, er wollte diese Welt in Panik versetzen.

Mayï bahnte sich einen Weg durch das Gestrüpp, weg von der Mauer. Nach ein paar Schritten stieß er auf einen alten Weg. Unkraut und Moos bedeckten auch hier die Kieselsteine des Pfads, doch das Gehen war leichter als zwischen den Sträuchern.

„Dein Weg führt direkt zum Pavillon", sagte Pfeifer.

Jedenfalls zu dem, was davon übrigblieb: Bäume reckten sich durch das eingefallene Dach dem Tageslicht entgegen oder brachen durch die Ziegel des Fundaments. Die verbliebenen Dachziegel waren von dickem Moos bedeckt, die Außenmauer war verfallen, lediglich das Holzgerüst des Fachwerkes stand schief und trotzig über dem Unkraut. Mayï ging näher an das kleine Gebäude heran. Es roch nach feuchter Erde und verrottendem Holz. „Hier war meine Mutter untergebracht, während sie bei den Gaut lebte. Sie war es auch, die den Tunnel entdeckte. Unten, im Keller des Pavillons." Mayï ging nach links am Gebäude entlang zum Eingang. Die Tür lag auf der Schwelle, die Paneele aufgesprungen und moosübersät. Teile des eingefallenen Daches bedeckten den Flur. Mayï schob sich an einem kleinen Baum vorbei und betrat das Innere des Pavillons. Über ihm strahlte der Morgenhimmel, und die Wolken, die über ihn hinwegzogen, hatten einen merkwürdigen orangefarbenen Schimmer – Oos Glühen war ständig präsent. Vorsichtig schritt Mayï über den Schutt hinweg zum hinteren Teil des Pavillons. Die morschen Bretter unter seinen Füßen knirschten bedenklich.

„Halt!", befahl Pfeifers Stimme in seinem Kopf und wieder zuckte Mayï zusammen. Er würde sich nie an das Komimplant gewöhnen können. „Du stehst jetzt genau über dem Kellerraum. An deiner Stelle würde ich nicht weitergehen, der Boden vor dir ist verrottet und wird dein Gewicht nicht tragen."

Mayï blieb stehen und fummelte ein kleines Gerät aus seiner Wickeljacke. Er trug karneanische Alltagskleidung, wie er sie auch von zu Hause her kannte: Hose, Langhemd und Jacke, alles locker geknotet und mit einem langen Stoffgürtel zusammengehalten. Mayï selbst war diese Tracht zu lose und unbequem – er bevorzugte die enger anliegende Kleidung, die Ni aus seiner alten Heimat mitgebracht hatte. Mayï schaltete das Gerät ein und las die Messdaten ab. Zwei unterschiedliche Signaturen, wie erwartet. Er steckte das Gerät wieder ein und konzentrierte sich, sein Bewusstsein tastete erst den Kellerraum unter sich ab und dann das Gestein, auf dem der Pavillon stand. Er erfühlte einen Hohlraum im Felsen, niedrig, aber groß genug, damit ein Erwachsener auf allen Vieren hindurchkriechen konnte. Er führte etwa ein Dutzend Schritte in Richtung der Parkmauer, bevor er abrupt an einer Felswand endete. Vor der Wand lag Geröll; hier war die Decke des Tunnels eingestürzt. Die Signaturreste der beiden Wurmlöcher – der Verbindung nach Karnath und der instabilen Passage ins Nirgendwo – kamen aus dieser Felswand. Mehr konnte Mayï hier nicht in Erfahrung bringen. Vielleicht würde er in Karnath deutlichere Hinweise auf eine frühere Verbindung nach Lyr finden.

Durch eine Lücke in der Außenwand kletterte Mayï wieder ins Freie und sah sich nochmal um. Hier gab es nichts, was er mit seiner Mutter in Verbindung bringen konnte. Hatte er wirklich gedacht, nach so vielen Jahren hier noch etwas zu finden? Etwas enttäuscht setzte er sich wieder in Bewegung. Er folgte weiter dem alten Pfad, der ihn in einem Bogen zur Mitte des Parks führte und dort in einen breiteren Weg mündete. Von dort, wo er sich befand, konnte Mayï geradewegs auf das Eingangstor zum Park blicken, das in die dicken Mauern des alten Palastes des Hauses Gaut eingelassen war. Das festungsähnliche Gebäude nahm die ganze Breite des Parkgeländes ein, nur wenige Fenster waren in die Fassade eingelassen, hoch und schmal und durch Holzbalkone miteinander verbunden, auf die Mayï lieber keinen Fuß setzen wollte, so verwittert, wie sie aussahen. Das Gebäude selbst war solide gebaut und wirkte gut erhalten, auch das Dach war bis auf ein paar herabgefallene schwarze Dachziegel intakt. Durch die Scans, die Mayï und sein Pilot an Bord des Springers gemacht hatten, wusste Mayï, dass der Palast leer stand, sie hatten lediglich eine einzige Person ausmachen können, vermutlich ein Wächter. Die anderen Gebäude auf der Palastinsel hingegen – die Anwesen der Häuser Lerund, Pautar und Hadufil, der kaiserliche Palast selbst sowie der des Patriarchen –, sie alle waren noch bewohnt.

* * *

Mayïs Ohr fing wieder an zu kribbeln, als sich Pfeifer meldete: „Den Aufzeichnungen zufolge befand sich hier der ursprüngliche Zugang zur Insel; die Fundamente des Palastes stammen noch aus jener Zeit. Ich kann die Risse im Gemäuer sehen von dem Erdbeben, das damals die Insel erschütterte." Hinter der Mauer im Park hatte sich einst ein Felssporn befunden mit einem Weg, der hinunter zum Landungssteg geführt hatte. Die Anlegestelle und ein Teil der Felswand waren beim Beben vor dreihundert Jahren abgebrochen und im See versunken. Seitdem befand sich der Landungssteg auf der anderen Seite der Insel, unterhalb des Sitzes des Patriarchen; nichts und niemand betrat oder verließ seitdem die Insel, ohne dass der Patriarch davon erfuhr.

Mittlerweile war Mayï am Rand des Parks angelangt. Hier erhoben sich beiderseits des Weges zwei gedrungene Turmbauten, deren Basis aus großen Steinquadern bestand; die Fenster waren nicht mehr als Schießscharten, wie er sie von Festungen her kannte. Mayï legte den Kopf in den Nacken und blickte hoch. Er zählte drei Stockwerke, darüber ragten die Balken einer überstehenden Terrasse in die Luft; von seinem Standort am Fuß des Turms konnte er nur einen Teil der geschwungenen Dachtraufe erkennen. Wie der Palast der Gaut machte der Wohnturm einen relativ gut erhaltenen Eindruck. Der Turm zu seiner Rechten hingegen war verfallen; hier und da ragten geschwärzte Balken aus dem geborstenen Gemäuer und Spuren von Ruß bedeckten die Außenmauer über den winzigen Fensteröffnungen, als hätte im Inneren des Turms ein Feuer gewütet. Die Tür des unversehrten Turms war mit Brettern zugenagelt. „Hier lebte mein Vater zusammen mit seiner Zwillingsschwester. Ich würde mir gerne das Innere ansehen. Pfeifer, kannst du mich da reinbringen?"

„Verstanden. Aber sei vorsichtig, das ganze Material ist alt und trägt nicht mehr gut."

Die Luft vor Mayï fing an zu wabern und dort, wo sich die Steinquader des Turms hätten befinden sollen, tat sich ein mannshohes Loch auf, durch dessen schimmernde Oberfläche Mayï in einen dämmrigen Raum hineinblickte. Der Junge trat durch die Passage und hinein in den ehemaligen Waffensaal des Kronprinzen Lerean. Staub bedeckte in einer dicken Schicht das alte Parkett und tanzte im fahlen Sonnenlicht, das durch ein paar schmale Fenster in den Raum fiel. Es roch nach altem Holz und Moder –

aber immer noch besser als der Gestank nach Kloake draußen. Das Holz unter seinen Füßen knarrte und quietschte, als sich Mayï im Raum umsah. Haken ragten überall aus den Wänden, die zum Aufhängen von Waffen gedient haben mussten; sie waren ähnlich angeordnet wie die Haken in der kleinen Übungshalle seines Vaters zu Hause. Dort hingen vor allem Schwerter, aber auch Speere, Lanzen, Pfeile, das ganze Arsenal traditioneller Kriegskunst, auch exotische und merkwürdige Artefakte, die sein Vater von seinen Einsätzen mitgebracht hatte – allesamt Instrumente des Tötens und der Vernichtung. Mayï selbst konnte damit nichts anfangen. Die Wände in diesem Raum waren nackt, die Waffen längst verschwunden. Am anderen Ende des Saals hing eine Tür schief in ihren Angeln; Mayï trat hindurch und befand sich im Treppenhaus des Wohnturms. Es war dunkel, das einzige Licht fiel durch die offene Saaltür; Mayï vernahm das leise Rascheln winziger Pfoten, die verschreckt über die Bretter huschten. Vorsichtig stieg er die Treppe hinauf.

* * *

Die Stufen knarrten bedrohlich, doch sie trugen das Gewicht des mageren, schlaksigen Jungen. Mayïs Erwartungen wurden erneut enttäuscht – was hatte er sich hier bloß zu finden erhofft? –, denn bis auf ein paar kaputte Möbel waren alle Zimmer leergeräumt. Die schönen Teppiche und Decken, von denen seine Mutter berichtet hatte, all die Bücher und antiken Keramiken, die sein Vater zurücklassen musste: Nichts davon war noch hier. Auch die Gemächer von Lereans Zwillingsschwester Fenee – meiner Tante, dachte Mayï – direkt unter dem Dachgeschoss standen leer. Wasserflecken breiteten sich über die feuchten Wände aus, von denen der Verputz abbröckelte. Die Dielen hingen an einigen Stellen bedenklich durch, sodass Mayï gleich weiter hinauf zur Terrasse stieg.

Ein ausladendes Dach, getragen von unzähligen Holzpfeilern, schützte die Terrasse vor Regen. An den Balken waren noch die Haken für die Vorhänge aus Wachstuch zu sehen. Mayï trat unter dem Dach hervor auf die Plattform, stets darauf achtend, wohin er die Füße setzte. Erneut wehte ihm der Gestank des verschmutzten Sees ins Gesicht, doch er wurde durch den Ausblick entschädigt, der sich ihm von hier oben aus bot. Der Wohnturm, erbaut auf den Fundamenten der ehemaligen Befestigungen, die einst den Eingang zur Palastinsel beschützten, war das höchste Gebäude auf der Insel. Von hier blickte Mayï über die wuchtigen Dächer der Paläste des Adels und der Nebengebäude bis hin zu den schilfbewachsenen Ufern des Sees. Er sah die schmalen Gassen, die sich zwischen den Mauern der Anwesen hindurchschlängelten, er konnte sogar in die Gärten der anderen Paläste blicken, nicht so weitläufig wie der Park der Gaut, dafür aber gepflegt und hübsch anzusehen mit ihren Teichen, auf denen kleine Pavillons Schutz vor Sonne und Regen boten und die über Miniaturbrücken zu erreichen waren. Das Holz der Konstruktionen war in einem satten, glänzenden Rot gestrichen. Von hier oben konnte Mayï in das Innere des Zwillingsturms gegenüber sehen. Das Treppenhaus war längst verfallen, und Trümmer des zerstörten Daches füllten nun den zurückgebliebenen Hohlraum. Hinter dem zweiten Turm versperrte eine Anhöhe den Blick auf den dahinterliegenden See. Auf ihrer Kuppe, inmitten eines Hains aus Steinstelen, stand eine Ruine. Dies musste der Schrein sein, in dem die kaiserlichen Insignien aufbewahrt worden waren, bis sein Vater sie stahl. Die Stelen, auch das kannte Mayï aus den Schilderungen seiner Eltern, waren Urnengräber. Und in einem davon befanden sich die Überreste seiner Tante Fenee.

Im Zentrum der Insel, umringt von einer Allee alter Bäume mit dichten Laubkronen, stand der Kaiserpalast hinter einem Wall, der an Höhe alle anderen Mauern überragte. Die schwarz lackierten Ziegel seiner zahlreichen Dächer glänzten in der Sonne. Der Anblick war Mayï eigenartig vertraut, denn bis auf das reetbedeckte Haupthaus und den Flügel, in dem sich sein eigenes Zimmer befand, waren alle anderen Gebäude – die große und die kleine Übungshalle, selbst die Unterkünfte der Schüler – im karneanischen Stil errichtet worden mit mächtigen ziegelgedeckten Dächern mit hochschwingender Traufe.

Auf der Allee, im Schatten der Bäume, konnte Mayï ein paar Gestalten erblicken, die zu Fuß gingen oder kleine Sänften auf ihren Schultern trugen. Ein paar wenige der Fußgänger waren prachtvoll gekleidet, die meisten trugen die bescheidenere Kleidung von Dienern und Sklaven. Letztere liefen barfuß, wie Mayï selbst von hier oben aus erkennen konnte. Wie seltsam es doch war: Er hatte seinen Vater zu Hause selten Schuhwerk tragen sehen, selbst draußen auf seiner kleinen Teeplantage war er barfüßig durch den Schlamm gestapft. Was für ihn Freiheit bedeutete war hier, auf der Palastinsel – und vermutlich überall im Reich – ein Zeichen tiefster Knechtschaft.

Er ging stieg wieder hinunter und blieb nur stehen, um einen kurzen Blick in das Badezimmer zu werfen, das sich zwischen den Stockwerken mit den Gemächern befand. Der Raum war leer und kalt, es roch intensiv nach feuchtem Gemäuer. In einer Ecke sah er den gemauerten Brunnen, der bis hinab in den Felsen reichte und vom Wasser des Sees gespeist wurde. Mayï fragte sich, ob die Bewohner der Insel ihr Wasser auch heute noch aus dem verseuchten See bezogen.

„Du solltest zurück aufs Schiff kehren, ich kann den Wächter orten, der im Begriff ist, den Palast zu verlassen. Er kommt in deine Richtung."

„Sehr gut. Lass mich hinter dem Turm raus, ich werde ihm entgegengehen."

„Nein, das ist keine gute Idee."

„Was soll mir schon groß passieren?"

„Was dir passieren könnte? Man könnte dich für einen Eindringling halten, für einen Feind. Du könntest verprügelt, eingekerkert, erstochen und erschossen werden! Nur mal als Beispiel."

„Ein harmlos aussehender Junge wie ich? Außerdem, wie sagte meine Mutter in der Aufzeichnung: Ich habe *Talente*."

„Na schön, aber behaupte hinterher nicht, ich hätte dich nicht gewarnt."

* * *

Dreimal am Tag machte der Torwächter seine Runde im Park: in der Morgen- und Abenddämmerung und wenn die Sonne am höchsten stand, wie jetzt. Er würde durch das Tor gehen, zwischen den Wohntürmen vorbei, den Weg entlang bis zur hinteren Mauer und wieder zurück. Dabei würde er einen gelegentlichen Blick hierhin und dorthin werfen, um nach dem Rechten zu sehen. Oder auch nicht. Der Ort war verlassen, seine Bewohner waren schon vor langer Zeit auf ihre Besitztümer in der Provinz Fel geflüchtet und seitdem nicht wiedergekommen. Niemand interessierte sich für den alten Palast der Gaut, im Gegenteil, man munkelte, hier gingen Geister um. Man mied den Ort. Ihm sollte es recht sein. Es war ein geruhsamer Posten, den man ihm hier zugewiesen hatte; er hatte nichts weiter zu tun, als unter dem Haupttor zu sitzen und ab und zu auf seinen Rundgängen die alten Knochen zu bewegen.

Er verließ den Palast durch das Tor und trat seine Runde durch den Park an. Zu seiner Linken stand der zerstörte Turm, auf der anderen Seite des Weges erhob sich das intakte Gebäude. Er vergewisserte sich, dass die Bretter, mit denen die Eingangstür zugenagelt war, festsaßen und setzte seine Runde fort. Hier stand der verwilderte Busch, der im Herbst so gut duftete, dort der alte Baum mit dem abgebrochenen Ast … So festgefahren war er in seiner täglichen Routine, dass der Wächter den Jungen gar nicht bemerkte, der beim alten Turm des Kronprinzen stand und mit offenem Mund verdutzt zusah, wie er gemächlich an ihm vorbeischlenderte. Erst, als er hinter sich ein lautes Räuspern hörte, fuhr der alte Wächter zusammen und drehte sich um, die Spitze seines Speers zur Verteidigung gesenkt.

„Ich grüße dich", sagte der Junge in vollendeter Hofsprache. Seine roten Locken wehten in der leichten Brise wie züngelnde Flammen. In den Stoff seines Überrocks war das Muster eines Wappens eingearbeitet; der Wächter kniff seine trüben Augen zusammen, um das Symbol zu erkennen. Mit einem überraschten Keuchen ließ er seinen Speer fallen.

13.

* * *

„Ein Karnathide, hm?" Strenge Augen blickten über den Rand der Teeschale hinweg und studierten den Jungen eingehend. „Und das ausgerechnet auf dem Anwesen der Gaut." Der Mann nahm einen kleinen Schluck aus der Schale und setzte sie neben sich auf dem Boden ab. „Eure Clans sollten mittlerweile gelernt haben, einander aus dem Weg zu gehen. Wenn du der bist, der du vorgibst zu sein." Der Mann stemmte die Hände auf die Schenkel und lehnte sich auf seinem Sitzkissen nach vorne. Er war mittleren Alters, schätzte Mayï, obwohl er sich nicht ganz sicher war – auf Karneä alterten die Leute schneller als in der Kernwelt. Er war in prächtige Gewänder gehüllt, seine Haare waren beinahe genauso lang wie die seines Vaters; er trug sie offen, sodass sie über seinen Rücken fielen. An den Spitzen wurden sie von einer Perlenkette zusammengehalten, die leise klickte, wenn der Mann sich bewegte. „Nun?", fragte der Kaiser, „Was hattest du dort zu suchen?"

Mayï saß vor dem Kaiser auf dem mit duftenden Strohmatten ausgelegten Boden. Sie befanden sich in einem der Privatgemächer des Kaiserpalastes. Nachdem sich der Wächter von seinem Schreck erholt hatte, war er losgelaufen und hatte seine Entdeckung gemeldet. Daraufhin hatte der Palast eine geschlossene Sänfte geschickt, mit der man den Jungen zum Kaiser gebracht hatte; er sollte möglichst kein Aufsehen erregen. Hinter ihm versperrten zwei bärtige Palastwachen die Tür, bereit, beim kleinsten Handzeichen ihres Herrn über ihn herzufallen. Mayï versuchte, sich seine Aufregung nicht anmerken zu lassen und gelassen zu klingen, als er antwortete: „Ich wollte mich nur umsehen. Mein Vater hat früher einmal dort gelebt."

Neben dem Herrscher über Karneä saß ein alter Mann mit kahlrasiertem Schädel und gebeugtem Rücken. Er trug ein einfaches, weißes Gewand. Er hatte bisher geschwiegen und den Jungen mit seinen wässrigen, aber wachen Augen beobachtet. Bei Mayïs Worten horchte er auf. „Und wer soll dein Vater gewesen sein?", fragte er in seiner Altmännerstimme.

„Lerean, ehemaliger Kronprinz der Gaut und Herr von Karnath."

Der Kaiser gab ein kurzes Bellen von sich. „Prinz Lerean ist verschollen seit dem Fall des Hauses Gaut. Niemand hat ihn seither gesehen."

Bleibe dicht an der Wahrheit, sagte sich Mayï. „Er konnte damals der Explosion im Tunnel unter dem Pavillon entkommen und hatte sich seitdem zurückgezogen."

Bevor die Bärtigen, die Leibwächter des Kaisers, ihn ins Zimmer geschubst hatten, hatten sie ihn angewiesen, nicht unaufgefordert zu sprechen. Nun schien es Mayï aber, als ob es den Herrscher nicht sonderlich störte, dass er den Mund aufmachte. Schließlich war der Mann im Grunde ein Krieger, und die waren nicht bekannt dafür, besonders feinfühlig, geschweige denn empfindlich zu sein. Er wäre nie darauf gekommen, dass es sein eigenes Charisma war, das die beiden Männer beeindruckte; diese natürliche Autorität, die er ausstrahlte, hatten ihm seine Eltern übertragen: sein Vater, dessen Schüler ihn zutiefst respektierten, und Toï, seine Mutter, vor der die meisten der sonst so beinharten Mitglieder der Meute regelrecht Ehrfurcht hatten. Sie, nicht Lerean, war es gewesen, die Pao gezähmt hatte, damit sie zur Kriegerin ausgebildet werden konnte.

Wie erwartet entgegnete der Kaiser nur: „Der Patriarch ist jünger als der Prinz, und doch bereits ein Greis. Und du willst behaupten, du seist der Sohn seines noch älteren Mannes?"

In der Kernwelt haben wir die medizinischen Möglichkeiten, den Alterungsprozess zu verlangsamen; mein Vater war längst noch kein Greis gewesen, dachte Mayï. Was er sagte, war: „Er hat sich erst spät zur Vaterschaft entschlossen, zuvor hatte er keine Gelegenheit gehabt."

„Es wundert mich, dass Prinz Lerean überhaupt einen Nachkommen gezeugt hat", sagte der alte Mann. „Man erzählte sich, dass er die Damen seines Harems nie mit seiner Gegenwart beehrt hätte. Bei meinen Besuchen in seinem Turm war nie eine andere Frau als seine Schwester anwesend. Aus ihm wäre ein guter Mönch geworden." Das hatten Mayïs Eltern ihm natürlich nicht erzählt!

Der Patriarch musterte ihn noch eingehender. „Und wer wäre deine Mutter gewesen?"

Toï, die Geisel aus Lyr, aber meine Gene stammten ausnahmslos von meinem Vater, weil unsere beiden Spezies nicht kompatibel sind, dachte Mayï. „Eine Dame aus Lor. Aus dem Clan des Kagi ap Lor. Aufgezogen wurde ich von Dame Toï."

Der Kaiser machte eine ungeduldige Handbewegung. „Pah! Was für ein Märchen. Du magst ein Karnathide sein, so, wie du aussiehst, aber Lereans Sohn?"

„Ich bin geneigt, dem Jungen Glauben zu schenken", sagte der Patriarch ruhig. „Ich habe diese Augen schon einmal gesehen."

„Mein Vater hatte die gleichen Augen."

„Du sprichst von ihm immerzu in der Vergangenheit."

„Er fiel im Kampf." Nur, dass es kein wirklicher Kampf gewesen war. Und er nicht gefallen war, sondern …

Der alte Mann beugte sich vor. „Es gibt etwas, das nur sehr wenige über deinen Vater wissen", sagte er. „Etwas, das ihm als kleiner Junge widerfahren ist."

Reflexartig hob Mayï seine Hand und berührte eine Stelle über seiner linken Schläfe. „Er hatte eine Narbe hier an seinem Schädel. Drei parallele Narben, um genau zu sein. Mein Vater war als Junge einmal vor seinem Waffenmeister weggelaufen; er hatte es damals nicht wissen können, doch der Ort, an dem er sich versteckte, war die Passage nach Karnath unter dem Pavillon im Park. Er ist wohl bis in die Wälder auf der anderen Seite des Tunnels gekommen, denn die Narben stammten von einem Prankenhieb. Irgendein großes Tier muss ihn angegriffen haben, ein Bargat vielleicht. Und irgendjemand hat ihn zum Pavillon zurückgetragen. Jemand, der wusste, wer dieser kleine Junge war und den Tunnel kannte." Mayï war so konzentriert darauf, die Schilderung so wiederzugeben, wie er sie selbst gehört hatte, dass ihm der Blick entging, den der Kaiser und der Patriarch untereinander austauschten. „Gefunden wurde mein Vater im Keller des Pavillons, am Fuß der Treppe. Es sah so aus, als wäre er dort gestürzt und hätte sich den Kopf aufgeschlagen. Damals konnte – oder wollte – sich niemand die Form der Wunde erklären."

„Das stimmt", sagte der alte Mann an den Kaiser gewandt. „Meine beiden Brüder waren damals bei der Suche dabei gewesen. Sie haben mir später beschrieben, wie sie Lerean gefunden hatten, am Fuß der Treppe, den Kopf blutig geschlagen. Oder sollte ich sagen zerfetzt?"

Dem Patriarchen war nicht entgangen, wie der Junge mit den roten Haaren ihn bei diesen Worten angesehen hatte und daher fragte er ihn: „Wer nun, denkst du, dass ich bin?" Dabei lächelte der alte Mann nicht unfreundlich.

Mayï überlegte. „Mein Vater muss damals nicht älter als vier Jahre gewesen sein. Seine beiden Brüder waren ein, zwei Jahre älter vielleicht. Sein jüngster Bruder, Tiffean, wurde erst Jahre später geboren." Mayï blickte auf. „Ihr seid Kronprinz Tiffean, aus dem Haus Lerund!"

„Ich habe diesen Namen eine lange Zeit nicht mehr gehört", sagte der Patriarch. „Ja, ich war einmal Tiffean und nun bin ich der Einzige, der von den vier Kronprinzen von damals noch übrig ist."

„Was weißt du von den Geschehnissen, nachdem dein … Vater verschwand?", wollte der Kaiser wissen.

„Leider nichts", antwortete Mayï wahrheitsgemäß. „Meine Eltern lebten sehr zurückgezogen. Und sehr weit weg."

Der Kaiser gab ein Schnauben von sich. „Und nach all der Zeit tauchst du plötzlich hier auf? Das ist alles schwer zu glauben."

Der Patriarch meldete sich wieder zu Wort. „Wenn Eure Majestät erlauben, werde ich den Jungen mitnehmen. Ich bin sicher, er hat uns noch viel zu erzählen."

„Wenn Ihr das wünscht, Oheim, meinetwegen. Aber tragt dafür Sorge, dass man den Jungen nicht sieht. Ich möchte nicht, dass sich irgendwelche Gerüchte verbreiten." Mit diesen Worten widmete sich der Kaiser wieder seinem Tee und beachtete den Jungen nicht weiter.

* * *

„Du sagtest vorhin, dass dein Vater aus dem Tunnel entkommen konnte, bevor er einstürzte", sagte der Patriarch, nachdem sie in die Sänfte gestiegen waren, die sie zu seiner Residenz beim Landungssteg bringen würde. Die Vorhänge waren zugezogen und der alte Mann sprach mit gedämpfter Stimme. Bei Hofe gab es zu viele neugierige Augen und Ohren. „Ich bin dort gewesen, in Karnath. Prinz Lerean hatte mich vorausgeschickt. Ich habe ihn den Bergstollen nicht verlassen sehen. Und auf dieser Seite wurde er auch nicht wieder erblickt."

Er wurde im letzten Augenblick abtransportiert zu einem Springer im Orbit. Zusammen mit Toï und seinem Hausmeier. „Es gab einen anderen Ausweg. Erinnert Ihr Euch an das Loch in der Felswand? An den Abgrund dahinter?" Das war zwar nicht gelogen, aber auch keine richtige Erklärung, doch Mayï hoffte, dass Tiffean – sein Onkel! – nicht weiter nachhakte.

„Und woher bist du nun so plötzlich aufgetaucht, wo du doch behauptest, der Tunnel wäre unpassierbar?"

„Nicht durch den Tunnel, aber in etwa auf die gleiche Art und Weise. Von einem fernen Ort direkt hierher. Ich möchte wirklich nur etwas mehr über meinen Vater herausfinden. Und über meine … über Dame Toï."

Der Patriarch saß ihm gegenüber in der schaukelnden Sänfte und ließ ihn nicht aus den Augen. „Die Lyrianer haben damit nichts zu tun?"

„Ganz und gar nicht! Diese Reise, wenn Ihr es so nennen wollt, war allein meine Idee. Und die Mittel, mit denen ich reise, sind ebenso ganz die meinen."

„Ja, ja, absolut", flüsterte Pfeifers Stimme in seinem Kopf. „Kumpel, langsam ist es Zeit, dich abzusetzen, bevor es kompliziert wird."

Mayï ignorierte seinen Piloten. „Ich führe nichts Böses im Schilde und möchte auch keine Verwirrung stiften. Aber da gibt es so vieles, das ich nicht weiß. Zum Beispiel, dass mein Vater einen Harem hatte."

Der Patriarch lachte laut. „Was ist daran ungewöhnlich? Jeder adlige Mann hat einen Harem, wie sonst sollte er wohl für genügend Nachkommen sorgen? Das gilt umso mehr für die Prinzen der vier großen Häuser. Junge, wo hast du bloß all die Jahre gelebt?"

„Und Ihr? Hattet Ihr auch …"

„Aber selbstverständlich. Nur war ich damals noch zu jung, um die Damen ehren zu können. Und kurz darauf fand ich mich in Karnath wieder, mit einer Mönchskutte am Leib und ohne Haare auf dem Kopf. Es war zunächst als Tarnung gedacht, damit mich die Gaut nicht so schnell ausfindig machen konnten, doch schließlich bin ich auf Wunsch meines Bruders Illan – des neuen Kaisers – doch ins Kloster des Weißen Ordens von Lum eingetreten. Und wie du siehst …" Er breitete die Arme aus, bis sie den Stoff der Vorhänge berührten. „Manchmal nimmt das Schicksal verschlungene Wege."

Sie waren im Hof der Residenz des Patriarchen angekommen und der alte Mann ließ sich von weißgekleideten Mönchen aus der Sänfte helfen. Langsam und vorsichtig schritt er zum Eingang, jede Bewegung schien dem Greis Schmerzen zu bereiten. Der Patriarch sah, wie der Junge ihn beobachtete und sagte: „Ach, es ist die Arbeit, die mir in den Rücken fährt. Ich sollte mich mehr ausruhen."

Doch Mayï musste nicht einmal sein Potential bemühen, um zu wissen, was den alten Mann wirklich plagte: arthritische Gelenke durch die feuchte Seeluft und kranke Nieren, ruiniert durch die unumkehrbare Konditionierung, weil sie zu wenig Flüssigkeit bekamen. Er kannte die Symptome der Krankheit vom Hausmeier seines Vaters und natürlich von Lerean selbst. Beide hatten sich regelmäßig behandeln lassen müssen, damit sich in ihren Körpern keine Salzkristalle bildeten. Mayï wusste auch, dass er helfen konnte, und auf welche Weise. Andernfalls würde sein Onkel bald nicht mehr da sein.

* * *

Ihm fiel wieder jener Tag im Winter vor ein paar Jahren ein. Draußen war schon seit Tagen ein kalter Regen gefallen. Sein Vater hatte in der winzigen Küche gestanden und für sich und Toï Tee bereitet. Während er darauf wartete, dass das Wasser im Kessel über der kleinen Feuerstelle kochte, hatte er seine rechte Hand zur Faust geballt und wieder geöffnet. Auf und wieder zu. Auf … und zu. Mayï hatte danebengestanden und ihn beobachtet. „Das Wetter", hatte sein Vater gesagt. Um diese Zeit komme das Rheuma immer, nicht schlimm, das könne warten bis zum Pflichttermin bei seinem Arzt. In zwei Monaten. Mayï kannte die Neigung seines Vaters zur maßlosen Untertreibung, wenn es um seine eigene Gesundheit ging – die wenigen Wortgefechte, die sich seine Eltern geliefert hatten, hatten sich meist um Lereans Rücksichtslosigkeit sich selbst gegenüber gedreht. Schließlich war diese Angewohnheit, seinem Körper zu viel zuzumuten, auch der Grund gewesen, warum sich der Großmeister aus dem aktiven Geschehen hatte zurückziehen müssen. Mayï hatte seinen Vater gebeten, seine Hand auszustrecken, und der hatte das bereitwillig getan und dabei neugierig die Augenbrauen gehoben. Vorsichtig hatte der Junge die raue, schwielige Hand des Kriegers ergriffen und mit den Fingern die Knöchel abgetastet. Dann hatte er sich konzentriert. Er hatte die Kristalle fühlen können, die sich zwischen den Fingergelenken gebildet hatten und sich mit jeder Bewegung in den Knorpel frästen. Mayï hatte die Kristalle erfasst und verschwinden lassen. Er hatte sie nicht einfach aufgelöst oder zertrümmert, sondern sie aus den Gelenken entfernt – er hatte selbst keine Ahnung gehabt, wohin. Er hatte dies spontan und zum allerersten Mal versucht; und er hatte sich dabei ziemlich ungeschickt angestellt, denn er hatte zwar alle Fremdkörper erwischt, doch auch ein klein wenig von dem Gelenkknorpel. Bestimmt hatte er seinem Vater bei dieser Prozedur Schmerzen zugefügt, doch der hatte regungslos dagestanden und seinen Sohn aufmerksam beobachtet. Er hatte nicht mit der Wimper gezuckt, genauso wie damals, als er dem kleinen Mayï eine Schüssel mit kaltem Wasser hingehalten und ihn geheißen hatte, es zum Kochen zu bringen. Als er danebenzielte, hatte sein Vater lediglich gesagt: „Nur das Wasser, nicht meine Finger", und die Schüssel weiterhin festgehalten. Die Wasseroberfläche darin war glatt wie ein Spiegel gewesen und hatte nicht einmal gezittert. Der Altmeister hatte seine Hand betrachtet und seinen Sohn gefragt, wo er das gelernt habe. „Das habe ich mir selbst beigebracht", hatte Mayï geantwortet.

Ein paar Tage später hatte Mayï im Lehrzimmer von Garn Doldor gestanden, dem Mediziner, der für die Mitglieder der Waffenschulen zuständig war, und mit seiner ersten Lektion in Heilkunde begonnen.

* * *

Der Patriarch durchquerte die Audienzhalle und ging in ein kleines Kabinett, wo er sich mit einem erleichterten Seufzen in einen hochlehnigen Stuhl sinken ließ. Er zeigte auf einen Schemel ihm gegenüber und bedeutete Mayï, Platz zu nehmen. Ein Novize, jünger noch als Mayï, bot ihm eine Schale Tee an – das übliche Begrüßungsritual. Höflich nahm Mayï einen winzigen Schluck aus der Schale und bemühte sich, nicht das Gesicht zu verziehen. Dieses Gebräu schmeckte noch bitterer als der Tee seines Vaters.

„Wie ist eigentlich dein Name, Sohn des Lerean?", fragte der Greis.

„Ich heiße Mayï."

„Ich verstehe, du wurdest nach deiner Großmutter Maitee benannt. Und der Name deiner Mutter, wo kommt der vor? Wofür steht das I?" Es war unter dem karneanischen Adel nicht unüblich, die Söhne nach ihren Vorfahren zu nennen.

„Für Toï", antwortete Mayï wahrheitsgemäß. „Sie hat mich großgezogen."

„Und deine leibliche Mutter? Was ist mit ihr passiert?"

Mayï senkte den Blick und schwieg; er konnte diesen Mann nicht anlügen. Nicht seinen Onkel.

Der Patriarch lehnte sich nach vorne und lächelte. „Mein Junge, ich bin ein Priester, und wer wäre ich, wenn ich nicht an das glauben würde, was ich predige? An etwas Größeres, Erhabenes?

In meinem langen Leben sind mir Dinge und Geschehnisse zugetragen worden, die es nicht geben dürfte und von denen ich doch weiß, dass sie wahr sind. Ich selber habe auch einige ungewöhnliche Erfahrungen gemacht. Angefangen mit dem Durchgang nach Karnath; dann ist da die Gruppe von Kriegermönchen, die das Lager der Rebellen in Karnath bombardiert und sich kurz darauf in Luft aufgelöst hat. Der Abt von Kertrim, der von einem Augenblick auf den anderen wahnsinnig geworden ist und sich die Seele aus dem Leib geschrien hat, so lange, bis seine Lungen rissen. Und natürlich das Verschwinden deines Vaters. Es gibt keine Dame aus Lor, habe ich Recht? Toï ist deine wahre Mutter."

Mayï nickte. „Es wäre zu kompliziert, das zu erklären, aber Ihr habt Recht."

„Dein Vater war ein sehr ungewöhnlicher junger Mann. Schweigsam, aber kameradschaftlich gegenüber seinen Brüdern; ein störrischer Schüler für seine Lehrer. Das Verhältnis zu seinem Haus, besonders zu seiner Mutter Lefat, war hingegen angespannt. Deshalb hatte er sich in diesen alten, kalten Turm zurückgezogen und seine Schwester mitgenommen, die auch nicht in Lefats Nähe bleiben wollte. Fenee bevorzugte es dann allerdings, im bequemeren Palast von Kronprinz Illan zu wohnen, unserem späteren Kaiser. Heute regiert sein Enkel, Sohn einer Tochter aus dem Hause Lerund."

„Die gleiche Familie stellt also den Kaiser und den Patriarchen", stellte Mayï, ohne zu urteilen, fest.

„Das ist nicht unüblich; es gibt weniger Meinungsverschiedenheiten, wenn ein Haus allein regiert. Das haben damals die Gaut ebenfalls versucht. Hätte dein Vater sich nicht mit seinem Clan überworfen, wäre er vermutlich Kaiser geworden." Der ehemalige Kronprinz der Lerund lehnte sich nach vorne und sagte: „*Du* hättest Kaiser sein können."

Mayï zuckte mit den Schultern. „Ich bevorzuge mein jetziges Leben."

„Und welches wäre das?"

„Reisen. Lernen. Erfahrungen sammeln." Mayï blieb so nahe an der Wahrheit, wie er nur konnte.

„Und wohin wird dich deine Reise als Nächstes führen?"

„Ich weiß es noch nicht genau", antwortete Mayï, obwohl beide es sehr wohl wussten. Und der Junge konnte die vage Unruhe spüren, die den Patriarchen im Verlauf des Gesprächs – oder war es nicht eher ein Verhör? – ergriffen hatte und sich nun verstärkte. Deshalb überraschte es Mayï nicht, als der Patriarch sich in seinem Stuhl aufrichtete und eine Spur zu förmlich sagte: „Nun, wir haben uns noch so viel zu erzählen. Doch ich bin ein alter Mann und ermüde schnell. Wir werden später noch Gelegenheit haben, diese Unterhaltung fortzusetzen. Bis dahin bitte ich dich, mein geschätzter Gast zu sein. Ich werde dich zu deinen Gemächern begleiten lassen." Er gab einen kurzen Wink mit der Hand und der Novize, der regungslos in einer Ecke des Zimmers gesessen hatte, sprang auf und verneigte sich wortlos.

„Ich danke Euch für Eure Gastfreundschaft, doch ich muss fort." Mayï war aufgestanden und verneigte sich ebenfalls leicht.

„Ich bestehe darauf." Die Stimme des alten Mannes klang nun weniger freundlich.

Mayï blieb gelassen, er wollte weder undankbar erscheinen noch diese Leute hier beunruhigen.

„In dem Fall bringt mich in mein Zimmer. Aber ich werde dennoch nicht bleiben können."

Tiffean aus dem Hause Lerund, der diesen Namen bei seinem Eintritt ins Kloster vor so vielen Jahren abgelegt hatte, Patriarch des Reiches von Karneä, blickte dem schmalen Jungen mit dem flammendroten Haar nach, wie er das Privatkabinett verließ. Ein Karnathide, ohne Zweifel, doch der Sohn von Lerean? Dann wiederum hatte er dieselben goldgesprenkelten Augen … und es war etwas in seinem Blick, das der Greis schon einmal gesehen hatte, vor einer halben Ewigkeit, als der neu ernannte General des Kaisers sich anschickte, eine Gruppe Angreifer zu erschlagen: Ruhe und Gelassenheit. Und eiskalte Entschlossenheit.

Als man ihm kurze Zeit später zutrug, dass der Junge aus dem Zimmer, in das man ihn eingeschlossen hatte, verschwunden war, war er nicht sonderlich überrascht. Der alte Mann fröstelte.

14.

* * *

Mayï sprang durch das Portal, das sich in der Mauer der Kammer auftat, in die man ihn gebracht hatte – und dabei nicht vergessen hatte, leise einen Riegel vorzuschieben –, und ins Hangardeck. Von dort rannte er schnurstracks zur Hygienestation. Er ließ sich gegen die warme Metallwand der Nische sinken und gab ein erleichtertes Seufzen von sich, als die Vorrichtung sich automatisch aktivierte und den Inhalt seiner Blase in den Wiederverwertungskreislauf einspeiste. Viel länger hätte er es nicht mehr ausgehalten. Dass er keine Konditionierung durchlaufen hatte, durch die sich der Adel vom gemeinen Volk unterschied, wollte Mayï so lange wie möglich geheim halten.

Im Rohr in der Wand tauchte der halbdurchsichtige Körper des Chloeopsiden auf. „Ich hatte dich gewarnt!", sagte er, und die Übersetzerstimme schaffte es sogar, weinerlich zu klingen. „Soweit zur Diskretion. Die werden dich jetzt überall suchen. Was wirst du jetzt tun?"

„Nach Karnath gehen, natürlich."

„Du hast noch nicht genug?"

Mayï trat aus der Nische heraus. „Darum sind wir doch hier, oder? Um Entdeckungen zu machen. Außerdem wollte der Patriarch mich eben wegsperren und verhindern, dass ich nach Karnath gelange. Und ich möchte wissen, wieso."

„Während du dort unten warst, habe ich eine Menge Vögel von der Insel wegfliegen sehen. Sie tragen alle ein kleines Stück Papier an den Beinen."

„Botenvögel! Der Patriarch versucht wohl, seine Vertreter in den Provinzen vor mir zu warnen. Mindestens eine Nachricht wird er nach Karnath geschickt haben. Aber das liegt fast zweitausend Meilen nördlich der Palastinsel; selbst ein Vogel braucht für diese Strecke Tage. Und unterwegs gibt es bestimmt Relaisstationen, was die Übermittlung einer Botschaft nach Karnath nochmals verlängert."

Nachdem sich Mayï kurz ausgeruht und schnell etwas gegessen hatte – Nis famose Nudelsuppe; er hatte einen großen Vorrat davon an Bord verstaut, in der Sorge, sein Schützling würde nicht genug zu essen bekommen –, machte er sich bereit für seinen zweiten Landgang. Der Junge und sein Pilot berieten sich, wohin das Portal gesetzt werden sollte. „In den Flachlanden hat der Frühling bereits begonnen, aber in den Bergen ist noch tiefster Winter. Unten bei den Minen ist der Schnee bereits im Begriff zu schmelzen", erklärte Pfeifer, nachdem er seine Instrumente studiert hatte, „aber die Bergpässe weiter oben sind noch zugeschneit und rund um das Herrenhaus liegt ebenfalls tiefer Schnee. Man wird sich Fragen stellen, wie du dort hingekommen bist, wenn man dich sieht. Und du willst natürlich, dass man dich sieht, nicht wahr?"

„Sicher will ich das. Ich werde mir aber zuerst die alte Mine ansehen – dort, wo wir die Reste vom Signal des Wurmlochs geortet haben." Mayï stand vor der Steuerkonsole und sah sich auf dem Bildschirm die Region der Minen von Karnath an. Dann zoomte er die Stelle an der Bergflanke heran, aus der das Signal kam. Er bediente ein paar Kontrollelemente und der Berg wurde durchsichtig und offenbarte eine Reihe von Stollen, die sich durch sein Inneres wanden; von einem größeren Gang gingen zahlreiche kleinere Stollen ab, die sich weiter verzweigten, manche drangen tief in den Felsen, andere endeten abrupt nach ein paar Schritten. „Hier muss ich lang und dann dort abbiegen", überlegte Mayï laut. „Sieht noch alles stabil aus. Dann mal los!"

* * *

Er hatte seinen dicken Wollmantel dabei und er nahm diesmal auch das Langschwert seines Vaters mit, das er sich mit einer Kordel auf den Rücken gebunden hatte, nach Art der karneanischen Krieger. Er hoffte, dass er es nicht würde einsetzen müssen, doch unbewaffnet in dieser wilden, entlegenen Bergregion aufzutauchen war keine gute Idee, wie schon sein Vater hatte erfahren müssen. Durch das Portal im Hangardeck trat er vor den Eingang zum Bergstollen. Von hier hatte damals eine Passage direkt unter den Pavillon im Park seines Vaters geführt, war wiederholt entdeckt worden und wieder in Vergessenheit geraten; hierhin hatte es einen kleinen Jungen verschlagen, der vor den Misshandlungen durch seinen Meister geflüchtet war, nur um eine noch unangenehmere Begegnung mit einem wilden Tier zu machen.

Mayï betrat den Stollen. In seiner Hand hielt er eine kleine metallisch schimmernde Kugel. Mayï drückte sie kurz und schon schwebte sie von seiner Handfläche hoch und begann zu leuchten. Während der Junge sich vorwärtsbewegte, schwebte die Kugel in einem Abstand von drei Schritten vor ihm und erhellte ihm den Weg. Es roch muffig und steinig, er konnte Wasser von der Decke tropfen hören. Je weiter er in die Mine hineinging, desto merkwürdiger wurde die Akustik; das Rauschen der Bäume draußen am Hang wurde leiser und verklang schließlich und in der Stille konnte Mayï ein kaum wahrnehmbares, dumpfes Heulen vernehmen. Ab und zu hörte er ein fernes Grollen. Ein leichter Druck lastete auf seinen Ohren. Er kam an einer Stelle vorbei, an der ein weiterer Stollen vom Hauptgang abzweigte. Ein strenger Gestank nach Raubtier wehte ihm aus diesem Gang entgegen.

„Die Höhle eines Bargat. Auf dem Monitor war aber kein Lebenszeichen zu erkennen, oder?", fragte Mayï über sein Komimplant.

„Nein. Der Stollen ist verlassen", bestätigte der Pilot. „Sei trotzdem auf der Hut." Ein Bargat, ein großer Fleischfresser. Vermutlich war es ein solches Raubtier gewesen, dem sein Vater begegnet war, und das ihm mit seiner Pranke diese Kopfwunde zugefügt hatte. Wenn ja, musste es sich zuvor bereits sattgefressen haben, und dem kleinen Jungen, der sein Vater damals gewesen war, lediglich einen neugierigen Taps verpasst haben. Andernfalls würde Mayï nicht hier stehen und darüber sinnieren.

„Hier ist es! Laut Schema muss sich die Raumverdichtung in diesem Stollen befunden haben", sagte Mayï, als er an eine weitere Abzweigung kam. Die Decke des Seitenstollens war niedrig und wurde von uralten Baumstämmen gestützt. Der Boden war übersät mit Felsbrocken, die sich aus der Decke gelöst hatten. Vorsichtig betrat Mayï den Stollen; er musste sich bücken, um nicht mit dem Kopf gegen die Felsdecke zu stoßen. Hier und da lagen umgefallene Stützbalken auf dem schmalen Gang und ständig lauschte Mayï nach verdächtigen Geräuschen, die einen weiteren Einsturz ankündigen könnten. Hinter einer Biegung fiel das Licht der Schwebelampe auf einen Haufen Geröll, der den Gang blockierte. Hier gab es kein Weiterkommen mehr.

„Die Passage muss in unmittelbarer Nähe gewesen sein; orten die Geräte etwas?", fragte Mayï.

„Nur die Signalreste, die wir erwartet hatten", antwortete der Pilot.

Aber da war noch etwas, Mayï konnte es spüren. Es war ganz nah, gleich hinter den Trümmern der eingestürzten Decke: eine Spalte im Fels und dahinter ein Abgrund, unendlich tief. Ein leichter Sog ging von der Spalte aus. Das musste die Stelle sein, von der seine Eltern erzählt hatten, das Loch im Gestein, das ins Nirgendwo führte. Anders als die Raumverdichtung zur Palastinsel hatte es die Explosion und den Einsturz des Ganges überstanden.

„Eine Passage scheint noch offen zu sein, Pfeifer, überprüfe noch einmal die Messdaten."

„Unverändert", meldete sich der Pilot nach ein paar Augenblikken zurück. „Das Signal ist zu schwach für genauere Ergebnisse."

Mayï ärgerte sich jetzt, dass er sein tragbares Messinstrument nicht mitgenommen hatte, das ihm vielleicht präzisere Daten über die Felsspalte hätte liefern können. Hinter sich vernahm er das Prasseln von Steinchen – irgendwo gab die Decke des Stollens weiter nach. Mayï machte kehrt und ging zum Hauptgang zurück; er wollte sein Glück nicht über die Maßen herausfordern.

Er stand wieder vor dem Eingang zur verlassenen Mine und atmete die kalte, klare Luft der Berge von Karnath ein. Sie duftete nach Nadelbäumen. Die Sonne war noch nicht aufgegangen und Oo badete die Landschaft in seinem orangenfarbenen Schimmer. Der Schnee, der die Bergflanke bedeckte, war bereits auf dem

Rückzug, von überall her ertönte das Plätschern und Rieseln von Schmelzwasser, es tropfte von den Ästen, rieselte über das Gestein und sammelte sich zu kleinen gurgelnden Bächen. Knapp neuntausend Fuß weiter oben, über der Baumgrenze, würde es ganz anders aussehen, dort lag der Schnee teilweise mannshoch.

„Hol erst einmal die Lampe zurück", sagte Mayï und streckte eine Hand aus; darauf lag die kleine Kugel, die ihm eben noch den Weg durch die Stollen erhellt hatte. Jetzt sah er dabei zu, wie die Kugel vor seinen Augen verschwand; von einem Ende zum anderen lief ein feines blauleuchtendes Band über die Kugel und schien sie scheibchenweise zu verschlucken. Es dauerte nur einen Augenblick, dann war Mayïs Handteller leer.

„So, und jetzt lass uns überlegen, wo wir dich absetzen", hörte Mayï seinen Piloten durch das Komimplant.

„In Ordnung, ich habe eine geeignete Stelle gefunden, schneefrei und vor fremden Blicken geschützt", meldete sich Pfeifer nach ein paar Augenblicken zurück. Die Felswand neben dem Mineneingang begann zu wabern, als der Pilot das Portal öffnete. „Aber sei gewarnt, auf der anderen Seite ist ein…", sagte Pfeifer noch, als Mayï bereits halb durch das Portal war.

* * *

„… Stall!", beendete Mayï den Satz und spürte, wie sein Fuß in etwas Weiches trat. Er verzog das Gesicht. Im selben Augenblick hob um ihn herum ein lautes Schreien und Blöken an, und in einem Gewimmel von zotteligen Körpern und kurzen Hörnen wich eine Herde hüfthoher Tiere vor dem Eindringling zurück in eine Ecke, wobei einige der Tiere in ihrer Panik versuchten, über ihre Artgenossen zu klettern. Es stank fürchterlich nach Dung und Angst. „Sch-sch-sch!", machte Mayï. „Gaanz ruhig. Ich tu euch nichts." Zwei Dutzend verängstigte Augenpaare starrten ihn aus der Dunkelheit an, wenig überzeugt von seinem Gerede. Immerhin hatte das Geschrei nachgelassen. Mayï suchte nach dem Ausgang, sah zu seiner Rechten eine Tür und lief nach draußen. Dort schnappte er nach Luft.

„Pedrotta", keuchte er.

„Was?"

„Kleine Huftiere, typisch für diese Bergregion. Sie sind genügsam und zäh und liefern Wolle, Milch und Fleisch. Und sie riechen sehr streng!" Er schüttelte sich, dann blickte er sich um. Der Unterstand mit den Pedrotta befand sich auf einem Hügel, der sanft zur Hochebene hin abfiel. Ringsherum erhoben sich die Ausläufer des nördlichen Gebirgsmassivs. Karnath lag an der äußersten Grenze von Karneä. Hinter dem Hochgebirge begannen die Schneefelder, die sich bis zum Polarkreis erstreckten. Ein Trampelpfad war in den Schnee getreten worden und führte zu einer Straße, die halbwegs vom Schnee befreit war. Beiderseits dieser schmalen Wege türmten sich die weißen Massen und bildeten eine kaum zu überwindende Mauer. Kein Laut war zu hören – von dem Getrappel im Unterstand hinter ihm einmal abgesehen –, kein Vogel am Himmel zu sehen. Im Osten erstrahlten die schneebedeckten Bergspitzen im rosa Licht der Morgensonne. Mayïs Blick folgte der Straße, die schnurgerade über die Ebene in südliche Richtung verlief.

Dort, wo die Straße eine Biegung machte und über einen Felsgrat hinunter ins Flusstal führte, erhoben sich hinter einer hohen Mauer die schneebedeckten Dächer mehrerer großer Gebäude. Ein hohes Tor führte in den Hof. Es stand offen. Mayï zog sich die Kapuze seines Wollmantels über den Kopf und machte sich auf den Weg.

Während er sich dem Herrenhaus näherte, fielen ihm zwei Dinge auf: Erstens stand das Tor nicht offen, wie er zunächst angenommen hatte, in den beiden Pfosten, die das kleine Dach trugen, hingen überhaupt keine Torflügel, die man hätte schließen können. Und von der schützenden Mauer standen nur noch Reste; was Mayï von seiner kleinen Erhebung aus gesehen hatte, waren Schneewehen, die sich entlang der Mauerruinen aufgetürmt hatten. Mayï runzelte die Stirn. „Warum sollte man den Hof derart den Elementen preisgeben?", überlegte er. „Lebenszeichen?"

„Zwanzig Personen", meldete der Pilot. „Und sie haben dich schon bemerkt."

Mit seinem feuerroten Mantel in der baumlosen Schneelandschaft war Mayï auch kaum zu übersehen. Schon sah er auf dem Hofgelände kleine Gestalten hin- und herrennen; drei von ihnen kamen zum Tor und verharrten dort. Ihre Augen waren auf den seltsamen Wanderer gerichtet, der ihnen durch den Schnee entgegenkam.

Die drei Männer am Tor rührten sich nicht, selbst als Mayï bereits in Rufweite war. Er ging unbeirrt weiter bis zu der Stelle, wo ein schmalerer Weg von der Straße zum Haus führte. Als Mayï in den Weg einbog und auf das Haus zuging, sah er, wie die Männer enger zusammenrückten; auf irritierende Weise erinnerten sie ihn an die kleine Herde Pedrotta in ihrem Stall oben auf dem Hügel. Irgendetwas stimmte hier nicht. Diese Leute hatten Angst, aber wovor?

Als klar wurde, dass der Fremde nicht die Absicht hatte, kehrt zu machen und wieder seines Weges zu ziehen, rief ihm einer der Männer den karneanischen Gruß zu: „Oi! Friede!"

„Oi!", antwortete Mayï. „Friede euch und eurem Haus!"

Dann stand er vor den Männern und nahm einen nach dem anderen in Augenschein. Er schätzte ihr Alter zwischen fünfzig und sechzig Jahren, wohl wissend, dass die Leute hier schneller alterten als in der Kernwelt. Sie waren stämmig, kräftig und leicht gebeugt, als hätten sie ihr Leben mit schwerer Arbeit verbracht; ihre Hände hatten sie vor der Kälte in ihren Jackenärmeln versteckt; aus ihren wettergegerbten Gesichtern blickten wache, misstrauische Augen. Einer der Männer war auf einem Auge blind.

„Was führt dich hierher, Wanderer?", fragte der Mann mit dem blinden Auge.

Als Antwort klappte Mayï die Kapuze seines Mantels nach hinten und sofort standen seine Locken nach allen Richtungen ab und wehten im Wind wie lodernde Flammen. Die Augen der drei Männer weiteten sich vor Überraschung; einer von ihnen gab ein lautes Keuchen von sich.

„Wer bist … wer seid Ihr?", fragte der Einäugige.

„Ich bin Mayï, Sohn des Lerean, seinerseits Sohn der Maitee aus dem Hause der Karnathiden." Was soll's, dachte er, ich kann genauso gut sofort damit rausrücken. „Und ich bin gekommen, um dem Sitz meiner Väter einen Besuch abzustatten."

15.

* * *

Sie saßen in einem kleinen Raum neben dem Gemeinschaftszimmer; etwas von der Wärme des großen Kachelofens strahlte bis hierhin ab und machte die Kälte erträglich; an einer Wand stand eine schmale Pritsche. Der einäugige Mann, offenbar der Ranghöchste des Hofs, hatte ihn gleich nach seiner Ankunft hierhin geführt und die anderen beiden Männer mit einer energischen Handbewegung verscheucht. Von den anderen Bewohnern, die Mayï von Weitem herumeilen gesehen hatte, ließ sich niemand blicken. Auf dem Tisch standen zwei Trinkschalen, ein Teekrug und ein dampfender Kessel heißen Wassers. Der Einäugige war damit beschäftigt, den Begrüßungstee für seinen unverhofften Gast zuzubereiten. Er ging dabei sehr umständlich und langsam vor; zum Aufgießen hob er die Kanne, indem er den Handteller unter den Henkel schob und die Finger darum schloss. Mit der anderen Hand stützte er die Kanne. Mayï wunderte sich über diese merkwürdige Technik und schaute genauer hin. Dort, wo die Daumen hätten sein sollen, standen nur kurze Stummel von den Händen ab.

„Einen Finger zu verlieren, mag ein Unfall sein", brach Mayï das Schweigen, das seit seinem Erscheinen geherrscht hatte. „Doch wenn zwei Daumen fehlen, muss ich an Willkür denken. Wie ist das passiert?"

„Das ist lange her, sehr lange", antwortete der Mann, ohne aufzublicken; er musste sich auf seine Aufgabe konzentrieren.

„Wie ist Euer Name?", fragte der Junge und nun blickte der Mann doch auf, überrascht über die Art der Anrede.

„Man nennt mich Hungott, Herr. Ich bin nur ein Diener des Hauses von Karnath." Er reichte Mayï eine Schale heißen Tees.

„Also gibt es den Clan noch."

„Oh ja, er ist weit verzweigt, hat viele Nebenlinien. Dieser Hof gehört nun zum Haus Torn ap Karnath; sie sind direkte Nachkommen von Torn dem Roten, einem Bruder des vorletzten Generals. Der Hauptzweig …", Hungott warf einen verstohlenen Blick auf den Jungen mit den roten Locken, der ihm gegenübersaß. Er sah, wie der Junge das Gesicht leicht verzog, als er seinen Tee schlürfte.

„… ist nicht ausgestorben", vollendete der Junge den Satz. „Auch wenn man das damals annehmen musste. Meinen Vater hat es in ferne Länder verschlagen; er konnte nicht zurückkehren." Das war nah genug an der Wahrheit – schließlich hatten Toï und Lerean, um in die Gemeinschaft aufgenommen zu werden, einen Eid schwören müssen, dass sie ihr altes Leben hinter sich lassen würden. Sie hatten in der Tat nicht in ihre alte Heimat zurückkehren dürfen. Er aber stand nicht unter Eid.

Hungott deutete auf das Schwert, das Mayï griffbereit an seinen Stuhl gelehnt hatte. Sein Mantel lag auf einer Kommode. „Ihr seid ein Krieger?"

„Wenn ich es sein muss."

„Es ist lange her, dass ich einen Krieger gesehen habe, der nicht aus dem Haus Torn ap Karnath stammt. Niemand sonst darf hier Waffen tragen."

Nun verstand Mayï. „Und wer außer ihnen das Waffenhandwerk beherrscht, dem wird ein Daumen abgeschlagen. Dann müsst Ihr einmal sehr gut gewesen sein. Aber warum tun die Torn so etwas? Wieso fürchten sie einen Kämpfer, der zu ihrem eigenen Clan gehört?"

„Weil die Torn nun das herrschende Haus sind. Die Angehörigen des alten Hauses – Eures Hauses, so Ihr denn Prinz Lereans Sohn seid – haben sie unterworfen und zu ihren Dienern gemacht. Wir hatten nicht genug Männer, um uns zu verteidigen. Und wer dennoch zu den Waffen gegriffen hat, den haben sie bestraft – nicht getötet, oh nein, sie brauchen jede Arbeitskraft." Hungott hielt beide Hände hoch, damit der Junge die fehlenden Daumen gut sehen konnte. „Die Torn sind nun die Herren von Karnath. Ich bin der Vorsteher dieses Hofes."

„Und was ist die Aufgabe dieses Hofs?"

„Spinnwebtuch. Wir produzieren es immer noch. Dieses Haus war einst berühmt dafür." Mayï hatte von diesem besonderen Tuch gehört: Es wurde aus den Fäden der Webspinne hergestellt; die Produktion war sehr aufwendig und das Tuch äußerst kostbar und traditionell dem Adel vorbehalten, auch wenn die reichen Bürger sich nicht scheuten, ihre Frauen ebenfalls darin zu kleiden und so ihren Reichtum zur Schau stellten.

„Und ich nehme an, alle anderen Häuser des Clans, die anderen Nebenlinien, werden ebenfalls von den Torn beherrscht?"

Hungott nickte. „Vieles hat sich geändert seit dem Verschwinden des letzten Oberhaupts unseres Hauses. Mit Meister Gorumsam hatten wir schließlich auch unseren letzten Beschützer verloren. Ach, das ist alles lange her."

Gorumsam, der alte Waffenmeister seines Vaters. „Gorumsam ist hierher zurückgekehrt?"

Der Einäugige nickte. „Er blieb viele Jahre. Von ihm habe ich als kleiner Junge das Waffenhandwerk gelernt. Dann kamen die Torn und beanspruchten die Provinz für sich. Der alte Meister fiel im Kampf gegen sie." Hungott schnaubte verächtlich. „Ein Dutzend Soldaten gegen einen zahnlosen Greis! Und doch hatte er sie das Fürchten gelehrt! Ein wackerer Krieger bis zuletzt."

Mit seinem gesunden Auge starrte Hungott den Jungen über den Tisch hinweg an. Er war in gutes Tuch gekleidet, auf dem das Wappen der Generäle prangte. Auch die hübsche Spange, die seinen Mantel zusammenhielt, war in der Form einer Tiermaske gearbeitet. Sein feuerrotes Haar – Merkmal des Hauptstammes der Karnathiden – hatte er nicht zum üblichen Dutt der Aristokraten geknotet, sondern kurz geschnitten wie ein gewöhnlicher Bauer. Aber seine Sprache und sein Auftreten deuteten auf noble Abstammung hin. Das Grün seiner Augäpfel wiederum war zu blass. Wer war bloß dieser Junge? Hungott erhob sich von seinem Stuhl. „Ihr sagtet, Ihr wolltet das Haus Eurer Väter sehen. Dann folgt mir."

Der Junge folgte ihm. Hungott entging nicht, dass er sein Langschwert mitnahm.

* * *

103

Der Einäugige zeigte seinem Besucher die alten Gebäude mit den Gesinderäumen und die ehemalige Audienzhalle, die nun als Lager für die Tuchrollen diente. Der alte Komplex mit den inneren Gemächern war abgerissen worden, nachdem die Dächer unter den Schneemassen vergangener Winter endgültig nachgegeben hatten. An ihrer Stelle war ein prächtiger Pavillon errichtet worden, der den neuen Herren als Wohnsitz diente, wenn sie sich hier aufhielten. Die rot und schwarz lackierten Pfeiler glänzten im Licht der Sonne, die es mittlerweile über die Berge geschafft hatte. Holzläden waren vor den Schiebetüren angebracht worden, um das Papier der Paneele vor den Elementen zu schützen. Der neue Pavillon wirkte seltsam fremd inmitten der alten, verwitterten Gebäude. Eine Galerie führte an der Seite entlang zum neuen Badehaus. „Die Heißwasserquelle hatte sich nach einem Erdbeben verlagert und wir mussten das Badehaus versetzen", erklärte Hungott.

Mayï durfte beide Gebäude nur von außen betrachten, ihr Inneres war Tabu. „Nur die Leibdiener unserer neuen Herren dürfen in ihrer Abwesenheit eintreten, um ihren Aufenthalt vorzubereiten. Sie kommen jeden Sommer, um die Produktion zu überprüfen."

Hinter dem Pavillon erstreckten sich die Halle für die Tuchherstellung und ihre Nebengebäude; über den langen Dächern hing eine Dunstwolke. Die Klappläden waren weit geöffnet, sodass Mayï alle Prozesse der Tuchherstellung sehen konnte. In einem Teil ratterten die Webstühle, die unablässig neues Tuch ausspien; in einer anderen Ecke standen drehbare Gestelle, um die Spinnenfäden aufzuwickeln, und direkt daneben ein riesiger Herd mit zahlreichen Kesseln, in denen kochendes Wasser sprudelte und die Halle in Dampf hüllte. Den größten Platz in der Halle nahm ein Areal ein, das auf den ersten Blick leer zu stehen schien. Das Dach wurde von viel mehr Pfeilern getragen, als nötig gewesen wären. Bei genauerem Hinsehen erkannte Mayï, dass zwischen den Pfeilern Gestelle angebracht waren, in denen wiederum unzählige hölzerne Rahmen hingen, ein jeder etwa zwei mal zwei Fuß lang. Arbeiter bewegten sich zwischen den Gestellen und begutachteten die Rahmen, in denen feine Spinnennetze hingen. Manche dieser

Rahmen hingen sie ab und trugen sie hinüber zu den Kesseln, um sie ins kochende Wasser zu tauchen. In diesem Teil der Halle wurden die Webspinnen gehalten, die die Fäden für das Spinnwebtuch lieferten. Auf dem Boden standen glühende Kohlebecken, deren Wärme die wertvollen Tiere vor der Kälte des Winters schützte. Mayï sah sich die Arbeiter genauer an: Die meisten von ihnen waren Frauen, doch auch Greise und Kinder waren darunter. Männer zwischen seinem eigenen Alter und dem von Hungott sah er hingegen keine. „Wo sind die Männer?", fragte er.

„Sie dienen den Torn auf deren Stammsitz. Und in den Minen." Damit musste Hungott andere Minen meinen, als die verlassenen Stollen, die Mayï früher am Tag besucht hatte.

„Mein Vater hatte immer gehofft, dass der Herrensitz zu neuem Leben erwachen würde. Als er hier ankam, lebte hier nur eine alte Großtante mit ihren beiden Dienern. Aber das hier", sagte Mayï und machte eine Geste, die alles um ihn herum einschloss, die Hallen, den neuen Pavillon, die alten Gebäude und ihre Bewohner, „hätte er nicht gewollt. Unfreie, die für fremde Herren schuften müssen."

„Oh, oh!", sagte eine leise Stimme in seinem Ohr. „Diesen Tonfall habe ich schon mal gehört."

Hungott zucke die Achseln. „Wir leben. Außerdem: Was sollen wir sonst tun?"

„Sag jetzt bloß nichts Falsches", mahnte Pfeifer eindringlich über das Komimplant.

„Zunächst einmal: Lasst alle wissen, dass der Herr von Karnath zurück ist."

„Das war das Falsche!", stöhnte Pfeifer.

„Aber, …"

„Die Nachricht von meiner Ankunft ist bereits aus der Hauptstadt Bokkar unterwegs; in ein paar Tagen werden es die Torn ohnehin wissen. Und nun öffnet bitte den Pavillon."

* * *

Erst zögerte Hungott, doch schließlich folgte er dem Jungen auf die Veranda des Pavillons. Ein paar der Arbeiter, die die beiden beobachtet hatten, ließen ihre Arbeit liegen und kamen herüber. Neugierig und mit offenen Mündern standen sie vor dem Pavillon und sahen zu, wie der Junge und ihr Vorsteher einen der Holzläden herausnahmen, beiseite stellten und die dahinter liegende Tür aufschoben. Etwas derart Unerhörtes hatten sie noch nicht erlebt; doch statt dem Fremden Einhalt zu gebieten, der sich hier mit ein paar wenigen Handgriffen Zutritt zu dem verbotenen Gebäude verschaffte, reckten sie nur schweigend ihre Hälse, um einen Blick ins Innere werfen zu können.

Hinter der Schiebetür befand sich ein Gang, der vermutlich parallel zur Veranda um das Gebäude verlief. Weitere Schiebetüren auf der anderen Seite des Korridors führten ins Innere des Pavillons. Mayï schob eine davon auf und blickte in einen großzügigen Raum. Selbst im Zwielicht der geschlossenen Läden war die luxuriöse Ausstattung nicht zu übersehen: Auf dem Boden lagen dicke Teppiche, darauf Sitzkissen aus Brokat; an den Wänden standen Kommoden und zweiflügelige Schränke, deren Lackschichten und Goldverzierungen im Dämmerlicht schimmerten. Mayï umrundete den Pavillon – der Korridor verlief wie erwartet um das ganze Gebäude – und schob von Zeit zu Zeit eine Tür auf; dahinter bot sich dasselbe Bild, wie im ersten Zimmer: wertvolles Mobiliar und kostbare Stoffe; in den hinteren Gemächern standen sogar ein paar beheizbare Kastenbetten. Alle Räume öffneten sich auf einen kleinen Innenhof, der im Sommer sicher einen hübschen Anblick bot, nun aber unter mehreren Fuß Schnee verborgen lag.

„Und das alles wurde erkauft mit dem Schweiß dieser Leute", murmelte Mayï, als er durch die Räume ging, staunend über solch verschwenderischen Luxus.

Die Tür zum Badehaus war mit einem soliden Schloss aus Stahl abgesperrt; Mayï nahm es in beide Hände und ließ es aufspringen. Hungott stand neben ihm und glotzte fassungslos durch sein gutes Auge. Pfeifer, der das laute Klicken über das Komimplant gehört und richtig gedeutet hatte, stöhnte: „Das habe ich gerade nicht mitbekommen." Das Bad war ebenso luxuriös wie der Pavillon, das große Becken aus Holz gezimmert; von der Dekke hing ein Zugseil, mit dem die Wasserzufuhr bedient werden konnte; ein Überlauf und ein verschließbarer Abfluss im Boden des Beckens leiteten das Wasser über eine Rinne nach draußen. Und über der Rinne stand eine Bank mit einem schmalen Brett – zum Sitzen viel zu unbequem, aber zum ... Mayï lachte laut auf. „Ich dachte, alle Aristokraten seien konditioniert. Das Haus Torn anscheinend nicht."

Hungott lehnte sich nach vorne und betrachtete die Sitzbank. „Ich hatte es geahnt", murmelte er.

„Es ist die Farbe der Augäpfel, nicht wahr?", fragte Mayï. „Sie ist von einem blasseren Grün als bei den Konditionierten."

„Genau", sagte Hungott. „So wie bei Euch."

„Ja, so wie bei mir", gab der Junge ohne Umschweife zu.

„Und was gedenkt Ihr nun zu tun?", fragte Hungott, der immer verwirrter wirkte. Kein Wunder: Er war ein einfacher Mann, der das Gut seines Herrn verwaltete; seine Welt war klein und überschaubar. Und nun tauchte ein fremder Junge wie aus dem Nichts hier auf und behauptete, der rechtmäßige Erbe von Karnath zu sein. Mayï war klar, dass die Loyalität dieses Mannes – wenn man die Angst vor brutaler Strafe so nennen konnte – im Augenblick noch den Torn galt. Aber vielleicht ließ sich das ändern.

„Ich werde bleiben", antwortete Mayï und ignorierte die Proteste seines Piloten. „Ich habe etwas mit dem Haus Torn klarzustellen."

Ein Blick in die Augen des Jungen verriet Hungott, dass jeder Einwand vergebens war. Er kannte diesen Blick, er hatte ihn oft genug bei Meister Gorumsam gesehen.

16.

Er hatte das Kastenbett gewählt, das in einem der kleineren hinteren Räume des Pavillons stand; verglichen mit den Betten in den großen Zimmern war es eher schlicht. Er wusste nicht, wie viele Nächte er hier verbringen würde und brauchte einen verhältnismäßig sicheren Rückzugsort; und im Augenblick konnte er den Bewohnern des Hofes nicht trauen. Der Ruheraum der Männer kam daher nicht in Frage, man könnte dort jederzeit über ihn herfallen, bevor er reagieren konnte oder sein Pilot die Möglichkeit hätte, ihn zu warnen. Um zu diesem entlegenen Zimmer zu gelangen, müsste ein Angreifer erst über den Hof gehen und sich dann durch den ganzen Pavillon schleichen; Pfeifer hatte die Ortungsinstrumente ständig im Blick und würde jede Bewegung bemerken. Vom Risiko einmal abgesehen: Mayï mochte den Gedanken nicht, zusammen mit den Männern in einem Raum zu schlafen – wie sollte er von dort mit seinem Piloten kommunizieren? Und die Alten würden bestimmt schnarchen! Nein, dieser Raum war die beste Option. Das Bett hier war nicht so groß und prachtvoll, wie die in den vorderen Zimmern, doch er wusste von der karneanischen Sitte, die Frauen in abgeschirmte Bereiche des Hauses zu verbannen, während die Männer den vorderen, repräsentativen Teil in Anspruch nahmen. Mayï wusste, er würde sich in dem Prunkbett im Gemach des Hausherrn nicht wohlfühlen.

Er trat an das Bett heran und schob das vordere Paneel auf; die dünne Matratze war bereits ausgerollt, die Decken lagen sorgfältig gefaltet am Fußende. Ein Geräusch ließ ihn aufhorchen; es kam von der Rückwand und so ging er um das Kastenbett herum, um nachzusehen. Hinter dem Bett kniete ein Mädchen, sein Kopf steckte bis zu den Schultern im Hohlraum unter der Liegefläche, seine langen Zöpfe schleiften über den Boden – erwachsene Frauen, so hatte ihm seine Mutter erklärt, verbargen ihr Haar unter einer Haube. Als es seine Schritte hörte, fuhr es vor Schreck hoch und stieß sich den Kopf am Bettkasten. Es gab einen leisen Schmerzensschrei von sich.

„Entschuldige, tut mir leid, ich wollte dich nicht erschrekken", sagte Mayï mit ehrlichem Bedauern.

„Herr, vergebt mir", sagte das Mädchen. Es kniete weiter auf dem Boden und hielt die Augen gesenkt. Seine Hände waren schmutzig von der Kohle, mit der es den kleinen Ofen unter dem Bett befüllt hatte. „Ich bin ungeschickt."

„Lass mich das machen."

„Herr?" Das Mädchen blickte immer noch auf den Boden, Mayï sah, wie kleine Fältchen auf seine Stirn traten, als es versuchte, seinen Worten zu folgen.

„Ich brauche niemanden, der mich bedient", sagte Mayï und ging ebenfalls auf die Knie, um den Ofen in Augenschein zu nehmen. Hastig rutschte das Mädchen von ihm weg. Ab und zu warf es einen verstohlenen Blick auf den Jungen, wie er sich mit dem Ofen beschäftigte, doch jedes Mal, wenn er seinen Kopf zu ihr umdrehte, schaute es schnell weg. Mayï fand, dass es sehr hübsche Augen hatte.

„Wie heißt du?", fragte er.

„Maitee", sagte das Mädchen.

„Wirklich? So hieß meine Großmutter."

„Viele Frauen heißen so, Herr."

„Ja, so scheint das hier wohl zu sein."

„Hier? … Herr."

„Dort, wo ich herkomme, trägt niemand diesen Namen."

„Kommt Ihr von weit her, Herr?"

Mayï hielt einen Augenblick in seiner Arbeit inne und schaute zu dem Mädchen hinüber. Diesmal wich es seinem Blick nicht aus. „Von sehr weit her. Und hör auf, mich so zu nennen."

„Wie denn, Herr?"

Mayï richtete sich auf und starrte das Mädchen irritiert an. Erst dachte er, es hielte sich aus Angst vor Strafe die Hand vor das Gesicht; dann sah er das Funkeln in seinen Augen und begriff, dass es ein Schmunzeln verbarg.

Kurz darauf begann die Kohle zu glimmen, und Mayï schloss die Ofentür, bevor der beißende Qualm ins Zimmer gelangen konnte. Dann überprüfte er das Rohr aus Blech, das vom Ofen an der Rückwand des Kastenbetts hinauf durch die Zimmerdecke nach draußen führte. Kein Rauch zu sehen, das Ofenrohr war dicht. Mayï wandte sich wieder dem Mädchen zu, das mittlerweile aufgestanden war und nun unschlüssig herumstand. „Siehst du? Ich kann den Ofen allein bedienen." Er sah, dass Maitees Nasenspitze schwarz von der Kohle war. Sie musste sie mit ihren schmutzigen Händen berührt haben, als sie ihr Lachen verbergen wollte. Er berührte seine eigene Nase und sagte: „Du hast da einen Fleck. Auf deiner Nase."

Wieder fing Maitee an zu kichern. Erst verstand Mayï nicht, was daran so witzig sein sollte, dann hielt er seine Hände hoch und sah, dass sie genauso schmutzig waren wie die des Mädchens. „Oh", brachte er hervor.

„Ich hole Euch Wasser", sagte Maitee und huschte, immer noch kichernd, aus dem Zimmer.

„Was war das denn eben?", hörte er Pfeifer über das Komimplant nörgeln. „Konzentriere dich bitte; wenn du schon unbedingt da unten bleiben willst, dann solltest du wenigstens die Kontrolle über die Lage behalten."

„Ach, sieht die etwa gefährlich aus? Ich finde, sie ist nett."

„Ja, und die Chancen stehen gut, dass sie das einzig Nette ist, das uns hier begegnen wird. Übrigens hat einer der Leute hier den Hof verlassen. Er bewegt sich in Richtung des nächstgelegenen Hofes, etwa drei Meilen von hier."

„Ein Bote, vermute ich", sagte Mayï.

„Mach dich auf Besuch gefasst!"

„Ich brauche noch ein paar von meinen Sachen. Sobald ich unauffällig von hier verschwinden kann, komme ich hoch."

Das Mädchen Maitee kam an dem Tag nicht wieder zurück. Stattdessen brachte eine alte Frau eine Schüssel lauwarmen Wassers, damit Mayï sich die Hände waschen konnte. Sie redete kein Wort und vermied jeden Blickkontakt mit dem Jungen. Mayï spürte intuitiv, dass sie ihm nicht traute und ihn im Gegenteil bereits im Vorfeld für das Unheil verantwortlich machte, das ganz bestimmt demnächst über diesen Hof und seine Bewohner hereinbrechen würde. Angst beherrschte das Leben dieser Leute seit geraumer Zeit, dachte er. Und sein eigenes Auftauchen machte es nicht besser. Er fühlte sich verantwortlich für diesen Zustand; und er würde sich bemühen, diesen Leuten ihre Selbstständigkeit und Sicherheit wiederzugeben. Wie er das anstellen wollte, wusste er noch nicht; darüber würden die kommenden Tage entscheiden.

* * *

Das Abendessen bestand aus vergorener Milch, frisch gebackenem Fladenbrot und dünnem Tee. Mayï nahm es zusammen mit den männlichen Hofbewohnern in deren Ruheraum ein. Die Arbeiter unterhielten sich leise miteinander und warfen ab und zu verstohlene Blicke auf den fremden Jungen, doch keiner von ihnen wagte es, ihn anzusprechen. Wenn sie neugierig waren, so wussten sie es zu verbergen. Niemand fragte ihn, wieso er als Adliger feste Nahrung zu sich nahm oder bat ihn, das Langschwert abzulegen, das er ständig bei sich trug. Ihre Antworten auf seine Fragen waren einsilbig: woher sie alle kämen – „von hier und da"; welche Höfe es in der Nähe gäbe – „ein, zwei im Tal, ein paar andere in den Seitentälern"; ob sie nicht lieber zurück zu ihren eigenen Leuten gehen wollten – „Wohin? Alle sind hierhin und dorthin geschickt worden"; wo der Herrensitz der Torn läge – „Unten, im Flusstal, am diesseitigen Ufer auf einem Hügel. Von dort kontrollieren sie alle Handelswege von und nach Karnath." Es war der Vorsteher Hungott, der diese letzte Frage beantwortete.

„Wie weit ist das von hier aus?", fragte Mayï.

„Ein halber Tagesmarsch. Bei Schnee dreimal so lang. Der Weg hinunter ist steil."

„Deshalb habt Ihr keinen Boten dorthin geschickt, sondern nur hinauf ins Hochtal?"

Hungotts eines gesundes Auge weitete sich erstaunt. „Ihr wisst davon? Nun, zum einen ist der Weg bei diesem Wetter zu gefährlich; zum anderen … das ganze Hochtal dient den Torn, aber diesmal wissen wir einmal mehr als sie."

„Zumindest so lange, bis die Botenvögel eintreffen", erinnerte ihn Mayï.

„Aber woher wollt Ihr wissen, dass eine Botschaft unterwegs ist?", fragte Hungott.

„Weil ich gestern dort war, als der Patriarch sie losschickte."

Hungott machte den Mund auf, um etwas zu erwidern, doch Mayï hob die Hand und sagte: „Ich reise auf meine eigene Art und die ist schneller als jeder Vogel. Diese Antwort muss Euch fürs Erste genügen."

In seinem Zimmer im Pavillon wartete dieselbe Frau auf ihn, die ihm vorhin die Schüssel mit Wasser gebracht hatte; auf dem Arm trug sie einen Stapel Leintücher. Mit einer Verbeugung bedeutete sie Mayï, ihr zu folgen. „Euer Bad, Herr."

Sie gingen durch die kleine Galerie zum Badehaus; Mayï bemerkte, dass das Vorhängeschloss, das er früher am Tag geknackt und neben die Tür fallen lassen hatte, verschwunden war. Die Badestube war neblig vom Wasserdampf, der vom Becken aufstieg. Die Frau ließ Mayï den Vortritt, legte die Tücher auf einer kleinen Bank ab und blieb wartend stehen. „Habt Dank. Ich brauche Euch nicht mehr." Die Frau wagte einen verwirrten Blick in seine Richtung. „Ich bade immer allein.", erklärte er. Daraufhin verneigte sich die Frau und verließ den Raum; Mayï schloss die Tür hinter ihr, bemerkte den kleinen Riegel und schob ihn vor. Dann ließ er sich neben die Tücher auf die Bank fallen. Endlich allein! Um sicherzugehen, sondierte er noch einmal die Umgebung; die alte Frau entfernte sich vom Badehaus und ging in Richtung der Frauenquartiere. Die meisten Bewohner waren im Gesindegebäude, nur ein paar waren noch draußen im Hof oder in den Hallen, wo sie sich vermutlich die ganze Nacht über um die Webspinnen kümmerten. Niemand war in seiner Nähe.

„In Ordnung, Pfeifer, mach bitte den Durchgang auf."

Kurz darauf verschwand er im Dunst, um ein paar seiner Sachen vom Springer zu holen.

17.

* * *

Mayï wachte in der Dunkelheit auf, er fror. Doch war es die Kälte, die ihn geweckt hatte, oder etwas anderes? Er setzte sich auf, schlang schaudernd die Arme um seinen Leib und horchte. War das vielleicht kalt! Die Kohle war heruntergebrannt und die Decken viel zu dünn; kein Wunder, dass die Herren von Torn sich nur im Sommer hier aufhielten. Wie gern würde er jetzt ins heiße Quellwasser tauchen; wie wundervoll es doch am Abend zuvor gewesen war, als er nach so langer Zeit auf dem Schiff mit seinem rudimentären Hygieneraum endlich wieder in ein richtiges Bad steigen und alle Viere von sich strecken durfte.

„Du hast gut reden", hatte Mayï gesagt, nachdem Pfeifer einen seiner Scherze gemacht hatte. „Du schwimmst den ganzen Tag im Wasser. Sich ab und zu so schwerelos zu fühlen und so warm …"

Er war mit dem Kopf unter Wasser getaucht, wo er Pfeifer durch das Komimplant sagen hörte: „Mit dem Unterschied, dass ich fürs Wasser gemacht bin, du nicht. Deine Haut wird darin ganz schrumpelig." Dann hatte sein Pilot wieder amüsiert geblubbert. Tatsächlich war er so lange im wohlig heißen Wasser geblieben, bis seine Fingerspitzen ganz aufgeweicht und faltig waren.

Jetzt saß er hier im Bett und zitterte. Draußen konnte er Stimmen hören und die Geräusche von Hufen – nicht das leichte Getrappel der Pedrotta, sondern der schwere Tritt von großen Tieren.

Schon meldete sich Pfeifer: „Vor dem Tor sind drei Reiter. Einer davon ist der Bote, der gestern losgelaufen ist."

„Wie spät ist es?", fragte Mayï. „Ich habe das Zeitgefühl verloren."

„Zwei Stunden vor Sonnenaufgang, nach hiesiger Zeiteinteilung."

Mayï schob die Tür auf, kletterte aus dem Kastenbett und hastete hinüber zur Kommode, auf der er am Vortag seine Sachen abgelegt hatte. Eilig kleidete er sich an und schauderte, als der kalte Stoff seinen Körper berührte. Er schnappte sich den Mantel und sein Schwert, das er mit ins Bett genommen hatte, und lief den Korridor entlang nach vorne zum Hof.

Gerade als er auf die Veranda des Pavillons trat, kamen auf dem Platz davor die Reiter zum Stehen. Sie saßen auf schweren, zotteligen Huftieren mit breiten Rücken, enormen Köpfen und mächtigen Hörnern, die sich in einer Spirale nach hinten wanden. Um die Tiere herum standen Hungott und ein paar seiner Männer, noch schlaftrunken und in abgewetzte Decken gehüllt.

„Ist das der Junge?", fragte einer der Reiter die umstehenden Männer und ließ dabei Mayï nicht aus den Augen. Hungott nickte.

Der Reiter stieg ab und kam zur Veranda; er war deutlich jünger als der einäugige Vorsteher und unbewaffnet. „Ich grüße Euch, Herr", sagte er. „Man brachte uns die Nachricht von Eurer Ankunft und so sind wir sofort losgeritten. Mein Name ist Traut aus dem Hause Kar vom Hof im östlichen Tal."

„Seid gegrüßt, Traut."

„Unsere ehrwürdige Älteste hätte Euch gerne gesprochen. Leider ist sie bettlägerig und gebrechlich und kann Euch nicht selbst hier aufsuchen. Würdet Ihr uns wohl die Ehre erweisen und uns begleiten?"

„Nein, nein, nein!", meldete sich Pfeifer.

„Sehr gern", antwortete Mayï.

* * *

Die Drodonden schritten mit gemächlichen Schritten hintereinander über die Straße; ab und zu schob das vordere Tier mit einer Bewegung seines dicken Kopfes eine Schneewehe aus dem Weg. Ihr Geruch war gewöhnungsbedürftig. Traut ritt voraus, hinter Mayï folgte ein Diener, sodass es für Mayï keine Möglichkeit gab, zu fliehen, wenn er das beabsichtigt hätte. Die zotteligen Tiere passten genau in die vom Schnee geräumte Schneise.

„Lebt Ihr auf Eurem eigenen Hof?", fragte er.

„So ist es", antwortete Traut über seine Schulter hinweg. „Meine Familie lebt hier schon seit hunderten von Jahren."

„Wer ist die Älteste?"

„Sie ist die jüngste Schwester der Zweitfrau des letzten Generals Malram ap Karnath." Mayï rechnete nach – vor etwa sechzig Jahren hiesiger Zeitrechnung war sein Vater hier gewesen; dessen Mutter Maitee, hätte sie noch gelebt, wäre zu dem Zeitpunkt Ende Dreißig gewesen, hätte also heute beinahe hundert Jahre; die Älteste war sozusagen Maitees Tante; angenommen, die beiden Frauen wären in etwa gleich alt, dann musste die Älteste – Mayïs Urgroßtante – ebenfalls um die Hundert sein!

Kurz nach Sonnenaufgang erreichten sie den Hof; auch hier waren die Holztore entfernt worden, aber immerhin hatte man sie durch Türen aus geflochtenen Ästen ersetzt, als Schutz vor wilden Tieren, die sich nachts von den Bergen ins Tal wagten. Auch die Mauer um das Anwesen war intakt und vom Schnee befreit worden. Die Gebäude waren alt, aber gut erhalten; Mayï konnte erkennen, wo Bretter erneuert, Stützbalken ausgetauscht und Dachziegel ersetzt worden waren. Überall eilten Männer in Arbeitskleidung geschäftig umher, Handwerker, Stallburschen, Träger, Knechte – die Aufgaben schienen klar verteilt zu sein, je nach Alter und Können. Außerdem fiel ihm auf, dass es hier auch gesunde Männer im wehrfähigen Alter gab, wohingegen die Belegschaft des ehemaligen Herrensitzes der Karnathiden lediglich aus Frauen und Kindern, Alten und Invaliden bestand.

Traut führte Mayï ins Haupthaus und von dort über einen Innenhof in die hinteren Gemächer. Hinter den dünnen Wänden hörte er Frauenstimmen und das gelegentliche Krähen eines Kleinkindes – zu sehen war jedoch niemand.

Vor einer Schiebetür blieb Traut stehen. „Hier sind die Gemächer der Ältesten. Geht hinein, ich warte hier." Er öffnete die Tür und schloss sie wieder, als Mayï hindurchgetreten war. Der Raum war gemütlich und überfrachtet mit dem Sammelsurium eines langen Lebens. Dicke Teppiche waren auf dem Boden verteilt, an den Wänden reihte sich eine Kommode an die andere, vollgestellt mit Vasen, Krügen, Tiegeln, ganzen Teeservices; kleine Kohlebecken strahlten eine beinahe unangenehme Hitze aus; hohe Kerzenleuchter erhellten das Zimmer. An der gegenüberliegenden Wand stand ein Kastenbett, dem nicht unähnlich, in dem Mayï seine erste Nacht in Karnath verbracht hatte. Die ausgehängten Schiebetüren lehnten an einer Kommode.

Im Bett, von dicken Kissen gestützt, saß eine kleine Frau; unter der Haube war ihr Gesicht fast nicht zu sehen. Mit einer knorrigen Hand bedeutete sie Mayï, näher zu kommen. Als sie sprach, war ihre Stimme dünn und schrill. „Komm näher, Junge, damit ich dich sehen kann; meine Augen sind nicht mehr so gut wie früher." Sie musterte ihn unter ihrer Haube hervor, ihre Augen waren blass und wässrig, gleichzeitig aber auch hellwach und intelligent. Noch nie in seinem Leben hatte Mayï ein so faltiges Gesicht gesehen.

„Du also sollst der Sohn des Lerean sein, hat man mir gesagt. Ich habe den Prinzen nie gesehen. Aber ich habe seine Mutter Maitee gekannt. Als meine Schwester mit Malram verheiratet wurde, bin ich mit in seinen Haushalt gezogen. Maitee war wie eine große Schwester für mich gewesen. Nun komm schon näher, Junge, stell dich ins Licht!" Sie klatschte in ihre fragilen Hände: „Minee, komm her und nimm seinen Mantel, hopphopp!" Aus einer dunklen Ecke trat eine Kammerzofe an Mayï heran und nahm ihm den Mantel ab. Als sie Anstalten machte, die Kordel seines Langschwertes zu lösen, schüttelte Mayï den Kopf. Wortlos verschwand sie wieder in ihrer Ecke.

„Ein Schwert hast du, hm? Bist du ein Krieger? Fremde Krieger sind nicht gern gesehen, dieser Tage. Ach, wie sich die Zeiten geändert haben."

Mayï trat noch näher an das Bett der alten Dame heran. „Komme ich Euch denn so fremd vor?", fragte er.

Ihre wachen Augen studierten ihn aufmerksam. „Maitee war ein hübsches Kind. Ich weiß noch, wie ihre Augen aussahen, ich kann noch ihre Haare sehen, wie sie leuchteten. Dann hat der Kaiser ein Bild von ihr zugesteckt bekommen und sich in sie verliebt – er musste sie unbedingt haben. Ihrem Vater brach es das Herz, als er von ihrem Tod erfuhr und davon, wie Lefat mit ihren beiden Neugeborenen prahlte. Dabei sah jeder bei Hofe, dass beide Kinder Karnathiden waren. Einen Karnathiden erkennt man immer. Und du", fuhr sie fort und versuchte, sich höher aufzurichten. „Du bist ein Karnathide, daran besteht kein Zweifel. Mehr noch, mir ist als sehe ich Maitee vor mir stehen, hier in diesem Raum. Du bist das Ebenbild deiner Großmutter. Mit Ausnahme der Augen, das sind die Augen deines Pautar-Großvaters."

„Mein Oheim hat mich ebenfalls gleich erkannt. Ich bin sicher, Ihr erhaltet bald Nachricht von ihm."

Es war ganz klar, dass sie wusste, von wem er sprach, denn wer anders als der Patriarch käme als Onkel in Frage? Malram hatte keine anderen Kinder außer Maitee gehabt.

„Es ist bedauerlich, dass das Haus der Generäle ausgestorben ist; vieles wäre heute sicher anders, wenn es sie noch gäbe."

„Noch ist es nicht ausgestorben", wandte Mayï ein und sondierte gleichzeitig seine Umgebung. Hinter der Schiebetür zu seiner Linken verharrte regungslos ein Mann; er hatte ebenfalls ein Langschwert.

„Ein grüner Junge ist alles, was davon übrig ist. Und was will ein einziger Junge in diesen Zeiten bewirken? Du hast ein Schwert, aber hast du auch das Herz eines Kriegers?"

„Warum fragt Ihr das nicht Euren Waffenmeister?", sagte Mayï und deutete mit dem Kinn zur Schiebetür.

„Lorsam!", rief die alte Dame und prompt ging die Tür zum Nebenraum auf. In der Öffnung kniete der Waffenmeister des Hauses Kar. „Herrin", sagte er.

„Lorsam, dies ist Mayï, Sohn des Lerean und der wahrhaftige Enkel der Maitee, daran besteht kein Zweifel. Aber ist er auch ein General?"

Lorsam stand auf und fixierte Mayï mit seinen grauen Augen. Der erwiderte gelassen seinen Blick.

„Finden wir es heraus", sagte Lorsam und bewegte sich rückwärts in den leergeräumten Nebenraum. Mayï folgte ihm.

Lorsam zog sein Langschwert und ging breitbeinig in Position. Mayï nahm eine Verteidigungsposition ein, ließ sein Schwert aber in der Scheide. „Es gibt nur drei Gründe, dieses besondere Schwert zu ziehen", hatte ihm sein Vater vor Jahren einmal erklärt. „Seine Klinge durchschneidet jedes Material, es ist eine fürchterliche Waffe. Du ziehst es nicht, um dich damit zu verteidigen – wenn du so weit gekommen bist, dieses Schwert zu meistern, dann kennst du längst alle Techniken, dich ohne seine Hilfe zur Wehr zu setzen. Dieses Schwert ziehst du aus seiner Scheide, um damit zu üben, unablässig, ansonsten wird es dich eines Tages bezwingen. Du ziehst es, um es zu pflegen. Und um damit zu töten." Wie sich herausgestellt hatte, brauchte Mayï dafür nicht einmal ein Schwert. Doch er würde niemanden mehr töten. Nie wieder.

Nach kurzem Einschätzen und Abwägen griff Lorsam an, und wie der Blitz war Mayï über ihm und hatte die Klinge seines Schwertes zwischen beide Handflächen geklemmt und es ihm entrissen, bevor der Waffenmeister auch nur einen weiteren Schritt tun konnte. Völlig überrumpelt hielt der Meister inne und starrte erst auf seine leeren Hände und dann auf sein Schwert, das nun der Junge in der Hand hielt. „Wo hast du das gelernt, Junge?"

„Von meinem Vater", antwortete Mayï. „In seiner neuen Heimat hat er eine Schule gegründet, die immer noch einen ziemlich guten Ruf besitzt." So gut, dass ihre Gegner den Gründer loswerden wollten. „Das Waffenhandwerk liegt mir zwar nicht, aber mein Vater meinte, ich wäre ein ganz passabler Kämpfer", sagte Mayï.

„Passabel?", rief Lorsam fassungslos. „Los, ich will mehr sehen!" Er schnippte mit den Fingern und aus einer Ecke flogen ihnen zwei Holzstöcke entgegen – in diesem Haus schienen in jeder Ecke und hinter jeder Biegung eines Ganges Diener zu sitzen, bereit, ihren Herren jeden Wunsch zu erfüllen. Lorsam und Mayï fingen die Stöcke auf, ohne dabei hinzusehen. Mayï warf seinen gleich wieder beiseite. Lorsam knurrte irritiert und ging wieder zum Angriff über. Ein paar Waffengänge später sank Lorsam keuchend auf die Knie; Schweiß lief ihm in seinen Bart. Er schüttelte frustriert den Kopf. Dem Jungen war keinerlei Anstrengung anzusehen, er stand da, die Hände auf dem Rücken verschränkt und blickte den Waffenmeister mit einem leicht amüsierten Gesichtsausdruck an.

„Du kämpfst wie ein Kriegermönch", schnaufte Lorsam. „Bist du vielleicht einer?"

Der Junge schüttelte den Kopf. „Ich sagte bereits, wer mein Lehrmeister war. Ich bin kein Mönch, aber ich kann mich verteidigen."

„Ein paar mehr von deiner Sorte und wir könnten Karnath erobern." Die dünne Stimme kam aus dem Gemach der alten Dame.

„Bei allem Respekt, aber Ihr scheint doch nicht schlecht zu leben, als Untertanen der Torn. Was wollt Ihr mehr?"

„Unsere Unabhängigkeit. Wir waren immer schon die Herren des Hochtals und das wollen wir wieder sein."

Ihr wollt die Abgaben, die Ihr für die Torn eintreibt – und von denen Ihr bestimmt einen guten Teil abzweigt – ganz für Euch behalten, dachte Mayï, sprach es aber nicht laut aus; er wollte nicht gleich am ersten Tag böses Blut schaffen. Stattdessen sagte er: „Und ich möchte zurück, was mir zusteht." Mayï fand seine Worte anmaßend – nichts hier gehörte ihm, die Leute am allerwenigsten –, aber er wusste um die Wirkung, die sie auf die alte Dame haben würden. „Mir scheint, wir verfolgen dasselbe Ziel, ehrwürdige Tante."

„Ich werde darüber nachdenken", sagte die alte Frau in ihrem Bett und machte eine abweisende Handbewegung. „Geh nun, mein Junge; ich bin müde und muss mich ausruhen." Lautlos glitt sie Schiebetür zu ihrem Gemach zu.

Mayï verließ den leeren Raum hinter dem Waffenmeister durch eine weitere Tür, die zurück auf den Gang führte, wo Traut auf ihn wartete. „Das war eine sehr beeindruckende Darbietung", sagte Traut zu Mayï, als sie den Frauentrakt verließen. „Ich konnte nicht umhin, durch den Türspalt zu spähen." Lorsam warf ihm einen strengen Blick zu.

* * *

Im Empfangszimmer bekam Mayï wieder den traditionellen Begrüßungstee vorgesetzt. Der Höflichkeit halber nippte er ein paar

Mal daran. Traut und der Waffenmeister saßen mit am Tisch. Mit Ausnahme der Karnathiden – und der Torn, wie Mayï aus der Einrichtung des Pavillons schloss – bevorzugte man hier in den Bergen Stühle anstelle der Sitzkissen und Strohmatten der kaiserlichen Hofgesellschaft. Sie beobachteten den Jungen aufmerksam. Allmählich kam sich Mayï wie eine Kuriosität vor, die herumgereicht wurde; aber war er nicht genau das: ein völlig Fremder, der doch eigentümlich vertraut wirkte; jemand, der zwar die Sprache des karneanischen Adels sprach, aber die blassgrünen Augäpfel eines gemeinen Mannes hatte, der nicht konditioniert worden war; und obendrein einer, der viel zu jung war, um bereits die Techniken eines Kriegermönchs zu beherrschen? Ein Reisender, den niemand hatte kommen sehen, der einfach so aufgetaucht war?

„Wir würden uns geehrt fühlen, wenn Ihr heute als unser Gast bliebet", sagte Traut.

„Ich weiß Euer Angebot zu schätzen, doch ich werde auf das Gut meiner Väter zurückkehren. Es gibt dort einiges zu tun." Mayï hatte die ganze Zeit nicht aufgehört, seine Umgebung zu sondieren und so entging ihm nicht, dass aus dem hinteren Teil des Gutshofs ein Vogel mit einer ans Beinchen gebundenen Papierrolle hochflatterte und Richtung Flusstal davonflog. Mayï überlegte kurz, ob er das Tier zurück in seinen Verschlag scheuchen sollte – eine weitere Kostprobe seines „Talents", über die Pfeifer nicht sehr erfreut sein würde –, entschied sich dann aber dagegen. Sollten sie doch kommen. „Ich möchte die Torn gebührend empfangen, zu denen Ihr soeben eine Nachricht geschickt habt."

Traut klappte die Kinnlade herunter, der Waffenmeister musterte ihn weiterhin mit unergründlicher Miene und, so schien es Mayï, wachsendem Respekt.

Den Rückweg zum Herrenhaus legte Mayï allein zurück, Traut hatte ihm einen Drodonden samt Sattel als Präsent übergeben – und vermutlich auch als eine Art Entschuldigung für die vorschnellen Worte seiner Großtante.

„Versteht unsere Lage, Herr. Die Privilegien, die wir besitzen, kommen als Gegenleistung für unbedingte Loyalität. Würden wir die Torn verraten, würden sie auch nur den Verdacht hegen, dass wir das täten, wäre das unser Ende. Sie würden den Hof niederbrennen und meine Familie auslöschen – uns hier oben, jene von uns, die im Tal in ihren Diensten stehen: alle aus dem Hause Kar. Und ich rate Euch, Herr, bringt den Clan der Torn nicht gegen Euch auf. Verlasst diese Gegend, bevor sie kommen."

Während des Ritts zurück erinnerte ihn sein Pilot unablässig an Trauts Rat – er lag ihm im wahrsten Sinne des Wortes in den Ohren damit : „Er hat Recht. Du hast gesehen, wie die Dinge hier liegen, und du kannst nichts dagegen tun, du bist allein, und die sind ein ganzer Haufen. Weißt du, wie viele Bewaffnete es in der Kaserne jenseits des Passes gibt? Fünfhundert Mann! Und ich bin sicher, dass die Torn ebenso viele Männer mobilisieren können, wenn sie ihre Untergebenen in den Dörfern und Weilern unten im Tal zu den Waffen rufen. Warum also nimmst du nicht einfach deine Sachen und wir machen uns auf zu unserer nächsten Etappe?"

„Pfeifer, das kann ich nicht. Was sich hier oben abspielt, ist die direkte Konsequenz einer Entscheidung, welche die Gemeinschaft getroffen hat – egal, wie lange das schon her ist. Wir sind dafür verantwortlich. Und wenn auch meine Eltern nicht hierher zurückkommen und sich weiter in die Geschehnisse einmischen durften, so werde ich das jetzt eben tun."

„Mayï, das ist nicht im Sinne der Gemeinschaft."

„Nein? Im Gegenteil: Ich handele ganz im Sinne der Gemeinschaft, nämlich aus purem Eigeninteresse. Auf eine gewisse Weise bin ich am Elend der Leute auf dem Hof schuld, also werde ich dementsprechend handeln."

„Weder du noch ich tragen irgendeine Schuld."

„Pfeifer, ich erwarte nicht, dass du mich verstehst. Wenn du abbrechen und heimkehren willst, so würde ich dir das nicht übelnehmen."

„Zurück in den Ozean, zu meinen Lehrern? Denkst du, ich bin verrückt?" Nach einer kurzen Pause fuhr Pfeifer fort: „Na schön, ich bin also doch verrückt, aber nur deshalb, weil ich bleibe. Ich kann dich da unten nicht allein lassen, wer weiß, was noch alles passieren wird."

Mayï grinste. „Danke, du bist ein wirklicher Kumpel."

„Danke mir bloß nicht zu früh; wir müssen unsere Berichte verfassen."

Ja, es würde sicher kein Spaß werden, Nis Reaktion zu erleben. Oder Paos – Pao mit ihrem ausgeprägten Beschützerinstinkt würde durch die Decke gehen.

Mayï verlangsamte den Schritt seines Drodonden und begann, seinen Bericht über das Komimplant zu diktieren.

18.

* * *

Nis Kommentar kam in der Nacht als Audiobotschaft. Mayï wollte nicht bis zum Morgen warten und ließ seinen Piloten sie gleich abspielen.

„Vorneweg möchte ich dir sagen, dass ich Pao beruhigen konnte. Du weißt ja, wie besorgt sie um dein Wohlergehen ist. Außerdem: Meister Lerean hatte uns gewarnt, dass du ebenso dickköpfig bist, wie deine Mutter. Als wäre er es nicht auch gewesen. Jedenfalls hatten er und Toï eine derartige Reaktion vorausgesehen. Und sie waren sich sicher, dass du die Situation richtig einschätzen würdest. Die Anweisungen deiner Eltern an uns lauten, nicht einzugreifen, wenn es nicht unbedingt nötig ist. Auch wenn ich nicht besonders glücklich über deine Entscheidung bin." Ni ließ ein deutliches Seufzen vernehmen, bevor er fortfuhr. „Und so, wie die Dinge innerhalb der Gemeinschaft im Augenblick stehen, interessiert es den Rat auch nicht im Geringsten, was sich auf Karneä tut. Hier haben alle ganz andere Sorgen, die Lager driften immer weiter auseinander. Mayï, du hast freie Hand, aber ich rate dir dringend: Tu nichts Unrechtes und vor allem nichts Unüberlegtes. Und wenn dein Pilot dich zu deiner eigenen Sicherheit auf das Schiff zurückruft, dann hast du dem Folge zu leisten. Deinem Piloten gebe ich den Rat, nicht alles aufzuzeichnen, was da unten auf dem Mond vor sich geht; ich habe so meine Zweifel, dass du mit Waffengewalt und Worten allein viel erreichen wirst und du daher zu anderen Methoden greifen willst. Je weniger die Gemeinschaft davon erfährt, umso besser wird das für uns alle sein. Ich erwarte natürlich, dass ihr beiden weiterhin Bericht erstattet. Ausführliche Berichte!"

Mayï saß in seinem Kastenbett – diesmal hatte er daran gedacht, Kohle nachzulegen und es war mollig warm – und staunte nicht schlecht. Er hatte erwartet, zurechtgewiesen zu werden, seine Entscheidung verteidigen zu müssen. Er hatte sogar damit gerechnet, dass Pao höchstpersönlich hier auftauchen und ihm einen Vortrag halten würde.

„Was sagt man dazu?", fragte er in die Dunkelheit hinein.

* * *

In aller Frühe suchte er Hungott auf; am Vorabend hatte er ihm bereits von seinem Besuch auf dem Anwesen der Kar erzählt. „Die Torn werden kommen und über uns herfallen", hatte Hungott resigniert festgestellt. „Es spielt dabei keine Rolle, ob Ihr Lereans Sohn seid oder nicht."

„Sie werden es versuchen", hatte Mayï gesagt. „Aber wir werden vorbereitet sein. Und mit dem Tor werden wir anfangen."

Er und Hungott gingen zu den Wirtschaftsgebäuden neben dem Tor, die aus einer Scheune und einem angrenzenden Stall bestanden, windschief und mit leckem Dach. Auf dem Heuboden der Scheune saß ein kleiner Junge und wartete auf sie; seine Beine baumelten in der Luft neben der Leiter.

„Hast du sie gefunden?", rief Hungott zu dem Jungen hinauf; der nickte und zeigte mit einem schmutzigen Finger in die hinterste Ecke. „Dort."

Mayï kletterte die Leiter hinauf und ging zu der Stelle, auf die der Junge gezeigt hatte. Dort auf dem Boden, begraben unter halb auseinandergefallenen Strohballen, lagen zwei große Platten aus Holz übereinandergestapelt. Die Bretter waren alt und rissig, aber dick und wirkten noch solide. Aufgeplatzter Lack bröckelte vom Holz ab. Zusammen mit dem Jungen wischte und schob Mayï das Stroh beiseite, bis die alten Torflügel freilagen.

„Sie sind intakt", rief Mayï dem Einäugigen zu, der unten wartete; ohne Daumen hätte er Mühe gehabt, die Leiter hochzusteigen. „Wir müssen sie nur noch von hier runter kriegen."

„Damals mussten fünf starke Männer sie hochhieven, um sie unter dem Stroh zu verstecken", rief Hungott zurück. „Wie soll ich das mit meinen Leuten schaffen?"

„Na schön, dann werde ich eben ein wenig nachhelfen", murmelte Mayï. Er packte mit beiden Händen die Enden des untersten Torflügels und tat so, als würde er ziehen. In Wahrheit tat er das, was er als kleines Kind mit seinem Spielzeugvogel getan hatte: Er erfasste das ganze Gebilde mit seinem Bewusstsein und bewegte es zur Leiter. Der Bengel stand daneben und glotzte mit offenem Mund; Rotz lief ihm aus der Nase, ohne dass er es bemerkte, zu sehr faszinierte ihn, was er da sah: Der rothaarige Junge zog die schweren Tore mühelos über den Scheunenboden. Sie schrammten nicht einmal richtig über die verzogenen Bretter, sondern schienen lautlos darüber hinweg zu gleiten.

An der Kante angekommen, kniete sich Mayï hin und schob die Flügeltüren über den Scheunenboden hinaus, bis sie fast zur Hälfte in der Luft hingen. „Achtung!", rief Mayï, doch Hungott war längst zum Scheuneneingang zurückgewichen. Langsam kippten die mächtigen Torflügel über die Kante nach unten; doch in dem Augenblick, da ihr Gewicht sie hätte vornüberkippen lassen müssen, sodass sie mit Getöse auf dem Lehmboden landeten und womöglich barsten, glitten sie langsam und beinahe senkrecht hinab, bis sie den Boden berührten und gegen den Tragebalken des Scheunenbodens zurückfielen, den sie noch um zwei Fuß überragten.

Hungott starrte die Torflügel an, als könne er nicht glauben, was er eben gesehen hatte. „Seid Ihr ein Magier?", flüsterte er.

„Das hat nichts mit Magie zu tun, sondern mit elementarer Subquantenphysik", sagte Mayï leise, leicht genervt von dem Aberglauben der Leute hier. „Nein, es ist keine Zauberei", sagte er lauter, während er die Leiter wieder hinunterkletterte.

Der Rest der Belegschaft hatte sich mittlerweile um den Vorsteher herum versammelt und bestaunte die alten Tore; die meisten von ihnen waren noch nicht lange hier und hatten sie noch nie gesehen. „Also, wer hilft mir, sie wieder an ihren Platz zu hängen?", fragte Mayï in die Runde. „Keine Bange, sie sind leichter, als sie aussehen." Der Bengel aus der Scheune und ein alter Mann, der einen krummen Rücken aber noch beide Daumen besaß, packten den zuvorderst stehenden Flügel auf der einen

Seite, Mayï ergriff ihn auf der anderen; sie kippten ihn vorsichtig in die Waagerechte und zusammen mit zwei weiteren Männern trugen sie ihn aus der Scheune und am Stall entlang zum Torpfosten, und das mit einer Leichtigkeit, als wäre es nur ein Rahmen für ein Spinnennetz. Die Torangeln waren zuvor vom Rost befreit und gut eingefettet worden und die Scharniere des Torflügels glitten problemlos in ihre Zapfen. Bald darauf hing auch der zweite Flügel wieder an seinem Platz. Der große Riegel war nach all der Zeit verloren gegangen, doch im Holzlager fand sich ein Balken, der einen guten Ersatz abgab. Schließlich versammelten sich alle vor dem verschlossenen Tor. Lacksplitter rollten über den Boden im Wind, der unter den Torflügeln hindurchblies. „Es ist zwar kein Prachtstück, aber es erfüllt seinen Zweck", sagte Mayï.

„Herr, was nützt uns das Tor, wenn die Mauer zerfallen ist?", fragte Hungott.

„Solange die Schneewehen um die Mauer herum nicht schmelzen, bieten sie ausreichend Schutz. Und noch bläst der Wind von Norden her."

„Und was gedenkt Ihr als nächstes zu tun?"

„Ich werde den Torn einen kleinen Besuch abstatten."

„Der Weg ins Tal ist zugeschneit, auch mit einem Räumtrupp bräuchtet Ihr über einen Tag! Und selbst wenn Ihr es bis ins Tal schaffen würdet – sie werden Euch nicht wieder gehen lassen, wenn sie Euch erst einmal haben", wandte der Vorsteher ein.

„Ich reise auf meine Art und ich werde auch nicht lange fortbleiben", sagte Mayï. Seine freundliche Miene wurde ernst, als er hinzufügte: „Und die Torn haben gar nicht die Mittel, mich festzuhalten." Dabei deutete er auf die rissigen Torflügel, die nach vielen Jahrzehnten wieder an ihrem Platz hingen.

* * *

Mayï wanderte durch die Zimmer des Pavillons, öffnete Schränke, stöberte in Kommoden und versuchte die Zeit totzuschlagen; er wartete auf den richtigen Zeitpunkt. Er wusste, er sollte sich vorher ein wenig ausruhen, doch dazu war er zu aufgeregt. Er trat auf die Terrasse zum Hof und atmete die klare Nachtluft ein. In der Webhalle brannte noch Licht und so ging er hinüber.

Eine Öllampe erhellte nur notdürftig den großen Raum, in dem die Spinnrahmen hingen; in regelmäßigen Abständen waberte der schwache Schein glühender Kohle in der Dunkelheit; ein beißender Geruch lag in der Luft. Ein schmaler Schatten bewegte sich durch die Halle, von einem Kohlebecken zum anderen, schürte hier die Glut, legte dort Kohle nach.

„Hallo“, sagte Mayï und der Schatten fuhr mit einem leisen Schrei herum. Es war Maitee; in der Dunkelheit glommen ihre Augen rot, wie die aller Karneaner. Wie kleine Kohlestückchen.

„Herr“, sagte sie schüchtern.

„Was machst du so spät hier?“, fragte Mayï.

„Hier lebe ich, bei den Webspinnen, Herr. Ich kümmere mich um sie; sie müssen es warm haben im Winter, damit sie ihre Netze spinnen können.“ In den Händen hielt sie einen Eimer Kohle und eine lange Eisenzange.

„Und das machst du die ganze Nacht hindurch?“

„Ja, Herr“, sagte das Mädchen verwundert. „Das ist meine Aufgabe.“

Mayï fragte sich, wann sie zum letzten Mal durchgeschlafen hatte, kein Wunder, dass sie so schreckhaft war. Ihr Gekicher neulich hatte ihm gefallen, war es doch das erste fröhliche Gesicht, das er gesehen hatte, seit er hier war – auch wenn sie versucht hatte, es mit dem Ärmel ihres Kleides zu verbergen.

„Seht Ihr hier, Herr?“, sagte Maitee und zeigte auf einen Rahmen, der weiter vom Kohlebecken entfernt hing; Mayï kam näher. In einer Ecke des Rahmens saß eine Webspinne, ihre acht schwarz-weiß gestreiften Beine hatte sie unter ihrem Leib zusammengefaltet; die Spinndrüsen an ihrem weißen Hinterleib waren dick und gut sichtbar. Durch den Rahmen zogen sich ein paar Spinnfäden – die Grundkonstruktion für das typische Radnetz.

„Wenn ihnen zu kalt ist, werden sie erst träge und dann erstarren sie. Sie hören auf, ihr Netz zu bauen. Die Spinnen näher am Feuer aber sind munter und spinnen weiter ihre Räder. Auch die

Netze vertragen keine Kälte, sie werden brüchig, und wenn man sie dann kocht, wird ihr Faden nicht so fest, wie er sein sollte."

„Die Qualität leidet", sagte Mayï.

„Herr?" Maitee verstand nicht.

„Womit werden die Spinnen im Winter gefüttert?"

„Wollmotten", antwortete Maitee. „Die kommen von allein, die fliegen auch im Winter." Mit diesen Worten huschte das Mädchen zum nächsten Becken und legte mit der Zange Kohle nach. Einmal sah sie kurz zu ihm herüber und lächelte. Mayï lächelte zurück.

19.

***

Irkar ap Torn saß bei Kerzenschein in seiner Schreibstube, es war lange nach Mitternacht, seine Familie schlief bereits und die Diener hatte er längst weggeschickt. Stille lag über dem Haus und er konnte in Ruhe nachdenken. Er starrte auf die beiden winzigen Zettel, die vor ihm auf dem Tisch lagen; den ersten hatte er am Vortag erhalten, er kam aus den Bergen, von den Kar; der zweite war am späten Nachmittag eingetroffen und vom Patriarchen höchstselbst verfasst worden. Beide Zettel enthielten dieselbe Botschaft: Ein angeblicher Nachfahre von Fürst Malram ap Karnath, des letzten Generals, war in den Bergen aufgetaucht und hielt sich auf dem alten Herrensitz der Karnathiden auf. Auf dem Hof, den die Torn als ihre Trophäe betrachteten! Die alte Vettel der Kar versicherte in ihrem Schreiben, dass der Junge – ein Junge, verdammt noch mal! – Malrams Tochter Maitee wie aus dem Gesicht geschnitten sei. Sogar der Patriarch, jüngster noch lebender Halbbruder von Maitees Sohn Lerean, bestätigte die große Ähnlichkeit mit dem drittgeborenen Kronprinzen und dessen Zwillingsschwester Wie-hieß-sie-noch-gleich.

Dieselbe Person war innerhalb von zwei Tagen an zwei Orten aufgetaucht, die zweitausend Meilen voneinander entfernt lagen. Wenn man den alten Geschichten Glauben schenken wollte, hatte es so etwas schon einmal gegeben, damals, als der Kronprinz der Gaut mit seinem Haus brach und eine Revolte gegen den Clan anführte: einen geheimen, magischen Tunnel, der die Palastinsel mit den Bergen von Karnath verband. Mit dem Ende des Aufstands hatten sich die Beteiligten in alle Winde zerstreut, sodass sich niemand finden ließ, der die Geschichte hätte bestätigen können. Sicher war, dass Kronprinz Lerean vor etwa sechzig Jahren spurlos verschwand, sicher war auch, dass er überhaupt kein

Kronprinz war, sondern der Sohn des Kaisers und einer Konkubine. Nur war diese Konkubine Fürst Malrams Tochter gewesen. Wenn dieser Junge nun tatsächlich Lereans Sohn war, wie er behauptete, wäre die Hauptlinie der Karnathiden gar nicht ausgestorben.

Irkars Miene verfinsterte sich. Sein Geschlecht, das Haus der Torn, hatte das Erbe der Karnathiden angetreten, sie waren jetzt die legitimen Herrscher von Karnath. Niemals würde er zulassen, dass ein dahergelaufener Bengel seine Autorität in Frage stellte. Nicht einmal ein Nachfahre Malrams.

Das Oberhaupt der Torn zog einen bereitliegenden Zettel zu sich, griff nach einem dünnen Pinsel – und erstarrte. Ihm war, als hätte sich in der Dunkelheit hinter ihm etwas bewegt, als wäre da ein unerklärlicher Windhauch, ein unbekannter Geruch. Aber das konnte nicht sein, gerade eben noch war er im Raum auf- und abgegangen und bis auf ihn war niemand dort gewesen. Irkar fuhr herum. Seine Augen weiteten sich vor Schreck – und mehr noch vor Ärger über die Nachlässigkeit seiner Wachen – und er wollte schreien, doch der Junge hielt einen Finger vor den Mund und schüttelte den Kopf. Selbst im schwachen Licht der Kerze waren die feuerroten Locken gut zu erkennen.

„Wir sind alleine in diesem Teil des Hauses", sagte der Junge. „Wenn Ihr um Hilfe ruft, wird niemand rechtzeitig hier sein." Er bewegte sich aus dem Schatten heraus und kam näher. Irkar sah, dass er ein Schwert umgebunden hatte.

„Bist du gekommen, um mich zu erschlagen? Wie ein feiger Meuchelmörder?", knurrte Irkar und rückte vom Tisch ab, ein Fuß auf dem Boden, das andere Knie seitlich gedreht, um möglichst schnell aufspringen zu können, sollte er sich verteidigen müssen.

„Nichts dergleichen. Ich möchte Euch nur einen Besuch abstatten", antwortete der Junge. „Unangemeldet zwar, aber ich dachte mir, das sei die beste Art, damit wir beide uns ungestört unterhalten können. Bei all dem Personal, das hier herumläuft."

„Wie bist du hier hereingekommen?"

Der Junge zuckte die Achseln. „An den Wachen vorbei." Er kam zum Tisch und kniete sich hin, die Hände auf die Schenkel gestützt wie ein Krieger. Seine goldgesprenkelten braunen Augen blickten in Irkars steinfarbene, ruhig und ohne Furcht. Mit dem Kopf nickte er zu den Zetteln auf dem Tisch und sagte: „Mittlerweile wisst Ihr, wer ich bin; Ihr könnt ruhig glauben, was auf den Zetteln steht."

„Was willst du?"

„Was wollt Ihr?", fragte der Junge zurück.

„Ich bin der Herr von Karnath, diese Provinz steht unter meinem Schutz!"

„Eingerissene Tore, abgehackte Finger, eine verängstigte Bevölkerung – das nennt Ihr Schutz?", fragte der Junge; seine Stimme war immer noch ruhig und enthielt eine Spur Ironie.

Irkars Stimme war alles andere als ruhig als er den Jungen anschrie. „Elender! Du wagst es, dich hier einzuschleichen und mich zu beleidigen? Weißt du nicht, wer ich bin?"

„Ein aufbrausender Wüterich, mit dem man nicht diskutieren kann."

Das Oberhaupt der Torn bebte vor Zorn. „Das reicht! Wache!" Als sich auf dem Korridor nichts tat, brüllte er noch einmal: „Wache!!"

Der Junge blieb sitzen und war weiterhin gelassen und impertinent. „Tobt und schreit, soviel Ihr wollt, es kann Euch niemand hören."

Allmählich bekam es Irkar mit der Angst zu tun. Was, wenn der Bengel Recht hatte? Er war unbewaffnet, nicht einmal einen Dolch hatte er bei sich – wozu auch? Das hier war sein Haus, verdammt! Andererseits machte der Junge keine Anstalten, sein Schwert gegen ihn zu zücken.

„Was ist? Können wir nun vernünftig miteinander reden, oder nicht?"

Irkar brauchte ein paar Augenblicke, um seine Wut unter Kontrolle zu bringen, er ballte die Fäuste und schnaufte durch die Nase. Schließlich knurrte er: „Na schön, reden wir."

„Ich bin weit gereist, um mir das Land meiner Vorfahren anzusehen – wie Ihr den Botschaften des Patriarchen und der Kar entnehmen könnt, reise ich … sehr schnell – und was ich vorgefunden habe, hat mich, nun ja, betrübt. Das Herrenhaus ist verfallen, seine Bewohner kaum mehr als Sklaven und auf den umliegenden Höfen haben die Leute derart Angst vor Eurem Clan, dass sie alles tun, um Euch nicht zu verärgern. Es gibt bessere Methoden, eine Provinz zu verwalten."

„Du wagst es, meine Herrschaft in Frage zu stellen?"

„Ich stelle die Vorgehensweise in Frage. Und was Eure Legitimität anbelangt: Na ja, Euer Haus hat die Lücke gefüllt, die sich nach dem Verschwinden meines Vaters aufgetan hat; und niemand anderes hatte damals Anspruch erhoben."

„Du willst Lereans Sohn sein? Seit sechzig Jahren ist er verschollen, dann wäre er heute … was? Achtzig?"

Hier, ja, dachte Mayï und sagte: „Ich wurde ihm erst sehr spät geboren. In seiner neuen Heimat ist es ihm lange nicht möglich gewesen, an Nachkommen zu denken." Wie oft würde er diesen Spruch noch aufsagen müssen?

„Und wo ist er jetzt? Warum ist er nicht selbst hergekommen?"

„Er lebt nicht mehr." Es war die einfachste Antwort. Und die Wahrheit.

„Natürlich. Wie überaus praktisch", schnaubte Irkar.

Der Junge lehnte sich nach vorne und fixierte Irkar mit seinem Blick. „Worauf ich hinaus will, ist dies: Lasst die Leute da oben in Frieden. Ihr seid nicht länger die Herren von Karnath. Das Herrenhaus ist nicht länger Euer Besitz – weder seine Bewohner noch seine Produktionshallen. Und denkt nicht einmal daran, eine Strafexpedition gegen uns loszuschicken, denn sie wird scheitern. Ich will niemandem etwas Böses und bin nicht auf einen Kampf aus."

Mayï erhob sich und blickte nun auf Irkar herab. In seinen Augen funkelte etwas Unheimliches, so als ob sich hinter der Maske seines jugendlichen Gesichtes ein anderes, mächtigeres Wesen verbergen würde. Etwas Dunkles. Dem Oberhaupt der Traut stellten sich die Nackenhaare auf. „Doch wenn Ihr mich herausfordert, wenn Ihr den Leuten des Hochtals oder ihren Angehörigen etwas antut, dann werde ich Euer schlimmster Albtraum sein."

Mit diesen Worten trat der Junge wieder in den Schatten, gleichzeitig ging die Kerze aus – sie erlosch nicht flackernd in einem Luftzug, sondern war plötzlich einfach aus – und Irkar fand sich um Dunkeln wieder. Er sprang auf – *federte* hoch, er war noch erstaunlich behände für sein Alter – und stürzte blindlings und lauthals schreiend zu der Stelle, an der der Junge zuletzt gestanden hatte, mit ausgestreckten Armen und in der Absicht, ihn am Hals zu packen und zu erwürgen. Doch seine Hände griffen ins Leere und der Schwung seiner Bewegung trug ihn weiter, er stolperte gegen die dünnen Paneele der Schiebetür und fiel krachend durch sie hindurch.

Wenige Augenblicke später fanden die Wachen ihren Herrn auf dem Korridor sich inmitten von zersplitterten Holzlatten und Papierfetzen wälzend und tobend vor Raserei. Er befahl seinen Leuten, das ganze Haus zu durchsuchen, jedes Zimmer, jeden Winkel, jeden Keller.

Von dem rothaarigen Jungen fehlte jede Spur.

20.

* * *

„Und nun?", fragte Pfeifer; er lugte durch die transparente Wand in der Kombüse und sah Mayï zu, wie er gierig und laut schlürfend eine Schüssel von Nis famoser Nudelsuppe verschlang. Nach seinem Überraschungsbesuch bei den Torn war er erst einmal zum Springer zurückgekehrt; er wollte sich einen Überblick über die Geographie der Region verschaffen, die sein Pilot mit Hilfe von Scans angefertigt hatte. Und er hatte einen Mordshunger – die Diät von zweimal täglich vergorener Milch mit Fladenbrot hing ihm zum Hals raus und strapazierte seine Verdauung.

„Besser", seufzte Mayï und lehnte sich auf seinem Stuhl zurück. Er hatte die Schüssel bis auf den letzten Tropfen Brühe geleert.

„Nun werde ich wieder hinuntergehen und die Botenvögel abfangen, die Irkar bestimmt losschicken wird, sobald er sich beruhigt hat. Das ist vielleicht ein Choleriker."

„Will ich wissen, wie du das anstellen wirst? Nein ich glaube, ich will das nicht wissen."

Mayï blickte zum Chloeopsiden in seinem Wassertank hinüber und runzelte die Stirn. „Ach, komm schon. Ohne ein paar Tricks kann ich nichts ausrichten."

Nachdem er das Geschirr weggeräumt hatte, ging er hinunter in den Steuerraum und trat an den Kartentisch heran.

„Aufnahme von Karnath; Fokus auf die Hochebene", befahl er und das dreidimensionale Bild des Hochtals tauchte vor ihm auf, mit dem Herrensitz der Karnathiden an seinem südlichen Rand. Mit ein paar Handbewegungen und Kommandos arbeitete sich Mayï durch die Aufnahmen, sah sich zuerst das Hochtal an mit dem Anwesen der Kar und den anderen, kleineren Höfen, dann studierte er das Flusstal und seine Dörfer; den Sitz der

Torn betrachtete er sehr genau, sah sich jedes Gebäude, jede Baracke an und zählte die Bewohner.

„Alle Bergwerke anzeigen, außerdem die Tagebauanlagen, Planmodell." Eine flächige Landkarte erschien über der Plattform, ein paar Stellen leuchteten rötlich. Mayï zeigte auf eine der Markierungen. „Hier ist das stillgelegte Bergwerk, das wir untersucht haben. Die anderen …", er vergrößerte den Ausschnitt, „die ganze Bergkette ist voll von verlassenen Stollen. Mineraladern anzeigen!" Auf dem Modell erschienen feine Linien, teils durchgängig, teils gegeneinander verschoben. Silbervorkommen. „Kein Wunder, dass hier ein solcher Aufwand betrieben wird, da liegt ein Vermögen im Berg."

Mayï suchte weiter. „Hier, diese Mine ist noch in Betrieb. Wie groß ist die Belegschaft?"

„Etwa neunhundert Personen", war die Antwort des Piloten. „Davon an die hundert und zwanzig unter Tage, der Rest arbeitet in den Schmelzhütten oder im Freien. Da, siehst du die Träger und Wäscher?"

Mayï sah genauer hin. „Findest du nicht auch, dass die alle nicht besonders groß sind? Das sind keine erwachsenen Arbeiter."

„Einen Augenblick", sagte der Pilot, als er den Scan analysierte. „Mayï? Das wird dir nicht gefallen: Gut die Hälfte davon sind Kinder. Ich meine, kleine Kinder – ich zähle zwei, die nicht älter als fünf Jahre sein können, eher noch jünger."

„Diese Mistkerle." Mayï spürte, wie es in seinem Inneren zu brodeln begann. Er atmete tief durch und versuchte, die Wut unter Kontrolle zu bekommen. „Psychen mit starkem Potential können es sich nicht leisten, ihren Emotionen nachzugeben", hatte seine Mutter ihm einmal erklärt. „Das könnte verheerende Auswirkungen haben. Du, dein Vater, ich: Wir müssen uns stets unter Kontrolle haben – egal wie stark der Druck ist. Andere mögen uns für gefühlskalt und empathielos halten, doch das Gegenteil ist der Fall, wir versuchen nur, die anderen vor uns zu schützen. Stell dir vor, jemand würde dich sehr wütend machen: Würdest du es dabei belassen, mit den Füßen auf den Boden zu stampfen und rumzuschreien? In Gedanken würdest du dein Gegenüber gerne packen und schütteln, und genau hier liegt die Gefahr: dass deine Gedanken schneller sind als dein Verstand. Es besteht immer die Möglichkeit, die Gefahr, dass deine Emotionen Überhand nehmen, und ehe du dich versiehst, hast du in die Tat umgesetzt, von dem du gerade noch phantasiert hattest: Du hast mit deinem Potential dein Gegenüber angegriffen, weil du deine Gefühle nicht unter Kontrolle hattest. Diese Reaktion lässt sich in jede Größenordnung übertragen, abhängig von deinem Potential und der Intensität deiner Emotionen. Du musst jederzeit die absolute Kontrolle über dich haben."

„Darum kümmern wir uns als Nächstes."

„Wir?"

„Ich erkläre dir das später. Jetzt gehe ich erst einmal auf Vogelfang."

* * *

Mayï bemerkte den Jungen, wie er um die Ecke des Gesindegebäudes lugte und ihn beobachtete. Es war der gleiche Bengel, der mitgeholfen hatte, die Torflügel nach draußen zu tragen. Mayï winkte ihn zu sich.

„Wie ist dein Name?", fragte er ihn, nachdem er sich neben ihn auf die vordere Veranda des Pavillons gehockt hatte.

„Tidritt", antwortete der Junge und wischte sich mit dem Ärmel seines Kittels die laufende Nase. „Was machst du hier, Herr?", fragte Tidritt.

„Ich bin Mayï."

„Was machst du hier, Herr Mayï?"

Mayï zeigte zum Himmel, in dem allmählich das orangefarbene Licht des Gasplaneten verblasste, als die Dämmerung heraufzog. „Ich warte auf etwas." Tidritt schaute nach oben. Er sah nichts. „Es dauert bestimmt nicht mehr lange", sagte der Junge mit den roten Locken. „Willst du mir beim Warten Gesellschaft leisten?" Tidritt wollte.

Nachdem sie eine Weile schweigend nebeneinander gesessen hatten, stand Mayï plötzlich auf. „Da kommt er", sagte er und blickte hoch. Tidritt sah noch immer nichts, aber er konnte nun den Flügelschlag eines Vogels hören. Und dann sah er ihn: einen großen Vogel, der aus der Richtung des Flusstals kam. Fast wäre er am Hof vorbeigeflogen, doch dann beschrieb er eine Kurve und kam zurück; er flatterte eine Weile hin und her, als könne er sich nicht recht entscheiden, wohin er nun genau wollte, und landete schließlich auf der ausgestreckten Hand des rothaarigen Jungen. Es war ein hübsches Tier, grau mit einem blauen Kopf und blauen Schwungfedern, der Schnabel und die Haut um die Augen leuchteten orange. Vorsichtig löste Mayï den Faden, mit dem ein Papierröllchen an einem Bein befestigt war und entließ den Vogel wieder in die Luft.

Enttäuscht schaute Tidritt ihm nach. „Den kann man essen.“

Mayï warf einen Seitenblick auf den Bengel und entrollte den kleinen Zettel. Die Botschaft darauf war in winziger Silbenschrift verfasst und an die Kar gerichtet, mit der Aufforderung den Fremden Betrüger – bei dem Wort lachte Mayï kurz auf – gefangen zu nehmen und bis auf Weiteres festzuhalten. Wer ihm Hilfe leistete, sollte am nächstbesten Balken gehenkt werden.

Tidritt sah etwas im Gesicht des jungen Herrn – einen Schatten vielleicht –, das ihn beunruhigte und ging langsam ein paar Schritte rückwärts.

Der hatte den Bengel völlig vergessen und angefangen, mit sich selbst zu reden in einer Sprache, die Tidritt nicht verstand.

Mayï sagte zu seinem Piloten: „Na schön, er hat es nicht anders gewollt. Wir werden seine Kommunikation lahmlegen; solange der Schnee hoch liegt und weder Läufer noch Reiter durchkommen, ist er auf die Vögel angewiesen. Sind die erst einmal ausgeflogen und in ihre Heimat zurückgekehrt, wird er bis zum Tauwetter warten müssen, um Nachschub zu bekommen. Wo stehen die Volieren? Und ich meine alle hier in der Gegend.“ Dann ging er hinein in den Pavillon.

* * *

Mayï saß in seinem Zimmer auf einem Kissen und konzentrierte sich. So etwas hatte er noch nie gemacht, das Vorgehen verlangte Präzision und Feingefühl, und dabei waren die Ziele so weit weg. Sein Pilot hatte ihm beschrieben, wo sich die Käfige mit den Botenvögeln befanden – es stellte sich heraus, dass nur die Torn und die Kar überhaupt über welche verfügten, was die Sache etwas vereinfachte. Zunächst der Hof der Kar: Mayï schickte sein Bewusstsein aus, sondierte das Gelände, er konnte die Gebäude vor sich sehen: in der Mitte die Empfangshalle und links daneben das Haupthaus, rechts die Wirtschaftsgebäude und dahinter die Kornspeicher auf ihren Pfahlkonstruktionen. Beiderseits des Tores lagen die Stallungen und zwischen den Speichern und den Ställen erfasste Mayï einen geräumigen Unterstand mit einem Gitternetz drumherum; im Inneren waren Kästen aufgereiht, jeder mit einem kleinen Türchen versehen: Er hatte die Voliere gefunden. Vorsichtig tastete er sich vor; die Vögel, die eben noch friedlich gedöst oder ihr Federkleid geputzt hatten, schreckten auf; etwas war bei ihnen im Käfig, sie spürten eine Anwesenheit, wurden unruhig und flatterten herum; Federn flogen durch die Luft. Die winzigen Türen der Kästen waren mit einfachen Riegeln verschlossen, die plötzlich alle gleichzeitig nach hinten klappten. Alle Türen gingen wie von Geisterhand auf und die Vögel flatterten aus den Käfigen ins Freie zu ihren Artgenossen. Dann sprang die große Tür des Verschlages auf und ein Schwarm Vögel drängte aufgeregt lärmend nach draußen, als wäre ein gefräßiger Räuber hinter ihnen her. Von dem Geschreie und Geflatter alarmierte Arbeiter kamen herbeigelaufen und versuchten erfolglos, die Tiere wieder einzufangen. Nach ein paar Augenblicken war der Spuk vorüber. Ein paar Vögel beruhigten sich allmählich und kehrten in ihren Heimatverschlag zurück. Von den anderen blieben nur Federn zurück, die träge durch die Luft schwebten.

Die Voliere auf dem Anwesen der Torn war wesentlich größer und wurde von einem Vogelmeister und seinem Lehrling bewacht. Mayï musste die beiden zunächst einmal ablenken, indem er einen großen Sack Futterkörner umstieß und seinen Inhalt über den ganzen Boden verteilte. Der Ältere fluchte und hieß den Jüngeren alles wieder einsammeln. Während der Vogelmeister seinen Lehrling schimpfend mit dem Stock traktierte und zusah, wie dieser die Körner wieder auflas, öffnete Mayï die Käfige – diesmal gelang es ihm, die Tiere nicht zu verschrecken, und sie warteten aufmerksam, aber ruhig darauf, dass die Türchen aufgingen –, löste lautlos das Drahtgitter auf der Seite des Verschlages, dem die beiden Männer den Rücken zuwandten, und rollte es ein Stück weit auf. Wie bei den Kar blieben auch hier nur die Vögel zurück, die in dieser Voliere beheimatet waren.

„Und jetzt nehmen wir uns die Vorratslager vor", sagte Mayï. „Pfeifer, jetzt kannst du zeigen, was die Instrumente des Springers draufhaben!"

* * *

Der Lärm, den die ausbrechenden Vögel veranstalteten, lockte von überall her die Dienerschaft an; auch aus der Küche und dem angrenzenden Lagerraum kam das Personal herbeigeeilt und starrte verwirrt auf den großen Vogelschwarm, der über ihren Köpfen kreiste. Und so war niemand da, um zu sehen, wie eine feine, leuchtend blaue Linie über die Vorräte glitt und hinter sich nichts als Luft zurückließ. Lautlos verschwanden mehrere Fässer eingelegtes Sommergemüse, haufenweise Rüben und Erdknollen, drei ganze luftgetrocknete Pedrottakarkassen, ein paar fette geräucherte Fische und ein Fass Obstwein und ein Sack guten Tees. Einer der drei großen Kornspeicher wurde zu zwei Dritteln entleert.

Das Verschwinden der Lebensmittel würde erst Tage später entdeckt werden, doch Irkar würde ahnen, wer den Diebstahl zu verantworten hatte, ebenso wie die Flucht der Botenvögel.

„Gute Arbeit, Pfeifer. Die Leute hier haben mit ihrem Schweiß mehr als genug dafür bezahlt." Mayï stand am Eingang zur Scheune, um ihn herum hatten sich ein paar Männer der Belegschaft geschart, die gar nicht bemerkten, wie der rothaarige Junge – Sohn des Lerean, Herr von Karnath, *ihr* Herr! – scheinbar zu sich selbst sprach, so sehr war ihr Verstand damit beschäftigt zu begreifen, was sie hier sahen: In der Scheune, die am Morgen noch bis auf ein paar Strohballen und einen alten Heuwagen leer gestanden hatte, stapelten sich nun alle Arten von Lebensmitteln; dabei hatte kein Träger, kein Karren das Tor passiert. Keiner von ihnen hatte jemals zuvor so viele Leckereien auf einem Haufen gesehen, kaum einer von ihnen jemals Räucherfisch, Obstwein oder kandierte Früchte gekostet. Mayï musste lachen, als er hörte, wie Tidritt, der sich zwischen ihn und Hungott gedrängt hatte, schlürfte, als ihm beim Anblick all dieser Herrlichkeiten das Wasser im Mund zusammenlief. Er klopfte dem Jungen auf die Schulter. „Du bekommst davon schon etwas ab, keine Sorge. Aber die Vorräte müssen für eine Weile reichen; das nächste Mal werden es uns die Traut nicht so leicht machen."

„Hungott", sagte Mayï, nachdem er das Scheunentor verschlossen hatte, „Würdet Ihr bitte alle in die Halle rufen? Die Frauen ebenfalls."

21.

* * *

Draußen hatte es zu schneien begonnen, in der Halle war es eng, überall lagen Rollen mit Bahnen aus Spinnwebtuch, Ballen aus minderwertigem Tuch und dicke Trommeln mit Spinnfäden zur Weiterverarbeitung. Dazwischen drängten sich die Bewohner des Hofes, die Männer auf der einen, die wenigen Frauen auf der anderen Seite des Raumes. In dem leicht erhöhten hinteren Teil der Halle, dort, wo früher die Herren von Karnath ihre Besucher empfingen, stand Mayï. Der Junge war schmal und wirkte etwas schlaksig, doch keineswegs unsicher; mit auf dem Rücken verschränkten Armen stand er kerzengerade vor der Belegschaft und sein Blick wanderte von einem zum anderen. Als er ganz hinten in einer Ecke Maitee sah, die sich hinter einer Arbeiterin zu verstecken suchte, lächelte er ihr zu. Als er zu sprechen begann, war seine klare Stimme noch im schneebedeckten Hof zu hören.

„Seit sechzehnhundert Jahren steht das Herrenhaus hier, am Felsgrat über dem Flusstal; viele Male wurde es zerstört und wieder aufgebaut. Es ist das Heim der Herren von Karnath und ihres Clans. Jeder, der sich dazu entschloss, hier zu leben und zu dienen, tat dies aus freien Stücken. Das Haus der Karnathiden war verloren geglaubt, der Clan gespalten. Und nun, nach vielen Jahren ist ein Karnathide zu seinem Stammsitz zurückgekehrt. Ich erwarte nicht, dass ihr mir Glauben schenkt – niemand von euch hat je einen Karnathiden zu Gesicht bekommen. Aber jene, die meinen Vater noch gekannt haben und meine Großmutter, wissen, wer ich bin."

Mayï stieg von der Plattform und ging langsam an den Arbeitern entlang durch die Gänge, die von den Stoffballen gebildet wurden. Im Vorbeigehen bedachte er jeden von ihnen mit einem Blick. „Niemand von euch ist hier, weil er es so wollte.

Sondern weil er, oder sie, hierher verschleppt wurde. Keiner von euch dient aus freien Stücken, sondern weil er dazu gezwungen wurde. Niemand hier gehört meinem Clan an. Ihr habt keinen Grund, mir zu glauben, zu trauen oder zu gehorchen. Aber ihr habt viele Gründe, die Traut zu fürchten; sie knechten euch, bedrohen euch und eure Familien. Mein Besuch, wenn ihr es so nennen wollt, hier in Karnath ist Teil einer Reise, nur eine Etappe von vielen. Als ich sie antrat, wusste ich nicht, was mich hier erwarten würde. Bevor ich hierher kam, hätte ich nicht damit gerechnet, dass mir die Zustände hier derart nahegehen würden."

An dieser Stelle musste Mayï schlucken, und sein Blick wurde eisern. „Karnath ist das Land meiner Väter und ich bin entschlossen, ihr Erbe anzutreten. Ab sofort dient ihr nicht mehr den Torn!"

Ein paar der Frauen stöhnten vor Schreck auf. Mayï breitete seine Arme aus. „All das hier ist das Produkt eurer Arbeit, es gehört euch und nicht denen da unten im Tal."

Als die Männer ihn ungläubig anstarrten, fuhr er fort: „Ihr habt Angst vor den Torn, Angst davor, was sie euch antun könnten, wenn sie hier auftauchen. Nun, ihr müsst nicht hier sein, wenn sie kommen. Es steht euch frei, zu gehen, wohin auch immer ihr wollt; ich werde euch nicht daran hindern, im Gegenteil: Ich werde euch selbst dorthin bringen, wenn ihr das wünscht. Ihr wisst, dass ich die Möglichkeit dazu habe."

Mayï hatte seine Runde durch die Halle beendet und kehrte zur Plattform zurück. In diesem Augenblick war alles Jugendliche aus seiner Haltung verschwunden; er stand vor den Bewohnern des Hofes, die Hände in die Hüften gestemmt, Entschlossenheit im Blick. „Doch wer sich dazu entschließt, hierzubleiben, wird das als freier Mann tun, als freie Frau. Niemandes Knecht. Im Gegenzug erwarte ich, dass ihr meine Anweisungen befolgt. Dieses Haus hat wieder einen Herrn. Und der wird die Torn zurück an ihren Platz verweisen."

* * *

Am Ende des Tages war die Belegschaft gerade einmal um vier Personen geschrumpft. Nicht lange nach seiner Ansprache in der

Halle hatte Hungott ihn in einem der Zimmer im Pavillon aufgesucht, wo Mayï gerade seine Übungen machte. Zwei Frauen, eine davon mit einem kleinen Kind, und ein alter Mann baten um die Erlaubnis, zu gehen. Alle vier stammten aus demselben Dorf in der Grenzregion zur Nachbarprovinz Haddut, den Stammlanden des kaiserlichen Hauses der Hadufil.

Die Vier hatten verängstigt gewirkt, wie sie dort mit gesenktem Blick vor ihm standen und nicht wussten, was als Nächstes passieren würde.

„Ich werde euch selbst hinbegleiten; wann wollt ihr aufbrechen?"

Kurz darauf hatten sie sich zusammen mit Hungott im Hof versammelt, ihre wenigen Habseligkeiten passten in ein Tuch, dessen Enden zusammengeknotet waren. Die restlichen Bewohner waren ebenfalls gekommen und nun beobachteten sie alle den neuen Herrn von Karnath, wie er im Hof auf und ab ging und in der fremden Sprache leise mit sich selbst redete. Schließlich kam er zu ihnen herüber, deutete auf einen dicken Ballen mit Spinnwebtuch, der auf der Treppe zur Halle lag – ein kleines Vermögen – und sagte: „Das gehört euch. Kommt."

Jeder der drei Erwachsenen packte eine Ecke des Tuchballens und zusammen schleppten sie ihn hinter Mayï her. Der rothaarige Junge rief etwas in der fremden Sprache und dann trauten sie ihren Augen nicht: Ein paar Fuß von dem Jungen entfernt, mitten im Winter, begann die Luft auf dem Hof zu wabern und zu schimmern wie eine staubige Straße in der Hitze des Sommers; fast sah es aus wie die Oberfläche eines Tümpels, mit deutlich sichtbaren Rändern, aber aufrecht stehend. Ein erschrockenes Stöhnen ging durch die Menge, eine der beiden Frauen wollte davonlaufen, doch Mayï sagte: „Habt keine Angst. Das ist ein Tor, ein Reisetor sozusagen; auf diese Weise bin ich selber hierher gelangt. Und es ist keine Zauberei, sondern eine Erfindung aus den Landen, in die es meinen Vater damals verschlagen hatte." Dass die Technik bereits mehrere tausend Jahre alt war, brauchte er ja nicht zu erwähnen. Mayï trat zu der kleinen Gruppe und ergriff seinerseits eine Ecke des Stoffballens. „Auf geht's. Und nicht erschrecken, auf der anderen Seite ist hohes Schilfgras. Von dort aus kennt ihr den Weg in euer Dorf." Dann verschwand die kleine Gruppe in der wabernden Membran, ganz so, als würden sie unter einen Wasserfall treten – gerade eben sah man noch ihre Umrisse und gleich darauf waren sie weg.

Nach einem kurzen Augenblick tauchte Mayï wieder auf und das Wabern der Luft verschwand; das Reisetor war wieder verschlossen. Er blickte in die Runde. „Seht ihr, das ist nichts, vor dem ihr Angst haben müsst. Also, will noch jemand fortgehen?"

Die Bewohner rührten sich nicht, vier oder fünf schüttelten den Kopf.

„Herr", Hungott war vorgetreten, „ich spreche für uns alle. Wir werden bleiben. Wir werden Euch dienen. Und wenn es sein muss, werden wir für Euch kämpfen." Er betrachtete seine verstümmelten Hände und fügte hinzu: „So gut es eben geht."

Mayï strahlte über das ganze Gesicht. „Ich danke euch allen", sagte er. „Dann mal los, wir haben noch viel Arbeit vor uns. Als Erstes müssen wir Platz in der Halle schaffen."

„Platz für was, Herr?", fragte Hungott verwundert.

„Für die Minenarbeiter!"

* * *

Die Männer saßen im Empfangsraum des neuen Pavillons der Traut und hörten ihrem jungen Herrn zu. Jeden anderen hätten sie als Lügner und Märchenerzähler abgetan, doch nach dem, was sie heute mit eigenen Augen gesehen hatten, glaubten sie Mayï jedes Wort.

„Mir ist klar, dass ich nicht alle aus den Minen befreien kann; ich weiß auch nicht, wie viele von ihnen überhaupt von dort weg wollen, die meisten werden wohl für ihre Arbeit bezahlt. Aber in den Minen gibt es auch viele, die zur Arbeit gezwungen werden, weil sie eine Strafe verbüßen müssen, in Schuldknechtschaft oder in Sippenhaft geraten sind. Sie gilt es, ausfindig zu machen und hierher zu bringen."

„Und wenn sie sich weigern?", fragte einer der Männer. Die Frauen hatten sich in ihre Stube zurückgezogen; Mayï fragte sich, was die Leute hier wohl von Kämpferinnen wie Philia oder Pao halten würden und wie sie damals auf seine Mutter reagiert haben mochten.

„Wir werden niemanden zwingen. Wir versuchen es mit Überreden. Wer sich uns anschließen will, der soll das tun, wenn nicht", er zuckte die Achseln, „dann eben nicht." Ihm ging es vor allem darum, sie Traut zu verunsichern und ihr Oberhaupt Irkar aus der Fassung zu bringen. Er wollte erreichen, dass sie es sich zweimal überlegten, bevor sie es wagten, das Hochtal anzugreifen.

„Doch die kleinen Kinder werden wir auf jeden Fall von dort wegbringen. Ich kann es nicht zulassen, dass sie dort weiterhin schuften müssen."

Mayï beugte sich nach vorn über eine Karte aus Papier, die er auf dem Boden ausgebreitet hatte. Er hatte sich bemüht, den Scan des Bergwerks so exakt wie möglich nachzuzeichnen.

„Wir werden Folgendes tun", sagte er. Er erklärte bis tief in die Nacht.

22.

***

Die Lumpen des Jungen starrten vor Dreck, um den Kopf hatte er einen Fetzen Stoff geschlungen, zum Schutz vor der Kälte draußen, vor der Feuchtigkeit hier unten – wen kümmerte es? Hier unten war er nur einer von vielen. In der Mine war sich jeder selbst der Nächste, wer konnte schon sagen, wann der nächste Stollen einstürzte, wo der nächste Wassereinbruch eintreten würde? Wenn es dazu kam, galt es, die eigene Haut zu retten; vielleicht würde man seinen Nebenmann an den Schultern packen und mitschleppen. Vielleicht. Zuviel Rücksicht konnte das eigene Leben kosten und das war das Einzige, was ihnen hier unten geblieben war. Niemand sonst grub so tief im Berg nach Silber, nicht einmal gegen Sold. Hier unten gab es nur die Leibeigenen. Der Junge watete durch knietiefes Wasser auf die beiden Männer zu – die Lederschläuche der Entwässerungspumpen reichten nicht so weit in den Berg hinein –, die an der hinteren Wand des schmalen Stollens standen und im Licht einer kleinen Öllampe mit ihren Hacken Brocken aus dem Felsen schlugen.

„Da ist keine Ader", sagte der Junge zu ihnen. „Hinter dieser Wand ist nur Wasser." Die beiden Männer beachteten ihn nicht und hackten weiter. Die Felswand fing an, Wasser zu schwitzen; immer mehr davon lief am Felsen herab, als würde es genau über ihnen in Strömen regnen.

„Wollt ihr ersaufen?", rief der Junge. Einer der Männer – der jüngere – drehte sich um. „Was ist? Bist du noch nie in einem Berg gewesen? Hier unten schwitzt der Felsen nun mal. Geh wieder an deine Arbeit."

„Dann lasst uns wenigstens zum Eingang des Stollens gehen und abwarten, wie viel er schwitzt. Wen kümmert es, ob ihr eine Pause macht? Den Vorarbeiter habe ich vorhin weiter oben gesehen, der merkt bestimmt nichts." Der Vorarbeiter lag bewusstlos und gut versteckt hinter einem Haufen Abraum weiter oben – außer Gefecht gesetzt mit einem nützlichen Handgriff, den ihm eine Kriegerin namens Pao einmal beigebracht hatte.

Die Männer überlegten kurz, dann zuckte einer von ihnen mit den Schultern, nahm die Öllampe und ging auf den Jungen zu; der andere folgte. Schnell merkten sie, dass das Gehen immer schwerer wurde als das Wasser im Stollen stieg. Hastig wateten sie hinter dem Jungen her und in einen weiteren Stollen, immer weiter hinaufsteigend, weg vom Wasser.

Als sie in sicherer Entfernung vom Wassereinbruch waren, sagte der ältere der beiden, um Luft ringend: „Da unten sind noch zwei. In einem Seitenstollen. Hoffentlich haben sie das Wasser rechtzeitig gesehen." Er blickte zu dem Jungen und fragte: „Woher wusstest du, dass hinter der Wand Grundwasser war?"

„Unwichtig", antwortete der Junge und zeigte den Gang hoch, wo zwei Jugendliche in der Dunkelheit auf dem Boden kauerten. Ihre Öllampe war ausgegangen. „Und die beiden sind schon im Trockenen."

Ein Mann stand über die Burschen gebeugt und redete leise mit ihnen. Seine verstümmelten Hände hatte er ihnen auf die Schultern gelegt; ein Auge schimmerte weiß und blind im Zwielicht.

„Hungott!", entfuhr es dem älteren der beiden Männer. „Bei allen Göttern, warum bist du hier?"

„Herr", sagte Hungott und richtete sich auf. „Das sind Ternot ap Kar und sein ältester Sohn Harkot. Und die zwei hier sind die Gebrüder Sim. Ihr Dorf liegt weiter oben im Hochtal."

Mit wachsender Verwirrung blickte Ternot vom Vorsteher zu dem Jungen und wieder zurück. „Was habt ihr zwei getan, dass man euch hierher schickt? Und wer bist du, dass dich der Alte Herr nennt?", fragte er zu dem Jungen gewandt.

„Wir sind gekommen, um euch nach Hause zu holen", sagte der Junge und nahm das Tuch ab, das er um den Kopf geschlungen hatte.

„Das kann nicht sein", keuchte Ternot und starrte auf die dichten Locken. Selbst im trüben Licht der Öllampe war ihre Farbe gut zu erkennen.

„Hungott, bringt sie hier raus; ich mache mich derweil auf die Suche nach den anderen."

„Was geht hier vor?", fragte Ternot. „Die Wächter werden jeden Augenblick hier sein, wir können nirgendwohin."

„Kommt, folgt mir", sagte Hungott, „ich bringe Euch in Sicherheit. Unterwegs erzähle ich Euch alles."

Mayï war bereits in der Schwärze des Tunnels verschwunden.

* * *

In den folgenden zwei Tagen und Nächten schafften sie es, weitere dreiundvierzig Männer des Hochtals aus dem Bergwerk zu schleusen. Mayï hatte mit Hilfe von Hungott und Ternot ap Kar eine Liste aufgestellt mit den Namen all derer, von denen vermutet wurde, dass sie in die Minen verschleppt worden waren. Die meisten von ihnen konnten er und sein Pilot ausfindig machen, doch nicht immer gelang es ihnen auch, sie nach Karnath zu schaffen. Manche der Männer glaubten Mayï nicht und weigerten sich schlicht, ihm zu folgen; manche blieben, weil ihre Angst vor den Traut größer war als ihr Wunsch nach Freiheit; viele der Gefangenen vom Hochtal arbeiteten in gemischten Teams, zusammen mit Männern aus anderen Regionen – dann nahm Mayï die ganze Gruppe mit. Und dann gab es noch diejenigen, die unauffindbar blieben, so sehr Mayï auch nach ihnen forschte; sie mochten verunglückt, verlegt, verstorben sein, niemand wusste Genaueres zu sagen.

Der Pilot bestand darauf, das Tor nur an versteckten Stellen zu setzen – niemand, auch nicht die Verweigerer, durften erfahren, auf welche Weise die Arbeiter verschwanden. Damit waren Mayïs Möglichkeiten, alle Gefangenen aus Karnath zu befreien, erheblich eingeschränkt.

Auch an die Kinder und Jugendlichen war nicht heranzukommen, denn sie standen unter permanenter Aufsicht durch mindestens einen Wächter. Um sie zu befreien, würde er Zeit brauchen und einen anderen Plan. Bei den kleinsten Kindern allerdings machte er keine Kompromisse, zum Glück waren sie am einfachsten fortzuschaffen: Er musste nur abwarten, bis sie eingeschlafen waren – dicht zusammengekauert in einer mit Stroh ausgelegten Nische am Mineneingang –, bevor Pfeifer sie in die Scheune beförderte, wie er es zuvor bereits mit den Lebensmitteln getan hatte. Ihre Verwirrung war groß, als sie aufwachten und sich in diesem großen hellen Raum wiederfanden, umgeben von verführerischen Düften. Nun kümmerte sich Maitee um die verstörten Kleinen.

Alles in allem war Mayï zufrieden mit dem Ergebnis. Als er die letzten Minenarbeiter, einen Mann aus dem Hochtal, den anderen aus der Provinz Lor, durch das Portal in die Scheune führte, hatten die meisten das Herrenhaus bereits wieder verlassen und waren zu ihren Familien zurückgekehrt. Jene, die verblieben waren, stammten aus entfernten Regionen und würden warten, bis die Wege wieder passierbar waren, denn das magische Tor, das sie nach Karnath geführt hatte, war ihnen nicht geheuer und sie wollten es kein zweites Mal benutzen. Alle waren sie jedoch erleichtert, der Schinderei in den Stollen entkommen zu sein, und niemand von ihnen stellte Mayïs Autorität als Herr des Hauses in Frage, nicht einmal die Handvoll Aristokraten unter den Befreiten.

„Was, wenn unter ihnen wirkliche Kriminelle sind? Die könnten dir gefährlich werden", gab Pfeifer zu bedenken.

„Ich denke nicht, dass die Torn Diebe und Totschläger in die Minen schicken; mit denen machen sie wohl eher kurzen Prozess. Nein, die Gefangenen in den Bergwerken sind eine Art Geiseln, die sicherstellen sollen, dass sich ihre Clans den Torn gegenüber loyal verhalten – oder zumindest ruhig. So, wie bei den beiden Kar, Vettern dieses Traut. Ternot hatte wohl wiederholt Anweisungen seiner Herren missachtet und dafür haben die Torn ihn und seinen ältesten Sohn prompt in die Minen geschickt."

„Aber auszuschließen ist es nicht."

„Ich würde es spüren, wenn jemand mit kriminellen Absichten unter ihnen wäre. Doch da ist nichts. Nichts Offensichtliches."

„Hoffen wir, dass dein Gespür dich nicht trügt."

* * *

An diesem Abend erlitten Mayïs Pläne einen Rückschlag. Er saß gerade in seinem Zimmer und diktierte seinen Tagesbericht, als sein Pilot ihn unterbrach: „Ich habe eine stehende Verbindung für dich. Es ist Großmeister Ni. Du solltest besser raufkommen und sie in deiner Kajüte entgegennehmen." Schon setzte er das Portal zum Springer.

„Wie ich höre, sorgst du da unten ganz schön für Aufregung." Wieder war es lediglich eine Audioverbindung. „Und das in kürzester Zeit. Ich nehme an, du hast einen Plan?"

„Naja, nicht direkt", antwortete Mayï. „Ich warte ab, was passiert und reagiere dann. Hauptsächlich versuche ich, so viele Leute auf meine Seite zu kriegen, wie möglich."

„Hast du vor, noch mehr Leute zu dir zu holen?"

„Aus den Bergwerken? Nein, das sind alle, die wir finden konnten."

„Ist dir – ist euch beiden – bewusst, wieviel Energie es den Springer gekostet hat, um all die Portale zu setzen? Er steht mitten im Sonnenwind, und doch verbraucht er schneller Energie, als er wieder aufladen kann; seine Reserven sind beinahe erschöpft."

„Ich hielt es für wichtig, erst die Gefangenen zu befreien", meldete sich Pfeifer. „Ich werde ihn näher an die Sonne heranbringen."

„Das wird nicht genügen. Der Springer ist noch jung, er verfügt nicht über die Energiereserven eines ausgewachsenen Schiffes. In der Nähe gibt es einen Cluster Neutronensterne, den wirst du ansteuern und solange dort bleiben, bis der Springer sich wieder erholt hat. Und noch etwas, Pilot: Es ist Zeit für deinen Schlafzyklus."

„Wirklich? Schon? Das hatte ich vergessen, hier ist so viel los; kann das nicht warten?"

„Kann es nicht. Ich trage die Verantwortung für dich und das Schiff, also wirst du tun, was ich sage."

„Dann werde ich an Bord bleiben", sagte Mayï. „Jemand muss den Springer beaufsichtigen, während Pfeifer schläft."

„Du willst die Leute da unten verlassen? Nach all dem Aufruhr, den du verursacht hast?"

„Die Frage ist nicht, was ich will, sondern was ich muss. Der Springer, sein Pilot und ich, wir sind ein Team. Und das Team hat Vorrang." Mayï klang unglücklich.

„Ja, das hat es. Doch deiner selbstgewählten Verantwortung für die Bewohner von Karnath kannst du dich nun ebenso wenig entziehen. Jemand wird sich um dein Team kümmern. Von dir will ich wissen, Mayï: Wirst du alleine zurechtkommen, ohne deinen Springer als Rückzugsort, ohne die Unterstützung deines Piloten?"

„Ich komme klar", sagte Mayï nach kurzem Überlegen. Seine Stimme klang fest.

„Es kann lange dauern, bis sie wiederkehren. Bis zum Frühsommer, vielleicht."

„Das ist mir bewusst", sagte Mayï unbeirrt.

„Gut. Dann bereite dich jetzt auf einen längeren Aufenthalt auf Karneä vor. Das Komimplant behältst du an. Nimm mit, was du sonst noch brauchst. Den Missionskoffer ebenfalls." Die Truhe mit der Ausrüstung für Außenmissionen: eine leistungsfähige Kommunikationsstation, ein tragbares Diagnostikgerät für Notfälle mit dazugehörigem Materiegenerator zur Herstellung von Arznei, ein Wasserfilter, Lebensmittelrationen.

„Verstößt das nicht gegen die Vorschriften?", fragte Mayï. „Die Bewohner könnten die Ausrüstung entdecken."

„Dann wirst du dafür sorgen, dass das nicht geschieht. Außerdem sind die Vorschriften seit der Tagundnachtgleiche aufgehoben." Seit dem Tag, als Mayïs Eltern starben.

„Wir werden eine unserer Sonden aussetzen und miteinander in Kontakt bleiben. Ich erwarte weiterhin regelmäßige Berichte."

Nachdem die Verbindung beendet war, fragte Pfeifer: „Bist du sicher, dass du das schaffen wirst? Ich kann schlecht einen Befehl missachten und hierbleiben, und bis zum Sommeranfang ist es noch weit."

„Keine Sorge, Pfeifer, ich komme zurecht. Ich glaube, ich habe im Augenblick mehr Verbündete als Feinde in Karnath, und solange das Tauwetter nicht einsetzt, sind wir halbwegs sicher im Herrenhaus."

„Aber was, wenn sich jemand nachts anschleicht, während du schläfst? Was, wenn du angegriffen wirst?"

„Ich werde vorsichtig sein, in Ordnung? Und ich weiß mich zu wehren."

* * *

„War das klug?", fragte eine tiefe Stimme, sobald Ni die Verbindung zum kleinen Springer unterbrochen hatte. „Er ist ein vernünftiger Junge und nicht auf den Kopf gefallen. Aber ganz auf sich gestellt in dieser gefährlichen Umgebung?"

Ni drehte sich um und begegnete Harms Blick, seine hellblauen Augen mit den winzigen Pupillen ließen ihn immer eine Spur irre wirken. „Wir wissen beide aus eigener Erfahrung, zu was der Junge fähig ist", sagte Ni. „Um ihn brauchen wir uns keine Sorgen zu machen. Aber fast möchte ich diejenigen bedauern, die ihm in die Quere kommen."

Der beste Freund seines alten Meisters stieß ein bellendes Lachen aus und klopfte ihm mit einer Pranke auf die Schulter, dass es wehtat.

23.

***

Die nächsten Tage verbrachte Mayï damit, den Tagesablauf des Hofes auf den Kopf zu stellen. Die alte Audienzhalle, die den Minenarbeitern als Schlafstätte dienen sollte, war hierzu völlig ungeeignet, denn sie war wegen ihrer Größe nicht beheizbar und es mangelte schier an warmen Decken. Er konnte sich einfach nicht daran gewöhnen, dass die Gebäude auf Karneä einfach nur aus Holz waren, ohne integrierte Technik und nicht klimatisiert. Der Ruheraum der männlichen Belegschaft seinerseits war jedoch zu klein, damit alle sich dort hinlegen konnten; also schliefen die Männer im Stroh auf dem Heuboden der Scheune. Mayï ließ all seinen Charme spielen, um die beiden verbliebenen Frauen – die Alte, die ihm am ersten Abend auf dem Herrensitz begegnet war, und ihre Nichte – zu überreden, ihre Stube den Männern zur Verfügung zu stellen und in eines der Gemächer des Pavillons zu ziehen.

Maitee und die fünf kleinen Jungen brachte er ebenfalls im Pavillon unter, sie durften das Zimmer mit dem großen Prunkbett belegen.

„Herr, ich kann den Kleinen zeigen, wie ich die Spinnen warmhalte. Dann können sie das später auch tun", schlug Maitee vor.

Mayï wollte davon nichts wissen. „Was das Spinnwebtuch anbelangt, so werden wir die Produktion wieder auf die traditionelle Weise betreiben." Maitee verstand nicht. „Heute Nacht bleiben die Kohlebecken kalt, damit die Spinnen in eine Kältestarre fallen; morgen sammeln wir sie dann ein und setzen sie in ihre Ruhekisten – das sind kleine Kisten gefüllt mit trockenen Blättern –, wo sie bis zum Frühling bleiben. Dann setzen wir sie wieder in ihre Rahmen und lassen sie in Ruhe bis zur Ernte im Sommer. So werden die Spinnen stärker und liefern besseren

Faden. Der wiederum ergibt ein viel besseres Tuch. Das meine ich mit traditioneller Herstellung."

„Aber was soll ich dann in der Zeit tun?", fragte Maitee verwirrt.

Mayï zeigte auf die fünf kleinen Kinder, die im Zimmer herumtollten; sie schienen die harte Zeit in den Minen allmählich zu vergessen und hatten ihre natürliche Fröhlichkeit wiedererlangt. Doch Mayï war nicht entgangen, dass die Kinder einen Bogen um die erwachsenen Männer machten und in ihrer Gegenwart auffällig still wurden. Er hoffte, dass sie die schlechten Erinnerungen besser verarbeiten würden, wenn sie hier im Pavillon blieben, abgeschirmt von den rauen Arbeitern.

Wie rau die waren, wusste Mayï mittlerweile. Mehrmals musste er dazwischengehen, wenn unter ihnen ein Streit zu eskalieren drohte, meist wegen Nichtigkeiten – der bessere Schlafplatz, das größere Stück Fleisch in der Suppe, das Vorrecht einer Sippe gegenüber einer anderen. Waren sich Mitglieder des Landadels in die Haare geraten, genügten beschwichtigende Worte, damit sie ihren Streit beilegten, doch die Mehrheit der Männer stammte aus dem Volk, sie waren Bauern, Handwerker, Landarbeiter und Tagelöhner gewesen, bevor sie in die Minen verbannt worden waren. Nach ein paar lauten Worten flogen schnell die Fäuste; wenn Hungott versuchte, die Streithähne auseinanderzutreiben, fing er sich oft nur selbst eine Ohrfeige ein. Gleich bei der ersten Prügelei verpasste ihm einer der Kontrahenten einen Kinnhaken, sodass er zu Boden ging. „Verzieh dich, Krüppel!", fauchte der Schläger, „Das hier geht dich nichts an!" Mayï, der gerade in der Nähe war, kam angelaufen und ging dazwischen. Beide Männer machten Anstalten, den Jungen wegzustoßen. „Das hier ist unsere Sache, misch dich nicht ein, Junge." Einen Augenblick später lagen beide Männer auf dem Boden und krümmten sich vor Schmerz. „Ihr vergesst, wo ihr seid, und warum ihr hier seid. Ihr wollt euch streiten? Tut euch keinen Zwang an. Aber nicht hier in meinem Haus. Vor dem Tor, und glaubt nicht, dass ich euch anschließend wieder hereinlasse." Mayï brauchte nicht die

Stimme zu heben, sein Blick allein schüchterte die Umstehenden ein. Die beiden Streithähne schlichen sich humpelnd davon.

„Das wird wieder passieren. Und wieder", sagte Hungott mürrisch und rieb sich den schmerzenden Kiefer. „Diese Männer haben schwere Zeiten hinter sich und Wut im Bauch. Und sie wissen nicht, wie es weitergeht."

„Wir haben alle schwere Zeiten erlebt", sagte Mayï. „Das ist trotzdem kein Grund, aufeinander loszugehen."

„Sie brauchen eine Beschäftigung, Herr, etwas, das sie vom Grübeln ablenkt."

Mayï zeigte über den Hof zu der verfallenen Mauer. „Dann ist das da genau das Richtige."

Es gab Proteste, besonders von den Adligen, doch Mayï erwiderte nur: „Ihr wollt euch nicht die Hände schmutzig machen? Dann geht zu den Frauen und näht. Decken und Kleider brauchen wir genauso dringend wie eine solide Schutzmauer. Doch ihr werdet arbeiten!"

Er selbst packte mit Hand an; mit Hacken und Eisenstangen gingen sie zu Werke, rissen die irreparablen Stellen ein, trugen die herausgebrochenen Steine zu einem Haufen zusammen; es war schweißtreibende Arbeit, doch sie beruhigte die Gemüter, wie Hungott es vorausgesehen hatte. Der Ton blieb rau, die Männer beschimpften sich weiter gegenseitig, doch der Unterton der wütenden Orientierungslosigkeit verschwand allmählich. Und wenn es doch zu einem Streit kam, genügte ein Blick von Mayï, um die Kontrahenten auseinanderzutreiben. Alle hatten sie größten Respekt vor dem schmalen Jungen, und selbst wenn die meisten der Männer bezweifelten, dass er der Sohn des verschollenen Kronprinzen war, oder etwa Malrams Urenkel, so verhielt er sich in der Tat wie ein Vertreter der Generäle.

Abends saßen sie friedlich beieinander, erschöpft aber satt und zufrieden anstatt elend, frierend und hungrig wie noch Tage zuvor in den Minen der Torn.

* * *

Mayï saß nach Einbruch der Dunkelheit in seinem Zimmer und verfasste seinen Bericht; vor sich hatte er das tragbare Kommunikationsgerät aufgeklappt und den Monitor ausgefahren. Er hörte, wie die Schiebetür auf und wieder zu glitt und kleine, leichte Schritte auf ihn zukamen. Mayï musste sich nicht umdrehen, um zu wissen, zu wem sie gehörten – er kannte Maitees Gang. Vor ihr versteckte er die Ausrüstung nicht, sondern erklärte ihr im Gegenteil, wozu jeder Gegenstand gebraucht wurde; er wollte ihr gegenüber so offen und ehrlich wie möglich sein und ihr so die Angst vor dem Unbekannten nehmen. Ein guter Teil des Respekts, den ihm die anderen Bewohner des Herrenhauses entgegenbrachten, gründete auf ihrer Furcht vor ihm, dem Fremden mit den unheimlichen Fähigkeiten, da machte sich Mayï nichts vor. Und solange er alleine war auf diesem Mond, ohne seinen Piloten und Freund, wollte er zumindest eine Person um sich haben, die keine Angst vor ihm hatte.

„Was macht Ihr, Herr?“

Mayï tat einen affektierten Seufzer: „Hör auf, mich so zu nennen, bitte! Ich schreibe meinen Bericht an meine Lehrer.“

Maitee kniete sich neben ihn und betrachtete den Schirm des Gerätes. „Ist das Schrift?“, fragte sie.

„Ja. In der Sprache meiner Heimat. Das hier“, sagte er und machte eine schnelle Handbewegung über den vor ihm in der Luft schwebenden Monitor, „ist Karneanisch. Die Silbenschrift, natürlich, denn mit der höfischen Kartuschenschrift tue ich mich schwer. Die ist schrecklich kompliziert.“ Er drehte sich zu Maitee um. „Du kannst nicht lesen, nicht wahr?“ Das Mädchen schüttelte den Kopf. „Möchtest du es lernen? Ich könnte dir jeden Tag ein wenig beibringen.“

„Das würdet Ihr tun, Herr?“, fragte Maitee und machte große Augen.

„Aah! Hör damit auf!“, rief er mit einem verzweifelten Gesichtsausdruck.

Maitee kicherte.

24.

* * *

Nach dem anfänglichen Durcheinander hatte jeder auf dem Gutshof seinen Platz gefunden, und das Ungewohnte war zum Alltag
geworden. Die Reparaturarbeiten an der alten Mauer schritten
langsam voran; was an Material nicht vorhanden war – Mörtel,
Lehm und Ziegel für die Mauer, Lackfarbe und Pinsel für das
Tor –, konnte Hungott bei den benachbarten Höfen und Dörfern beschaffen; das Spinnwebtuch aus dem Lager diente dabei
als Tauschmittel. Dem Vorsteher war es sogar gelungen, einen
erfahrenen Maurer anzuwerben, unter dessen Aufsicht die Mauer ihre ursprüngliche Form wieder zurückerlangte.

Mayï wurde von seiner Rolle des Hausherrn vereinnahmt, er
musste eine stetig wachsende Zahl an Besuchern empfangen, die
mal aus reiner Neugier kamen, mal mit konkreten Anliegen; einige wollten lediglich ihren Dank aussprechen, dass Mayï sie oder
ihre Angehörigen aus den Minen befreit hatte; die meisten jedoch
baten um seinen Schutz vor den Torn und deren Söldnern, die
im Hochtal auftauchen würden, sobald die Wege wieder passierbar waren. Mayï schickte keinen fort, ohne ihn zuvor angehört
oder ihm wenigstens den Begrüßungstee angeboten zu haben.

„Irgendwann werden sie zu Euch kommen, um Recht zu sprechen", prophezeite Hungott. „Irgendwann, vielleicht", entgegnete Mayï. „Doch zuerst werden sie abwarten, wer der zukünf-
tige Herr von Karnath sein wird: die Torn oder der Fremde."

Immer wieder ritt auch Mayï selbst auf seinem Drodonden
aus, um die Kar aufzusuchen. Das Verhältnis zu diesem Haus
war kompliziert: Die Älteste sah in ihm immer noch einen Eindringling und zugleich einen potentiellen Verbündeten gegen
die Torn; Traut hatte ihn im Verdacht, die Vögel freigelassen zu
haben, sodass es bis auf weiteres keine Möglichkeit gab, mit den

Torn im Flusstal zu kommunizieren, wusste jedoch nicht, wie der Junge das angestellt hatte.

In Trauts Vetter Ternot und dessen Sohn Harkot hatte Mayï hingegen zwei Fürsprecher gefunden. Sie hatten am eigenen Leib erfahren, dass Loyalität gegenüber den Torn bedingungslosen Gehorsam bedeutete, und sie keine Fehltritte verziehen; ihnen war bewusst, dass sie ohne Mayïs Eingreifen nie lebend aus dem Bergwerk herausgekommen wären. Würden die Torn ihrer erneut habhaft werden, hätten die beiden keine Gnade zu erwarten. „Das hier ist das Land meiner Väter, hier bin ich ein freier Mann", hatte Ternot bei einem von Mayïs Besuchen gesagt. „Und bei allen Göttern, dafür werde ich kämpfen und eher sterbe ich, als dass ich mich je wieder gefangen nehmen ließe." Sein Sohn und selbst Waffenmeister Lorsam hatten ihm beigepflichtet.

Die Abende verbrachte Mayï zusammen mit Maitee, Tidritt und den fünf kleinen Jungen aus der Mine – der jüngste war erst vier Jahre alt, der älteste kaum mehr als sieben – und brachte ihnen die karneanische Schrift bei. In einem Raum des Pavillons, der den Torn als Studierstube gedient haben musste, hatte Maitee in einer Kommode Papierbogen, Pinsel und Tusche und ein paar Kohlestifte gefunden. Wann hatte Mayï das letzte Mal Papier in der Hand gehalten? Als kleiner Junge hatte er einen kleinen Stapel harten Papiers besessen, um darauf zu malen, doch seitdem hatte er nur technische Geräte benutzt. Dieses Papier fühlte sich ganz anders an, war faserig und weich und saugte sich schnell mit Tinte voll.

Da in der Stube auch ein recht großer Tisch stand, hatte Mayï beschlossen, den Unterricht hier abzuhalten. Der Anfang war für Mayï ziemlich langweilig und bestand lediglich darin, jedes der fünfundfünfzig Silbenzeichen des Karneanischen aufzuschreiben und dann den Kindern dabei zuzusehen, wie sie jedes einzelne davon unzählige Male kopierten – langsam und konzentriert, mit zwischen den Lippen hervorlugender Zungenspitze –, und sie gelegentlich zu verbessern. Die beiden Jüngsten wurden schnell unruhig und müde und verbrachten den Rest jeder Unterrichtsstunde spielend oder schlafend unter dem Tisch. Mayï störte das nicht; er, der sein ganzes Leben unter Erwachsenen verbracht und nur selten Kontakt zu gleichaltrigen Kindern gehabt hatte – aus Sorge, sein Potential als Psyche könnte entdeckt werden, hatten seine Eltern ihn beinahe völlig abgeschirmt –, genoss das Zusammensein mit Maitee und den Kindern; hier konnte er entspannt sein, sogar herumalbern und Späße machen. Hier war er einfach nur Onno, der Große Bruder, fürsorglich, manchmal lehrmeisterlich – besonders, wenn einer der Kleinen keine Lust zum Lernen hatte –, stets freundlich.

Sobald er aber die Gesellschaft der Kinder verließ, wurde er wieder ernst und berechnend, war er wieder Krieger und Herr des Hauses der Karnathiden; er war selber verwundert über die Leichtigkeit, mit der er den Wandel jedes Mal vollzog, als würde er lediglich einen Schalter umlegen.

* * *

Am vierzehnten Tag nach seiner Ankunft in Karnath erhielt Mayï unerwarteten Besuch. Er kam in der Nacht, als alle im Haus schliefen – selbst Maitee, die ihre Nächte damit verbracht hatte, die Webspinnen mit den Kohlefeuern warmzuhalten, bis Mayï die Tiere in die Überwinterungskisten gesetzt hatte, lag nun friedlich schlummernd mit den kleinen Jungen im warmen Kastenbett.

Der nächtliche Besucher bewegte sich wie ein Schatten; schnell und lautlos glitt er an der Schutzmauer entlang, fand eine Lükke und sprang hindurch, huschte über den Hof und die Treppe hoch zum Pavillon. Keines der Bretter, die seine Füße berührten, knarrte oder quietschte, wie sie es sonst zu tun pflegten, als eingebauter Alarm gegen Eindringlinge wie ihn.

Schon hatte er die hinteren Gemächer erreicht und sein Kurzschwert gezogen; er wollte gerade nach der Tür greifen, um sie aufzuschieben, als er plötzlich erstarrte. Jemand stand direkt hinter ihm. Er wollte sich umdrehen, blitzschnell, wie es seine Art war, … und konnte sich nicht rühren; er stand da, wie versteinert, keiner seiner Muskeln wollte ihm gehorchen und er konnte nichts weiter tun, als der Stimme zuzuhören, die hinter seinem Rücken sprach. Der Stimme eines Jugendlichen.

„Ich habe dich erwartet; dich beobachtet auf deinem Weg vom Flusstal hier hoch." Eine feingliedrige Hand langte nach vorne und wand ihm das Kurzschwert aus den steifen Fingern. „Das nehme ich wohl besser an mich", sagte die Stimme. Er hörte, wie seine Waffe klappernd auf die Dielen des Korridors fiel und außer Reichweite schlitterte. Die Hand zog den Dolch aus seinem Gürtel, warf ihn in eine Ecke.

Dann trat der Besitzer der Stimme in sein Blickfeld: Er war jung, fast noch ein Kind, doch sein Blick war hart und furchtlos. Der Eindringling starrte zurück.

„Der Patriarch schickt dich, nicht wahr, Mönch?" Die Frage war überflüssig; der kahlgeschorene Schädel unter der schwarzen Kapuze, die Schnelligkeit, mit der sich der Besucher bewegte, die Waffen, die er bei sich trug: Es konnte nur ein Kriegermönch sein.

„Ich werde jetzt die Lähmung aufheben; komme nicht auf den Gedanken, mich anzugreifen oder zu flüchten, es würde dir nicht gelingen."

Dennoch trat Mayï vorsichtshalber ein paar Schritte weg vom Mönch, bevor er ihn losließ, bereit, ihn jederzeit wieder zu überwältigen.

Der Mönch tat einen tiefen Atemzug, als er wieder die Kontrolle über seinen Körper zurückerlangte. Er nahm das schwarze Tuch ab, das die untere Gesichtshälfte verborgen hatte; seine Muskeln zuckten nervös in einer verzögerten Reaktion auf die Lähmung und er fühlte sich überrumpelt, doch er behielt einen klaren Kopf. Angst war ihm fremd, dafür war er ausgebildet worden. Seine eiskalten Augen musterten den Jungen.

„Ich hatte den Befehl, nach dem Rechten zu sehen, da von den Torn keine Botschaft mehr kam. Dort hat man mir gesagt, dass Irkar ap Torn überfallen wurde. Von einem rothaarigen Burschen."

„Behauptet er das? Ich habe ihm einen Besuch abgestattet, um mit ihm zu reden, es war kein Überfall. Meine Absicht war weitaus friedlicher als deine jetzt gerade."

„Du willst die Torn entmachten und die Provinz ins Chaos stürzen. Du missachtest die kaiserliche Autorität."

„Ich stelle die Methoden der Torn in Frage, ja. Weiß der Kaiser überhaupt, wie sie mit ihren Untertanen umgehen, oder interessieren ihn nur die Einnahmen aus der Provinz? Ich bin kein Aufrührer, aber das hier ist *mein* Land und die Torn sind *meine* Clansleute, ob denen das gefällt oder nicht. Ich dulde weder Brutalität noch Willkür."

Der Mönch schnaubte verächtlich. „Das sind die Ideale eines naiven Kindes. Wärst du ein General, würdest du nicht so reden."

„Stimmt. Wäre ich ein General, hätte ich die Torn längst niedergemacht. Und dir hätte ich sämtliche Knochen im Leib gebrochen, bevor du auch nur in die Nähe meines Hauses gekommen wärst." Mayïs Stimme blieb ruhig und höflich, doch sie hatte einen bedrohlichen Unterton angenommen.

„Ein wahrer Karnathide würde nicht auf Magie zurückgreifen, sondern auf seine Waffenkunst vertrauen."

„Erstens ist das keine Magie, die ich anwende, aber dir das jetzt zu erklären macht wenig Sinn. Und ich benutze deshalb keine Waffe, weil ich niemanden töten will."

Der Mönch lachte verächtlich.

„Du hältst mich für einen Feigling, nicht wahr?", fragte Mayï mit einem Achselzucken. „Das ist mir egal." Er näherte sich dem Kriegermönch. „Nicht egal sind mir die Leute hier und wie mit ihnen umgegangen wird. Nicht egal ist mir die Zukunft dieses Landes. Meines Landes. Geh und sag meinem Oheim, ich möchte nur, dass das Volk von Karnath in Frieden leben kann, ohne misshandelt zu werden – egal von wem. Sage ihm, er sollte nicht länger auf die Torn setzen. Nicht, wenn er seines Amtes würdig ist."

Mayï war nur noch ein paar Handbreit vom Kriegermönch entfernt. Der Junge hatte in etwa seine Größe, doch er war mager und noch zu jung, um die gleiche Muskelkraft aufzubringen wie der Mönch. Der reagierte unfassbar schnell, seine Fäuste schnellten nach vorne und nach oben, Zeige- und Mittelfinger waren dabei ausgestreckt, um den Jungen zugleich direkt unterhalb des Brustbeines ins Herz und in den Kehlkopf zu stechen.

Darauf hatte Mayï gewartet; die Flinkheit des Kriegermönchs war nichts im Vergleich zu seinen eigenen Reflexen; er hatte die ganze Zeit sein Gegenüber nicht durch seine Augen beobachtet, sondern mit seinem Bewusstsein, so, wie es Altmeister Lerean ihm beigebracht hatte, und deshalb nahm er jede Bewegung des Mönchs wie in Zeitlupe wahr. Geschickt wich Mayï der Attacke aus und brachte gleichzeitig seine Arme nach vorne, mit geöffneten Handflächen wie in Abwehrhaltung. Seine Hände trafen den Kriegermönch mitten auf der Brust. In dem Stoß lag eine ungeheure Kraft, die den Mann über die ganze Länge des Korridors geschleudert hätte, doch Mayï verfolgte eine andere Absicht – und hoffte, dass es klappte. Er öffnete eine Passage zur Palastinsel, diesmal aber ohne selber zu springen, wie damals, als er mit Ni zusammen in einem Raumflieger zu seinem Vater eilte. Damals war er verzweifelt und in Panik gewesen und hatte die Passage mit brachialer Gewalt aufgerissen; jetzt ging er konzentriert, kühl und gezielt vor, dennoch hallte der laute Knall, als er durch den Raum griff, wie Donner über den Hof und riss alle Bewohner aus dem Schlaf. Der Boden unter seinen Füßen erzitterte, Kinder schrien. Auf dem Korridor tat sich ein Loch auf, es schwebte mitten in der Luft. Die Füße des Mönchskriegers hoben vom Boden ab, als die Energie des Stoßes ihn in der Brust traf und durch das Loch katapultierte. Dann war er weg.

Für einen Augenblick stand Mayï allein im dunklen Flur des Pavillons, immer noch fokussiert; er schloss die Augen und suchte die Palastinsel nach dem Kriegermönch ab, bis er ihn gefunden hatte; sein Puls raste, aber ansonsten war er wohlauf. Gut. Mayï hob den fallengelassenen Schal und die beiden Waffen des Kriegermönchs auf und ging den Männern entgegen, die aufgeregt rufend den Flur entlang gelaufen kamen.

* * *

„Er hat es schon wieder getan", sagte Harm und blickte von seinen Instrumenten auf.

„Wundert dich das?", fragte Ni.

Harm lachte bellend. „Teufel, nein!"

* * *

Der Aufprall auf dem harten Steinboden presste ihm die verbliebene Luft aus den Lungen. Sein Brustkorb schmerzte vom Schlag, den ihm der Junge verpasst hatte; er war von oben bis unten von Raureif bedeckt; bei jeder Bewegung knirschte der Stoff seiner Kleidung, wenn der dünne Eisfilm aufbrach. Während er noch nach Luft rang, versuchte er sich zu orientieren; die Mauern um ihn herum waren aus Stein, die Decke verlor sich in der Dunkelheit; an den Wänden entlang standen hohe Kandelaber mit brennenden Kerzen. Und sechs weißgewandete Mönche richteten ihre Speere auf ihn. „Was war das für ein Lärm?", hörte er eine erschrockene Altmännerstimme rufen. Zum ersten Mal in seinem Leben wurde der Kriegermönch von Angst gepackt – wahrhaftiger Angst. Er fing an zu schreien.

25.

* * *

Mayï und der Vorsteher standen im Hof und blickten den Zugvögeln nach, die Richtung Norden flogen, immer dem Lauf des Flusses im Tal folgend. Es war der erste Schwarm des Jahres, den sie vorüberziehen sahen. „Haarsteltzen. Sie kommen mit den ersten Südwinden", sagte Hungott und blinzelte in den blauen Himmel mit dem stets präsenten orangefarbenen Schleier – Oo stand knapp unter dem Horizont. „Bald setzt die Schneeschmelze ein."

Mit dem Tauwetter würden die Torn kommen, dessen waren sich Hungott und sein neuer Herr sicher. Der Kriegermönch war nur ein Vorbote gewesen und der Patriarch schickte weiterhin Vögel mit Nachrichten an die amtierenden Herren von Karnath – die Voliere auf der Palastinsel war zu weit entfernt, als dass Mayï sie von hier aus hätte manipulieren können, so wie er es mit den Vogelkäfigen unten im Flusstal und denen der Kar getan hatte.

„Wie weit sind wir mit der Mauer?", fragte er.

„Zwei Seiten sind wiederhergestellt, der Abschnitt an der Talseite entlang ist stabilisiert, aber noch lückenhaft. Und hinter dem Hof ...", Hungott zuckte mit den Schultern. Der Mauerabschnitt, der hinten am Hof entlangführte, war seit Jahrhunderten nicht mehr instandgehalten worden – wozu auch? Hier erhob sich der Berg über den Herrensitz, hier entsprangen die heißen Quellen und standen die Badestuben der Bewohner. Die Mauer der Torseite hatte Mayï bis zur Felswand verlängern lassen. Ein Angreifer müsste nun den Berg erklimmen und einen Überhang bewältigen, um von dieser Seite aus in den Hof zu gelangen. Dann war da immer noch der schmale Weg vom Flusstal hoch zum Hof, auf dem höchstens zwei Mann nebeneinander gehen konnten. An dieser Stelle ließ sich ein Angriff am besten aufhalten. Sofern nicht ein ganzer Trupp von Kriegermönchen auftauchte, sollte das Herrenhaus relativ gut geschützt sein. Mayï hoffte, dass er mit seiner Vermutung richtig lag. Aber noch war der Schnee tief, und der Wind hatte bereits wieder gedreht; schon zogen über den Bergen im Norden schwere Wolken auf, die später am Tag weiteren Schnee bringen würden. Noch hatten sie Zeit.

* * *

In der folgenden Nacht fand er keinen Schlaf, und während er sich unter den Decken hin und her wälzte kam eine längst vergessene Erinnerung in ihm hoch. Er war gerade vier geworden und hatte einen anstrengenden und frustrierenden Tag hinter sich; er hatte eine neue Technik einstudieren sollen, doch so sehr er sich auch bemüht hatte, die Bewegungsabläufe wollten ihm nicht gelingen. Sein Vater aber war unnachgiebig gewesen und ließ ihn die Übung immer und immer wieder ausführen – so lange bis er wortlos davongerannt war, aus der kleinen Übungshalle hinaus, über die Terrasse seines Heims und hinauf auf sein Zimmer, mit Tränen in den Augen. Für den Rest des Tages hatte sein Vater ihn nicht auf den Vorfall angesprochen, so als wäre nichts geschehen. Abends hatte er Mayï zu Bett gebracht, wie üblich. Als er ihn zugedeckt hatte und wieder gehen wollte, hatte Mayï gefragt: „Bist du jetzt enttäuscht?" Lerean musste gewusst haben, auf was sein Sohn anspielte, doch er fragte nur: „Enttäuscht wovon?"

„Von mir."

„Wieso denkst du, dass ich von dir enttäuscht wäre?"

„Weil du ein Krieger bist und ich nicht. Aus mir wird nie ein Krieger werden. Dafür bin ich zu schlecht."

Sein Vater hatte sich neben ihn auf den Boden gelegt, den Kopf auf eine Hand gestützt, und ihn aufmerksam angeblickt. „Willst du denn ein Krieger werden?", hatte er seinen Sohn gefragt.

Mayï hatte reglos und schweigend dagelegen, er hatte sich nicht getraut, seinem Vater die Wahrheit zu sagen.

„Weißt du", hatte sein Vater da gesagt, „als ich ein kleiner Junge war, hat sich die Frage nie gestellt, was ich wollte oder nicht. Ich war in die Kriegerkaste hineingeboren worden und wurde dementsprechend ausgebildet. Meine Meister waren nicht zimperlich." Mayï sah die alten Narben, die sich um die Arme seines Vaters schlangen wie ein unregelmäßiges Netz.

„Und was würdest du denn gerne tun?", hatte Mayï gefragt.

„Ich habe nun mal nichts anderes gelernt als das Kriegshandwerk, aber ich bin damit zufrieden. Ich durfte diese Schule gründen und leiten. Und selbst jetzt, da längst meine eigenen Schüler die Ausbildung übernommen haben, kommen immer noch viele hierher, um meine Kriegskunst zu erlernen; sie alle tun das aus freien Stücken." Sein Vater hatte ihm eine Locke aus der Stirn gestrichen und war fortgefahren: „Es ist deine Entscheidung – deine allein – was du einmal werden möchtest."

„Ich möchte kein Krieger sein", hatte Mayï beinahe trotzig gesagt und sein Vater hatte gelächelt – dieses so seltene, sonnige Lächeln, das sein ganzes Gesicht in unzählige kleine Fältchen warf – und gesagt: „Wahrhaftig, du wärst ein ganz furchtbarer Krieger. Und ich bin sehr, sehr froh, dass du keiner werden willst. Deine Mutter ebenfalls."

„Aber was soll ich dann werden?", hatte der kleine Mayï gefragt.

„Das wird sich zeigen. Du musst nur deine Stärken herausfinden." Dann war sein Vater wieder ernst geworden. „Doch eines musst du wissen: Die Welt, in der wir leben, ist nicht freundlich, auch wenn sie dir jetzt so erscheinen mag. Irgendwann wirst du auf dich gestellt sein und ich möchte sicher sein, dass du dann jederzeit weißt, wie du dich verteidigen kannst. Deshalb lasse ich dich diese Übungen machen, wieder und wieder. Du musst kein Krieger sein, Mayï, aber du sollst wie einer kämpfen können, wenn es darauf ankommt."

Seit diesem Abend absolvierte Mayï seine Übungen akribisch und beharrlich, ohne zu murren aber auch ohne die geringste Begeisterung. Wie Recht sein Vater doch gehabt hatte, dachte Mayï, als er nun in seinem warmen Kastenbett lag und in die Dunkelheit starrte. Bald würde er tatsächlich beweisen müssen, ob er kämpfen konnte.

Er hörte, wie die Schiebetür leise auf und wieder zu glitt. Maitee. Sie trat ans Bett und klopfte leicht an ein Paneel. Mayï setzte sich auf und schob das Paneel auf.

„Darf ich hier schlafen? Die Kleinen sind so unruhig und halten mich wach und ich bin todmüde."

„Komm rein", sagte Mayï und das Mädchen kroch ins Kastenbett und rollte sich unter der Decke zusammen. Kurz darauf konnte Mayï an ihrem gleichmäßigen Atmen hören, dass sie eingeschlafen war. Das Bett war schmal; ihr kleiner warmer Körper lag dicht neben seinem und Mayï ertappte sich bei dem Gedanken, dass er sich daran gewöhnen könnte – an ihre Wärme, an den beruhigenden Rhythmus ihrer Atmung. Bald driftete auch er in den Schlaf, nicht ahnend, dass sich die Neuigkeit bereits an nächsten Tag durch das ganze Tal verbreiten würde.

* * *

Dunkle, schwere Wolken hingen am Himmel, eingekeilt zwischen den hohen Bergketten, starker Wind war aufgekommen; spätestens am Nachmittag würde der Schneesturm losbrechen. Draußen beeilten sich die Männer, noch eine weitere beschädigte Stelle in der Mauer zu reparieren, bevor der Schneefall sie zum Aufhören zwingen würde. Mayï saß mit Harkot ap Kar in der Studierstube des Pavillons und würgte seinen Begrüßungstee hinunter. Trauts Neffe hatte ein paar seiner Bediensteten begleitet, die einen Karren mit Säcken voll Lebensmitteln und Mörtel zum Herrenhaus brachten; gleich wollten er und Mayï sich die Tuchballen ansehen, die als Tauschmaterial bereitlagen.

Ein lauter Schrei und aufgeregtes Rufen ließen die beiden aufschrecken und hinauslaufen; sie folgten dem Lärm um die Webhalle herum zum Mauerabschnitt, der das Flusstal überblickte. Neben einer Lücke im Mauerwerk stand eine Gruppe Arbeiter um einen am Boden liegenden Mann. Es war der Vorsteher; er hatte die Arme um den Brustkorb geschlungen und stöhnte.

„Er ist von der Mauer gefallen", sagte einer der Umstehenden. „Hat nicht aufgepasst und ist mit dem Fuß ins Leere getreten."

Mayï kniete sich neben Hungott und tastete sachte seine Arme ab; die Knochen waren heil. Seine Hände wanderten weiter über seine Schulter – das linke Gelenk war ausgerenkt –, die Schlüsselbeine entlang und nach hinten zum Nacken. Mayï hob vorsichtig die Arme des Verletzten hoch und legte sie neben seinen Körper, um den Brustkorb abtasten zu können. Hungott stöhnte wieder. „Drei Rippen sind gebrochen", murmelte Mayï, sich konzentrierend. „Keine Perforation der Lunge, das Zwerchfell ist intakt." Seine Finger glitten weiter, über den Rumpf und die Hüfte, an einem Bein entlang zu den Füßen und am anderen wieder hinauf zur Hüfte und zur Wirbelsäule. Wieder stieß Hungott einen erstickten Schrei aus.

Mayï richtete sich auf. „Also: Ihr habt ein paar gebrochene Rippen, eine ausgerenkte Schulter und einen Bandscheibenvorfall. Das kriegen wir wieder hin." Garn Doldors Spruch. Dann wies er die Arbeiter an, den Vorsteher zum Pavillon zu tragen.

Nachdem sie Hungott sicher in einem leerstehenden Raum abgelegt hatten, schickte Mayï alle hinaus. Er hatte das Diagnostikgerät ausgepackt und begann mit der Behandlung; er war ein gelehriger Schüler von Garn Doldor, dem Arzt der Schule, erledigte gewissenhaft alle Aufgaben, die er ihm stellte. Die Heilkunst begeisterte ihn ebenso sehr, wie das Navigieren zwischen den Sternen. Dies war eine gute Gelegenheit, sein Wissen anzuwenden. Und seine besonderen Fähigkeiten: Er erfasste die gebrochenen Knochen und fügte sie wieder zusammen, dann benutzte er das medizinische Gerät, um die Frakturen zu kitten; er renkte das ausgekugelte Schultergelenk wieder ein, ohne am Arm des Verletzten zu reißen; die Bandscheibe manipulierte er nicht – hier würde sich die Zeit als beste Heilerin erweisen. Hungott ertrug die Behandlung unter Stöhnen, sein Gesicht war kreidebleich, die fremdartigen Geräte interessierten ihn nicht.

Mayï generierte noch ein Schmerzmittel, das er in die Haut an Hungotts Armbeuge rieb, und packte alles wieder zusammen. „Fertig. Die Verletzungen müssen jetzt ausheilen. Das heißt, Ihr werdet nichts tun, außer gehen und sitzen." Als der Vorsteher ihn zweifelnd anblickte, fügte Mayï hinzu: „Ich werde Euch im Auge behalten. Keine unerlaubten Bewegungen."

Mittlerweile war die Gruppe aus Kar wieder zu ihrem Gutshaus aufgebrochen und es hatte zu schneien angefangen; es war früher Nachmittag und der Hof lag weiß und verlassen da.

★ ★ ★

„Wieso nehmt Ihr Euch kein Mädchen aus Eurem Clan?", fragte Hungott. Er saß in einem tiefen Lehnstuhl in seiner Kammer neben der Gesindestube, auf dem kleinen Tisch qualmte eine Öllampe.

Mayï war am Abend vorbeigekommen, um nach dem Kranken zu sehen, er hatte die verletzten Stellen überprüft und wollte dem Vorsteher gerade ein paar weitere Tropfen des Schmerzmittels auf die Haut auftragen. Nun hielt er inne. „Was?", fragte er perplex.

„Das Mädchen. Warum nehmt Ihr keines aus dem Clan? Für die Familien wäre das eine große Ehre."

„Aber ich will gar kein Mädchen!"

„Sie war in Eurem Bett, Herr. Die Leute reden bereits."

Endlich ging ihm ein Licht auf. „Maitee? Sie hat bei mir bloß übernachtet. Ich mach mir nichts aus ihr." Was für eine absurde Vorstellung, dachte er.

Hungott hatte ein schräges Grinsen aufgesetzt. „Eine Frau in Eurem Bett wäre gut für Euch, Herr. Ihr seid jetzt im richtigen Alter. Aber es sollte die richtige Frau sein, eine aus Eurer Kaste; keine Magd."

„Wenn Ihr heute Nacht nicht vor Schmerzen wach bleiben wollt, dann haltet jetzt den Mund", sagte Mayï forsch. Hungott verstummte; sein Grinsen blieb.

Mayï war sich sicher, dass niemand es gewagt hätte, sich derart über seinen Vater lustig zu machen; aber natürlich hatte der keinen Hehl daraus gemacht, dass Toï seine Gefährtin war. Seit ihrer ersten Begegnung waren sie einander kaum je von der Seite gewichen. Maitee war keine Gefährtin; sicher, sie war nett und

hübsch – seitdem sie nicht mehr die Kohlebecken befeuern musste, damit die Webspinnen es warm hatten, waren ihre Kleider
sauber und der Dreck unter ihren Fingernägeln war auch verschwunden – und eine kluge und fleißige Schülerin obendrein.
Mehr nicht.

Er beschloss, dass sie ab jetzt jede Nacht in seinem Bett schlafen durfte und er wusste genau, dass er das nur aus Trotz tat.

* * *

Am nächsten Morgen traf der erste Brief ein. Eine Familie von
einem nahegelegenen Gut pries eine ihrer Töchter an, sie wäre
bei bester Gesundheit und „vom Leibe her so bestellt, dass sie
viele Söhne gebären mag", las Mayï fassungslos die altmodische
Formulierung. Im Verlauf des Tages kamen weitere Nachrichten dieser Art und Hungott ließ es sich nicht nehmen, seinem
jungen Herrn jede einzelne persönlich zu überbringen, steif und
vorsichtig einen Fuß vor den anderen setzend, seinen linken Arm
in einer Schlinge und ein schiefes Grinsen im Gesicht. „Alles
Clansleute", sagte er. „Alte Familien."

„Wo waren diese Clansleute, als man Euch die Daumen ab-
hackte?", entfuhr es Mayï da; er raffte die Briefe zusammen,
die vor ihm auf dem Tisch lagen und wedelte damit in der Luft.
„Das hier hat nichts mit Clanzugehörigkeit zu tun, das ist purer
Eigennutz.,Geben wir ihm eine unserer Töchter, dann erhalten
wir Vorteile, wenn er sich gegen die Torn durchsetzt. Und wenn
er unterliegen sollte: schade um das Mädchen, aber wir haben ja
noch andere, die wir den Torn schenken können.'"

Mayï spürte, wie er sich in Rage zu reden drohte und brachte
sich wieder unter Kontrolle. Er blickte zum Vorsteher hinüber,
der eingeschüchtert dastand und ihn anstarrte; sein Grinsen war
verschwunden, stattdessen wirkte er verletzt. „Für diese Famili-
en", fuhr Mayï in einem ruhigeren Ton fort, „sind die Töchter
nur Tauschware; aber ich vermute, das ist in ganz Karneä so. Mal
lohnt sich die Investition, mal misslingt sie." Er seufzte. „Dan-

ke, Hungott. Sammelt die Briefe und bringt sie mir erst, wenn der letzte eingetroffen ist."

Die ganze Zeit über hatte Maitee im Nebenzimmer hinter der Schiebetür gestanden und mitgehört. Nachdem der Vorsteher gegangen war, rief er das Mädchen zu sich; es machte einen verwirrten und unsicheren Eindruck. „Es ist meine Schuld", flüsterte Maitee.

„Nein, ist es nicht", entgegnete Mayï genervt. „Es sind die archaischen Ansichten der Leute hier, die alles so kompliziert machen. Hier kann man unmöglich bloß Freunde sein, ohne dass sich gleich alle die Mäuler zerreißen."

„Sind wir das denn? Freunde meine ich."

Er blickte ihr in die Augen. „Ich würde mich über deine Freundschaft sehr freuen", sagte er aufrichtig.

Sie lächelten beide.

26.

***

Mayïs Bericht an diesem Abend fiel knapp und sachlich aus, dafür ließ er sich im Anschluss lange über die Wertvorstellungen der beiden Welten aus, die er bislang kannte: seiner eigenen Heimat, der Kernwelt, und der des Mondes Karneä, der alten Heimat seiner Eltern. Er hatte nie erlebt, dass sein Vater oder seine Mutter sich so verhielten, wie die Leute in Karnath, obwohl sie doch beide in der karneanischen Gesellschaft aufgewachsen waren. Beide waren aufgeschlossen gewesen, offen für neue Ideen. Allerdings hatten beide sehr früh eine einschneidende Erfahrung gemacht, die ihr ganzes Weltbild erschüttert und ihr Denken stark beeinflusst hatte – und zwar bevor sie die Gemeinschaft kennenlernten, deren Außentrupp sie mitnahm, sie entführte.

Der entscheidende Moment war Monate zuvor eingetreten, als die uralte Kraft, die man Gauch nannte, seinen Vater als neuen Träger aussuchte; Toï war dabei gewesen, als es passierte. Tags zuvor hatte Lerean sich auf Bitten seines Vaters, des Kaisers, die Insignien übertragen lassen, zur gleichen Zeit, als seine Zwillingsschwester Fenee in der Einäscherungskammer nebenan zu Staub zerfiel. Er hatte sich heimlich durch eine kleine Seitenpforte aus dem Park zum Insignientempel geschlichen. Auf dem Rückweg zum Wohnturm hatte ihm sein Waffenmeister Gorumsam bei der Pforte aufgelauert – vielleicht hatte dieser gedacht, der Bruder hätte sich nur von der Schwester verabschieden wollen, vielleicht hatte er auch etwas mehr geahnt – und ihn für den folgenden Morgen zum Duell herausgefordert. So schwach er nach den Strapazen der Lichttätowierung auch war, Lerean war gezwungen, die Herausforderung anzunehmen und seinem Meister am nächsten Morgen gegenüberzutreten, in der Waffenarena und vor dem gesamten Hof, denn so verlangte es das archaische Protokoll. Nach einer qualvollen Nacht mit Fieberträumen hatte er sich mit einer Eskorte zur Arena begeben und hatte zum ersten Mal in seinem Leben seinen Meister im Zweikampf besiegt, dank einer Finte und einer unkonventionellen Technik. An diesem Tag hatten nur schieres Glück und sein harter Schädel Gorumsam vor dem Tod bewahrt, denn Lerean war im entgegengetreten in der festen Absicht, ihn zu erschlagen oder beim Versuch zu sterben. Er hatte seinen Hausmeier eine Kordel aus Drahtseilen in seinen langen Zopf flechten lassen, der von außen nicht zu erkennen war und durch sein Gewicht die traditionelle Haartracht der Kronprinzen in eine Peitsche verwandelte. Mit dieser ungewöhnlichen Waffe hatte er Gorumsam überrumpelt. Er hatte seinen Meister keines Blickes gewürdigt, als der mit zerschmettertem Kiefer im Staub der Arena lag, hatte die Hofgesellschaft ignoriert, die laut durcheinanderrufend von ihren Bänken aufgesprungen war; er hatte seine Eskorte vor der Arena stehen lassen und war nach Hause geflüchtet.

„Als dein Vater die Arena betrat, war er entschlossen, Meister Gorumsam zu töten", hatte Toï gesagt, als sie viele Jahre später ihrem Sohn diese Episode aus ihrem Leben erzählte, „so tief saß sein Groll gegen den, der ihn sein ganzes Leben lang gequält und geschunden hatte – mehr als seine drei Brüder. Doch als er ihn schließlich besiegt im Staub liegen sah, bereitete ihm das Wissen, dass Gorumsam für den Rest seines Lebens mit dieser Blamage leben musste, mehr Genugtuung als sein Tod. Niedergestreckt von einem Zopf, was für eine Demütigung."

Lerean war durch die schmalen Gassen der Palastinsel gerannt, hatte mit letzter Kraft seinen Wohnturm erreicht und war auf den Steinfliesen des Waffensaales zusammengebrochen. Toï hatte dort schon auf ihn gewartet; sie und der Hausmeier des Prinzen waren seit seiner Rückkehr vom Schrein am Morgen zuvor bei ihm gewesen, hatten kühlende Tücher auf seinen glühenden Rücken gelegt und die schweißnasse Stirn abgetupft. Als Lerean zur Tür hereingestoplert kam und seine Beine nachgaben, war sie zu ihm geeilt, um ihn zu stützen. Sie hatte ihn in den Armen gehalten und die Hitze seines Fiebers gespürt, als sie plötzlich von einem vagen Grauen erfüllt wurde: Etwas kam, etwas Großes, Unaufhaltsames. Dann traf es sie, eine unglaubliche Kraft fuhr durch sie hindurch wie ein Stromstoß, und für einen Wimpernschlag erfasste sie die Erinnerungen all der Kreaturen, welche diese Kraft zuvor besessen hatten. Es mussten hunderte gewesen sein, tausende. Dann spürte sie, wie sich Lereans Körper unter ihren Händen verkrampfte, hörte, wie der Schock die Luft aus seinen Lungen presste, fühlte seine Panik. An dem Tag hätte sie ihn beinahe verloren, sein Verstand wollte kapitulieren vor dem, was er da erlebte. Toï hatte die Nerven behalten, hatte auf ihn eingeredet, ihn geschüttelt, geohrfeigt und gezwungen, bei Bewusstsein zu bleiben. Als es schließlich vorbei war, hatten beide schwer atmend auf dem kalten Steinboden gelegen, ihre Hände ineinander verschränkt. Während der wenigen Augenblicke, derer es bedurft hatte, damit Lerean unwiederbringlich zum Gauch wurde, war ihrer beider Bewusstsein verschmolzen, alle Erfahrungen, Gedanken, Empfindungen waren zwischen ihnen hin und her geflossen, es gab keine Geheimnisse mehr. Das neuerworbene Potential half Lerean aber auch, beinahe augenblicklich zu regenerieren; die Wirkung der Lichttätowierung, die brennende Schmerzen bis tief in die Knochen verursachte, und auch das Fieber waren mit einem Mal wie weggeblasen gewesen. Auch Toïs eigenes Potential als Psyche hatte durch den Kontakt mit der Kraft des Gauch einen Schub erlebt, sie sah nun Wege, es zu nutzen und auszubauen, lernte, Dinge zu bewegen und die Gedanken anderer zu sondieren.

In den kommenden Tagen sollten sie und Lerean erstmals bemerken, dass sie beobachtet wurden, von Wesen, die von Außerhalb kamen, auf einem Schiff. Lerean würde eine Verbindung knüpfen zu den anderen Trägern des Potentials, zum mentalen Netzwerk der Gauch – und jedes Mal, wenn er mit ihnen kommunizierte, hinaushorchte, würde er abwesend und wie in Trance wirken –; von ihnen würde er erfahren, wer diese Beobachter in Wahrheit waren. Jäger. Ausgezogen, um die seiner Art zu vernichten. Nur dieses Mal waren sie gekommen, um Toï mitzunehmen, weil auch in ihr ein messbares Potential schlummerte, das sie nutzen wollten. Weder er noch Toï waren daher überrascht gewesen, als sie von dem Außentrupp aufgelesen wurden und waren gut mit der neuen Situation zurechtgekommen – im Unterschied zum Hausmeier, der ungeplant und unter chaotischen Umständen zusammen mit seinem Herrn auf das Schiff gebracht worden war: Er hatte lange gebraucht, um zu begreifen, was geschehen war. Für die drei begann ein neuer Lebensabschnitt, neue Freundschaften wurden geschlossen, eine neue Berufung wurde gefunden – Toï wurde Instruktorin bei der Gruppe der Psychen, Lerean gründete seine Schule für konventionelle Kampftechniken und der Hausmeier … blieb der Leibdiener seines Herrn und kümmerte sich um das neuerrichtete Haus. Und die ganze Zeit hatte keiner der Jäger auch nur die leiseste Ahnung gehabt, wen sie da in ihre Mitte aufgenommen hatten. Oder was.

Nein, seine Eltern waren nicht konservativ gewesen, wie die Leute hier in Karnath, und Mayï musste lernen, sich an die Situation anzupassen. Er würde die Leute nicht ändern können, aber er könnte ihnen seinen Standpunkt klarmachen. Er würde die Angebote würdigen und höflich, aber unmissverständlich ablehnen.

* * *

Mayï hatte das Kommunikationsgerät zusammengeklappt und wollte es gerade in dem Versteck unter einem losen Bodenbrett verstauen, als Maitee hereinkam und sich neben ihn setzte. „Arbeitest du noch?“, fragte sie.

„Bin eben fertig geworden“, antwortete er.

„Musst du das jeden Tag machen?“

„Wenn es sich einrichten lässt. Ich muss meinen Lehrern Rechenschaft ablegen darüber, was ich hier tue.“

„Weil es zu deiner Ausbildung gehört.“

„Genau.“

Die beiden saßen eine Weile schweigend nebeneinander, jeder zufrieden über die Anwesenheit des anderen, und betrachteten das ausgeschaltete Gerät vor ihnen.

„Du sprichst oft von deinen Eltern. Wie waren sie? Wer waren sie?"

„Was weißt du über deine eigenen Eltern?", fragte Mayï zurück.

Maitee schüttelte langsam den Kopf. „Ich erinnere mich nicht genau. Da waren viele Kinder und viele Erwachsene, es war immer laut und ich hatte immer Hunger. Frauen haben sich um uns Kleine gekümmert; meine Mutter, eine Tante oder eine ältere Schwester? Ich weiß es nicht. Dann kam eine fremde Frau und nahm uns Kinder mit. Wir waren lange unterwegs bei Kälte und Nässe. Dann kam ich zu einer Familie, wo ich mich um die Feuerstellen kümmern musste in den Küchen, unter den Betten und den Sitzflächen."

„Das Haus der Torn unten im Flusstal."

„Ja. Später brachte man mich hierher, damit ich mich um die Webspinnen kümmerte und um das Feuer in den Stuben. Das ist jetzt Jahre her."

Mayï wusste, dass viele Kinder Maitees Schicksal teilten: Arme Familien verkauften ihre Jüngsten, um genug Essen für sich und den restlichen Nachwuchs zu haben. Die Kinder wurden wie Ware erworben und weiterverkauft und oft genug wie Vieh behandelt. Maitee hatte es noch vergleichsweise gut getroffen, sie hatte ein warmes Zuhause und genug zu essen. Die Kleinen aus dem Bergwerk hatten weniger Glück gehabt, bis Mayï sie dort herausholte. Doch es gab da draußen noch so viele von ihnen!

Er zog das Kommunikationsgerät näher zu sich heran, öffnete eine kleine Seitenklappe an seiner Basis und zog einen Zylinder heraus; er war ungefähr so lang wie seine Hand und so dick die ein Männerdaumen. Mit dem Finger tippte er auf ein Ende des Zylinders, der mit einem leisen Klicken der Länge nach aufbrach. Mayï zog die beiden Hälften sachte auseinander und zum Vorschein kam eine leicht durchsichtige, hauchdünne Folie. Dann tippte er mit einem Finger auf die Folie, die daraufhin fest und starr wurde, wie eine Glasscheibe. Mayï bewegte seinen Finger über das Display und suchte zwischen den auf dem Zylinder gespeicherten Bildern nach dem Richtigen. Er wurde fündig, rief es auf und hielt Maitee das Display hin.

Das Mädchen hatte sich mittlerweile an die seltsamen Gerätschaften des jungen Herrn gewöhnt, dieses kleine Bilderblatt, wie sie es in Gedanken schon getauft hatte, war nur eines davon, doch als sie nun darauf sah, weiteten sich ihre Augen. Es war kein gemaltes Bild, das sie hier vor sich hatte, vielmehr war es, als blickte sie durch ein winziges Fenster, so echt wirkten der Mann und die Frau, die dort eng beieinanderstanden und aus dem Bild zu ihr hinausschauten. Sie kannte die Geschichten, die man sich von den Geiseln aus Lyr erzählte, doch noch nie hatte sie ein solches Wesen gesehen. Sie betrachtete das Bild mit einer Mischung aus Erstaunen und Ehrfurcht, studierte die großen, spitzen Ohren, das bis zum Boden hängende – nein, wie Wasser fließende – schwarze Haar, die schneeweiße Haut, die großen nachtschwarzen Augen unter den fast waagerechten, feinen Augenbrauen; der filigrane Körperbau.

„Meine Mutter", sagte Mayï.

„Deine …? Aber wie …?"

„Das ist schwer zu erklären; glaube es mir einfach. Das ist meine Mutter."

„Bitte, versuche es zu erklären", sagte Maitee. „Es gibt so viel, das ich lernen möchte."

„Also gut", seufzte Mayï und überlegte. „Meine Mutter war Lyrianerin, das ist eine Spezies, die vollkommen anders ist als die Karneaner. Beide sind nicht kompatibel – ich meine, sie können keine gemeinsamen Kinder zeugen. Meine Eltern wollten aber eigene Kinder; also haben sie einen Arzt – du würdest sagen: einen Heiler – hinzugezogen. In meiner Heimatwelt gibt es sehr gute Ärzte und noch viel kompliziertere Apparaturen als diese hier", er deutete auf das Kommunikationsgerät. „Jedenfalls: Meine Mutter wurde schwanger und hat mich dreiunddreißig Tage lang ausgetragen, bis der Arzt fand, dass es zu gefährlich für sie wurde, und mich in einen Inkubator steckte."

Maitee blickte ihn freundlich, aber verständnislos an.

„Das ist eine Kapsel, die wie ein Mutterleib funktioniert und in dem das Kind heranwachsen kann bis zur Geburt. Wie …", er rang nach den richtigen Worten, „wie ein mechanisches Ei."

„Ein Ei."

„So ähnlich, ja. Was ich meine, ist: Wenn meine Mutter mich länger ausgetragen hätte, hätte ich sie vergiftet, weil mein Körper anders funktioniert als der eines Lyrianers." Diese dreiunddreißig Tage hatten dennoch ausgereicht, damit Toï ihr Potential ihrem Sohn vererben konnte, obwohl er kein einziges ihrer Gene in sich trug.

Maitee versuchte zu begreifen; das war wirklich alles sehr, sehr fremd und so beschloss sie, sich etwas Vertrauterem zuzuwenden. Sie deutete auf den Mann neben der Geisel Toï, in der Tracht der Herren von Karnath: weite Beinkleider, lange Wikkeljacke, breiter Stoffgürtel. „Dann ist das dein Vater." Er hatte rote Haare, wie Maÿï, doch durchzogen von dunklen Strähnen, ob schwarz oder braun konnte sie nicht sagen, denn die Haare waren streng zurückgekämmt. Sein Blick war klar und forschend – beinahe stechend –, aber auch müde und resigniert. „Waren sie zufrieden? Dein Vater wirkt so …", sie fand nicht das richtige Wort.

„Genervt?", half ihr Maÿï grinsend. „Mein Vater mochte keine Lichtbilder; meine Mutter musste ihn regelrecht zum Studio des Bildmachers schleifen."

„Da ist noch mehr", sagte Maitee und zog die Stirn kraus, als sie überlegte. „Ist es möglich, dass man so viele Dinge sehen kann, dass man am Ende daran verzweifelt? Kann man zu viel sehen?"

Maÿï blickte von Maitee zur Aufnahme und wieder zurück. Das war eine sehr akkurate Feststellung, dachte er bei sich. Abgesehen davon, dass Lerean die längste Zeit seines Lebens blind wie ein zugemauertes Fenster gewesen war, hatte er in der Tat alles Mögliche gesehen und erlebt. Doch wenn es mehr gewesen war, als er ertragen konnte, so hatte sein Vater das nie gezeigt. Ein Gauch, der Schwäche zeigte, war leichte Beute für seine Artgenossen.

Maitee blickte noch eine Weile auf das Lichtbild. „Sie ist wunderschön", sagte sie ganz leise.

„Stimmen die Geschichten, die man sich über die Geiseln erzählt? Dass sie in Sternenschiffen hierherkommen?", fragte sie.

Maÿï nickte. „Du kannst ihre Welt nicht am Nachthimmel sehen, aber sie ist gar nicht so weit entfernt."

„Und deine Welt?"

„Wie meinst du das?"

Maitee hatte sich zu ihm gedreht und blickte ihn nun forschend an. „All diese Sachen", sie machte eine Bewegung, die das Kommunikationsgerät und den unter den Bodenbrettern versteckten Missionskoffer mit einschloss. „Sie sind so fremdartig; sie können nicht von hier stammen; nicht einmal aus einem fernen Land."

Maÿï wusste nicht, was oder wie viel davon, er ihr erzählen konnte. „Komm mit", sagte er, stand auf und hielt dem Mädchen seine Hand hin. Nach einigem Zögern ergriff Maitee sie und zusammen gingen sie hinaus auf die Veranda. Der Innenhof des Pavillons war ein weiß leuchtendes Quadrat; der Schnee lag immer noch hoch, und der Sturm vom Vortag hatte weitere Lagen hinzugefügt. Maÿï schaute hoch; die Wolken hatten sich verzogen und die Sterne – Maÿï war jedes Mal aufs Neue überrascht, wenn er diese fremden Sternenkonstellationen erblickte – kämpften mit ihrem blassen Licht gegen den orangefarbenen Schimmer des omnipräsenten Gasriesen Oo an. Maÿï orientierte sich kurz und deutete dann mit dem Finger in den Nachthimmel. „Siehst du dort diese sieben Sterne, die nahe beieinanderstehen, fast kreisförmig? Stell dir vor, du fliegst dorthin, zwischen ihnen hindurch und dann noch einmal so weit. Dann machst du einen Bogen nach links und fliegst noch zehnmal so weit. Dort gibt es eine Welt, die viel größer ist als diese hier, wo es nur eine einzige große Stadt gibt und ein paar verstreute Siedlungen, diesem Hof nicht unähnlich. Der Rest ist Wildnis. In der Nacht ist es stockdunkel und du siehst Myriaden von Sternen, die viel heller leuchten, als hier; es gibt keinen Oo, sondern zwei kleine Monde, helle Scheiben am Nachthimmel. Dort bin ich geboren und aufgewachsen." Er zuckte mit den Schultern: „Vermutlich denkst du jetzt, dass ich blanken Unsinn rede."

Maitee schüttelte ihren Kopf so heftig, dass ihre Zöpfe hin und her tanzten. „Nein. Du kannst nicht lügen, daher weiß ich, dass du keinen Unsinn erzählst."

„Woher willst du wissen, dass ich nicht lüge?"

„Jedes Mal, wenn du es versuchst, sagst du lange, komplizierte Sachen. Dann versteht keiner, was du sagst und du brauchst auf diese Weise nicht wirklich eine Lüge zu erzählen."

„Tu ich das?", fragte er verblüfft.

Maitee kicherte, wurde aber gleich wieder ernst.

„Du wirst nicht lange hierbleiben, oder?"

„Nein, das werde ich nicht. Vorerst", fügte er rasch hinzu. „Ich muss noch eine Reihe von Aufgaben erfüllen, erst dann ist meine Ausbildung abgeschlossen; erst dann bin ich frei zu entscheiden. Doch ich werde so lange hierbleiben, bis ich das mit den Torn geklärt habe." Er seufzte. „Und das mit den Bräuten."

27.

* * *

Die Oberhäupter der Familien, die dem Karnathiden eine ihrer Töchter angeboten hatten, fühlten sich vor den Kopf gestoßen und Mayï musste viel diplomatisches Geschick aufbringen, um sie zu beschwichtigen. Statt seine Absagen in einem Brief zu verfassen, zog er es vor, die Familien der potentiellen Bräute zu besuchen und ihnen persönlich mitzuteilen, dass er kein Interesse an ihren Töchtern hatte. Immerhin rechneten es ihm die Brautväter hoch an, dass er die Courage hatte, sie von Angesicht zu Angesicht zu sprechen.

Die Sonne war gerade hinter den Bergen verschwunden und der schwere Drodond trottete gemächlich der letzten Tagesetappe entgegen; von fern konnte Mayï den Hof sehen, Fackeln wurden angezündet, die Tore standen offen. Man erwartete ihn schon, Mayïs feuerroter Wollmantel war in der Schneewüste nicht zu übersehen. Diener liefen dem Hausherrn voraus und führten das Reittier in den Stall. Regar von den Jüngeren Kar – einer weiteren Seitenlinie des Clans – stand am Eingang zur Empfangshalle, umgeben von seinen zwei ältesten Söhnen und dem Vorsteher des Hofes. Der Haardutt war unter einer Kappe verborgen, doch sein Bart war schon grau, Mayï schätzte ihn auf etwa fünfzig Jahre. Die Jüngeren Kar waren die einzige Familie des Hochtals, die noch keinen Vertreter zum Herrenhaus geschickt hatte. Ihre Grußworte hatten sie schriftlich an den neuen Herrn von Karnath gerichtet. Auch hatte es mit diesem Hof noch keinen Warenaustausch gegeben, obwohl es sich schnell herumgesprochen hatte, dass Mayï das begehrte Spinnwebtuch gegen andere Güter feilbot. Die Jüngeren Kar hatten sehr deutlich gemacht, dass sie gut auf einen neuen Herrn verzichten konnten. Und dennoch hätten sie es gerne gesehen, wenn eine Tochter ihres Hauses die neue Herrin von Karnath würde. Sie würden die gleiche Antwort erhalten, wie alle anderen.

„Die Zeiten sind zu unsicher, uns steht eine größere Auseinandersetzung bevor", zum siebten Mal in den vergangenen zwei Tagen leierte Mayï seinen Text herunter. „Das sind keine guten Bedingungen für …"

Ein gellender Schrei aus den Tiefen des Hauses unterbrach ihn jäh; er bemerkte, wie Regar blass im Gesicht wurde; sein ältester Sohn, der neben ihm am Empfangstisch stand, trat unruhig von einem Fuß auf den anderen. Wieder hallte der Schrei durch die Korridore der inneren Gemächer. Eine junge Frau schrie nach Leibeskräften.

Mayï scannte das Haus, spürte sich durch die Zimmer und blieb an einem Bett in den Frauengemächern hängen. Er sah den jungen Mann neben Regar an. „Das ist Eure Frau, nicht wahr? Sie liegt in den Wehen; aber etwas stimmt nicht." Mayï schüttelte heftig den Kopf. „Nein, etwas stimmt da ganz und gar nicht. Ich weiß, wie ich ihr helfen kann, lasst mich zu ihr."

„Das ist Frauensache, wir können da nichts tun", sagte Regar düster.

Mayï lehnte sich nach vorne zu dem Hausherrn. „Das ist Unsinn! Ich bin ein Heiler, natürlich kann ich etwas tun. Das ist Euer erstes Enkelkind, habe ich Recht? Wollt Ihr das gleich verlieren, und Eure Schwiegertochter noch dazu?"

Ein weiterer Schrei ertönte, diesmal klang er noch verzweifelter.

„Vater, ich bitte Euch", flehte der Sohn.

Regar schloss die Augen und beugte den Kopf.

„Folgt mir", sagte der Sohn und rannte los.

„Wie lange dauern die Wehen schon an?", fragte Mayï, als er mit dem jungen Mann durch die Korridore hastete. „Seit heute Morgen", kam die Antwort.

„Ihr hättet mich rufen sollen." Im Hochtal verbreiteten sich Neuigkeiten schnell, ganz bestimmt wussten sie auch hier von Hungotts Unfall und davon, wie Mayï ihn geheilt hatte. Doch auf Karneä waren Männer bei Geburten unerwünscht. Und medizinische Kenntnisse im besten Fall bescheiden.

Sie waren vor dem Zimmer der Wöchnerin angekommen. Als Mayï die Tür aufschob, kamen zu den Schmerzensschreien der werdenden Mutter noch die empörten Rufe der Frauen und Ammen hinzu, die versuchten, den beiden Männern den Zutritt zu verwehren.

Mayï ließ den jungen Mann vor der Tür stehen und wand sich zwischen den aufgebrachten Frauen hindurch; sie schlugen mit ihren Fäusten auf ihn ein und zerrten an seinen Kleidern, bis Mayï es leid war. „Genug!", rief er. Seine Stimme war nicht besonders laut, doch die Autorität, die darin lag, ließ die Frauen zusammenfahren. Sie starrten den Jungen mit großen Augen an, der es wagte, in ihr Allerheiligstes einzudringen, machten aber keine Anstalten mehr, ihn zu verscheuchen. Mayï trat zum Bett, in dem eine junge Frau – sehr wahrscheinlich jünger als er selbst – schweißgebadet und keuchend um ihr Leben kämpfte.

Mayï hatte alles gelesen, was ihm der Leibarzt der Schulen und sein Tutor, Garn Doldor, vorgelegt hatte, darunter auch Schwangerschaften humanoider Spezies und ihre Komplikationen. Nur hatte er während seiner Ausbildung noch nie eine schwangere Frau zu Gesicht bekommen, geschweige denn bei einer Geburt assistiert. Und nun das! Und sein Notfallkoffer war in seinem Zimmer unter dem Fußboden. Er legte eine Hand auf den geschwollenen Bauch und tastete vorsichtig; das Mädchen wimmerte. Er scannte sie. „Sie liegt verkehrt herum", sagte er.

„Sie? Aber nein, es ist ein Junge, das hat die Deuterin gesagt", rief eine der Frauen. Mayï ignorierte sie. Er konzentrierte sich ganz auf die werdende Mutter, die ihn angsterfüllt ansah. „Sie liegt verkehrt herum, daher die Schmerzen", sagte er zu dem Mädchen. „Ich werde sie jetzt in die richtige Lage bringen, das wird nochmals wehtun." Zu den durcheinander schnatternden Frauen sagte er in scharfem Ton: „Ruhe jetzt! Bringt heißes Wasser, das hier ist schon zu kalt. Und noch mehr saubere Tücher. Und die Hebamme soll sich bereithalten." Eine ältere Frau saß bereits am Fuß des Bettes und nickte ihm zu. Die Leinentücher zwischen den Beinen der Wöchnerin waren blutdurchtränkt.

Vorsichtig erfasste Mayï das kleine Wesen im Mutterleib und drehte es. Die Nabelschnur hatte sich um den winzigen Hals gelegt, und er schob sie zurück. Als das Kind in der richtigen Position war, befahl er der jungen Frau zu pressen; gleichzeitig drückte er ihren Bauch zusammen, die Muskelkontraktionen natürlicher Wehen nachahmend. Das Mädchen schrie erbärmlich. Mayï nahm ihre Hand, und wieder kam aus einer Ecke des Zimmers ein missbilligender Ruf. „Gleich ist es überstanden. Nur Mut." Nach einer weiteren heftigen Kontraktion mischte sich in die Schmerzensschreie der Mutter das helle Krähen des Kindes – es hatte den Leib der Mutter kaum verlassen, als es seine Lungen mit Luft vollsog und voller Empörung über die Strapazen losschrie. Sofort waren die Frauen zur Stelle, ergriffen das Neugeborene, durchtrennten hastig die Nabelschnur und verschwanden mit ihm, bevor sich Mayï vergewissern konnte, ob mit ihm alles in Ordnung war. Er wandte seine Aufmerksamkeit wieder dem Mädchen zu, das sich erschöpft weinend und keuchend in die Laken drückte. Ein scharfer Geruch hing im Zimmer, und für einen kurzen Augenblick hatte Mayï wieder das Bild vor Augen: das breite Flussbett, die Berge ringsum, die Rinnsale, rot vom Blut seines Vaters. Harm, der ihn von dem toten Körper wegzog und sich schützend über ihn beugte, als die ungeheure Welle über sie hinwegfegte – durch sie hindurch. Der Knall explodierender Plasmawaffen. Mayï blinzelte und war wieder in der Gegenwart. Jetzt war keine Zeit für Gespenster.

Er blieb noch eine Weile bei der Wöchnerin, um sicherzugehen, dass keine weiteren Komplikationen folgten. Dann trat er hinaus auf den Korridor, wo der junge Vater auf ihn wartete. „Sie wird wieder gesund, dem Kind scheint es auch gut zu gehen. Aber Ihr solltet mit weiteren Kindern noch ein paar Jahre warten, ihr Körper ist noch nicht bereit für Schwangerschaften." Vermutlich würden sie diesen Rat nicht befolgen, dachte Mayï; Frauen bekamen hier in sehr jungen Jahren Kinder, ob sie nun verheiratet waren oder bloß Konkubinen, spielte dabei keine Rolle. „Wenn Ihr wollt, schaue ich morgen noch einmal vorbei."

Die Jüngeren Kar waren über den glücklichen Ausgang der Geburt erleichtert, lehnten sein Angebot aber dankend ab. Dies war nun einmal Sache der Frauen. Immerhin war damit auch die Brautfrage vom Tisch: ein Gefallen gegen einen anderen.

Mayï kam mitten in der Nacht am Herrenhaus an; der Nachtwächter ging willig zurück zum Gesindehaus, als sein Herr ihm sagte, dass er den Rest der Wache übernehmen würde. Mayï zog seinen Mantel enger um sich zusammen und trat vor das Tor. Nach diesem Tag, da war er sich sicher, würde er ohnehin keinen Schlaf mehr finden; die Erinnerung an all das Blut im Geburtszimmer würde die Alpträume zurückkehren lassen.

Er blickte in den Himmel; dunkle Wolken zogen von Süden her auf, am Horizont, wo Oos Schein sie traf, schimmerten sie in bedrohlich dunklem Orange. Der Wind brachte den Geruch von Regen. Der Frühling kam, und mit ihm die Schneeschmelze.

28.

***

In den folgenden Tagen zogen Gewitter und Stürme über das Hochtal hinweg; der Schall des Donners wurde immer wieder von den hohen Bergflanken zurückgeworfen, sodass man den Eindruck hatte, das Grollen hörte niemals auf. Ab und zu ließ ein besonders heftiger Donnerknall das Dach des Pavillons erzittern und die beiden kleinsten Jungen begannen dann vor Schreck zu weinen. Die Straße, die am Herrenhaus entlang ins Hochtal führte, versank im Schlamm, von den Berghängen strömten Bäche von Schmelzwasser und gruben tiefe Rinnen in den aufgeweichten Boden. Manchmal löste das viele Wasser Steinschläge aus, die die Wege unter sich begruben und sie unpassierbar machten. Mayï war beinahe ständig draußen, umkreiste den Bering des Herrenhauses, beobachtete den Berg hinter den Gebäuden. Er hielt nach Stellen Ausschau, wo der viele Regen die Mauer unterspülen oder Felsbrocken aus der Bergflanke lösen könnte, die dann auf den Hof stürzen würden.

„Es regnet immer so stark, kurz bevor der Frühling zurückkehrt", sagte Hungott eines Tages, nachdem Mayï von einer seiner Runden wieder zurückgekehrt war, nass bis auf die Haut und bis zu den Knien mit Dreck bespritzt. „Ich lebe nun schon viele Jahre hier, und noch nie ist ein Stein vom Berg herabgestürzt, der größer war als meine Faust."

Trotzdem überwachte Mayï weiter den Überhang hinter den Gebäuden. Tief aus dem Berginneren, dort, wo die Quelle entsprang, die das Badehaus mit warmem Wasser versorgte, ertönte ein Zischen und Fauchen, als Schmelzwasser durch den Fels sickerte und auf das siedend heiße Quellwasser traf. Mayï kam es so vor, als wäre das Herrenhaus auf dem Rücken eines lebendigen, atmenden Ungeheuers erbaut worden. Der Weg hinunter ins

Flusstal hatte sich in einen Sturzbach verwandelt, der Gesteinsbrocken, Sträucher und kleinere Bäume mit sich riss. Wenn er sich ganz an den Rand des Felsgrats wagte und von dort hinunter ins Tal blickte, konnte er sehen, wie das sonst so klare Wasser des Flusses weit unter ihm mit jedem Tag trüber wurde und sich braun färbte durch die Schlammmassen, die sich in ihn ergossen, wie er breiter wurde und über die Ufer trat und die Felder überschwemmte; er sah große entwurzelte Bäume darin treiben und einmal auch den Kadaver eines Drodonden. Er wusste aber auch, dass dieser sintflutartige Regen bald aufhören würde, und dann, wenn der letzte Schnee verschwunden und das Wasser abgeflossen war, wenn die Wege geräumt und wieder passierbar waren, sie hier oben sehr unerfreulichen Besuch erhalten würden.

Zwei Botenvögel waren zwischenzeitlich über den Pass am gegenüberliegenden Flussufer zum Gutshof der Torn geflogen – ob vom Patriarchen oder von einem anderen Ort wusste Mayï nicht –, doch noch immer hatten sie selbst keine neuen Tiere erhalten, die sie hätten aussenden können. Er musste nicht seine Fühler ausstrecken, um zu wissen, dass jenseits des Passes bereits Dutzende von Vögeln in ihren Käfigen darauf warteten, von ihren Trägern ins Tal hinunter gebracht zu werden, sobald die Wege wieder begehbar waren – sogar eher, wenn sich unter den Trägern Kriegermönche befanden. Allesamt Tiere, die von der Palastinsel oder einem nahen Stützpunkt stammten und die unterbrochene Verbindung zwischen den Torn und der Außenwelt wiederherstellen würden. Die Frage war: Würde Irkar ap Torn auf Verstärkung warten, um den Herrensitz der Karnathiden zu stürmen? Und wie weit wäre Mayï bereit zu gehen, um die Torn in die Knie zu zwingen?

* * *

Er begann, exzessiv zu trainieren; hatte er seit seiner Ankunft im Hochtal jeden Tag pflichtschuldig seine regelmäßigen Übungen absolviert, ohne länger damit zu verbringen als nötig, so war er nun fast ständig im Innenhof des Pavillons anzutreffen, wo er alle

Bewegungsabläufe durchging, die ihm sein Vater beigebracht hatte; hatte er eine Einheit durch, begann er wieder von vorn. Und wieder. Bis er dicke blutgefüllte Blasen an den Händen hatte, die aufplatzten und seine Finger am Schwertgriff festkleben ließen, und die Muskeln in seinen Gliedern ihren Dienst verweigerten. Er übte sich in der Kontrolle von Energie und Materie, die er von seiner Mutter erlernt hatte; er formte Muster mit den herabfallenden Regentropfen, ließ die Kieselsteinchen des Innenhofs durch die Luft schweben … und kleine lichtlose Sphären aus dem Nichts entstehen, nachdem er sich zuvor vergewissert hatte, dass niemand, nicht einmal Maitee, ihn beim Trainieren beobachtete. Das Erscheinen der größeren dunklen Gebilde wurde von einem bedrohlichen Grollen begleitet, Mayï wartete daher mit diesen besonderen Übungen, bis ein Gewitter über den Hof hinweg zog. Spät in der Nacht, von Regen und Schweiß durchnässt und völlig erschöpft, schleppte er sich ins Badehaus und tauchte ins heiße Wasser, und während sein geschundener Körper allmählich entspannte, döste er vor sich hin, sein Kopf geriet unter Wasser und er wachte prustend wieder auf.

Manchmal kamen Maitee und die kleinen Jungs, die er aus dem Bergwerk gerettet hatte, um ihm zuzuschauen. Dann saßen sie dicht beisammen auf der Veranda und verfolgten mit großen bewundernden Augen die schwungvollen Kurven des Schwertes in der Luft und die fließenden Bewegungen des Jungen mit den roten Locken und träumten davon, selbst einmal ein großer Krieger zu werden wie Onno, ihr großer Bruder.

Maitee beobachtete ihn mit gerunzelter Stirn. „Wieso kämpfst du gegen dich selbst?", fragte sie ihn eines Tages.

„Was?", fragte Mayï und hielt kurz inne. Tropfen fielen von seinem Kinn und der Nasenspitze auf den Steinboden, seine Haare klebten ihm an der Stirn, auf den Wangen, in seinem Nacken; die alten Fetzen, die er in einer Truhe aufgestöbert hatte und nun zum Training trug, lagen vom Schweiß durchtränkt eng an seinem Körper. Am Himmel zogen dicke, weiße Wolken über das Herrenhaus hinweg, zum ersten Mal seit Tagen regnete es nicht.

„Wenn du gegen die Torn in den Krieg ziehen willst, warum raubst du dir dann die Kraft dazu?"

Mayï starrte das Mädchen eine Weile an, ohne zu begreifen.

Maitee stieß einen Seufzer aus und versuchte es noch einmal: „Willst du den Kampf verlieren?"

„Natürlich nicht, deshalb übe ich ja", antwortete Mayï.

Das Mädchen schüttelte den Kopf und ließ ihre Zöpfe hüpfen. „Nein, du kannst doch schon alles; du übst nicht mehr. Du willst bloß nicht nachdenken über das, was passieren könnte, wenn du versagst. Du versuchst, dich müde zu machen – zu müde zum Denken. Aber du machst dich nur kaputt. Du führst Krieg gegen dich und deine Gedanken. Wenn du so weitermachst, wirst du wirklich zu erschöpft sein, um zu gewinnen, und das, was du fürchtest, wird eintreffen."

Mayï erlaubte ihren Worten, in sein Bewusstsein einzusikkern. Schließlich senkte er den Kopf und nickte langsam. „Du hast Recht, wieder mal. Das hier bringt überhaupt nichts." Er steckte das Schwert seines Vaters zurück in seine Scheide – der Griff war klebrig vom Blut aus den aufgeplatzten Blasen – und setzte sich zu ihr und den Jungen auf die Veranda.

„Du musst mich für einen wahren Dummkopf halten."

Wieder flogen die glänzend schwarzen Zöpfe, als Maitee den Kopf schüttelte. „Nein, du bist kein Dummkopf. Du willst nur alles richtig machen, aber vielleicht versuchst du das zu sehr, zu angestrengt."

Dann hieß sie den jungen Herrn von Karnath aufstehen und ins Bad gehen. „Und zwar sofort, bevor du dir noch eine Lungenentzündung holst."

Mayï gehorchte. Nach ein paar Schritten drehte er sich noch einmal um, sah sie mit mildem Erstaunen an und sagte: „Mir scheint, du kennst mich besser als ich selbst. Wie kann das sein?"

Maitee antwortete mit einem Schulterzucken und der Andeutung eines Lächelns.

29.

* * *

Der Greis saß in seinem Bett, gestützt von dicken Kissen. Ein Kohlebecken stand in seiner Nähe und eine Steppdecke bedeckte seine mageren Beine; trotz der milden Temperaturen schmerzten seine Glieder unaufhörlich, die Feuchtigkeit des Sees saß in seinen Knochen fest und ließ sich nicht vertreiben. An manchen Tagen, so wie gerade, wenn es sehr schlimm war, dachte er mit Wehmut an seine Zelle im Großen Kloster von Puhor in der Provinz Lum. Der Ort, an den sich traditionsgemäß die überzähligen Kronprinzen zurückzogen, lag auf einem Hügel über der sonnendurchfluteten Ebene der Großen Steppe – den legendären Stammlanden der fünf Häuser: den immer noch geächteten Gaut, den Pautar, den Hadufil und den Lerund, deren höchste Vertreter der Kaiser und er selbst waren. Und natürlich den Karnathiden, jenem wilden Reiterstamm, deren Anführer erst den Königen und anschließend den Kaisern des Reiches als Feldherren gedient hatten; ihre Krieger waren einst gefürchtet gewesen und hatten die kaiserlichen Armeen bei den zahlreichen Eroberungszügen angeführt. Sie waren stets inmitten des Geschehens gewesen, nah an der Macht, doch nie hatten sie ein Teil des Hofstaats sein wollen. Sie zogen sich aus den Steppenlanden tief in die Berge zurück, in die Provinz Karnath, die sie kurz zuvor erobert hatten. Sie waren zur Stelle, wenn es der Kaiser befahl, treu und ergeben wie eh und je; ansonsten blieben sie unter sich, die Hauptlinien und die Seitenzweige des Clans besiedelten die ganze Provinz; jeden Brautwerber, der von den anderen großen Häusern geschickt wurde in der Absicht, Blutsbande zu knüpfen, schickten sie unverrichteter Dinge wieder fort. Besonders der Hauptzweig hatte sich nach außen abgeschottet. Nach fünfzehn Jahrhunderten derartiger Isolation war es ein Kinderspiel, einen Karnathiden zu erkennen. Aber zu welchem Preis? Die Zahl der Totgeburten war sehr hoch in diesem Geschlecht, von Malrams Kindern hatte nur eine Tochter überlebt.

Doch er schweifte ab. Das Kloster. Die Winter waren kalt, aber trocken, die Sommer heiß, doch mit kühlenden Winden, die nachts von den Hügeln herabtrieben. Wie gut dieses Klima doch jetzt seinen alten Knochen tun würde! Die Palastinsel war feucht, es stank nach stehendem Gewässer, an den Steinwänden bildete sich Schimmel, wenn nicht ständig gelüftet wurde. Doch er war der Patriarch und hier gehörte er hin. Von keinem anderen Ort aus konnte er die Geschicke des ganzen Reiches besser lenken, denn hier liefen alle Fäden zusammen. Würde er wegen ein paar schmerzender Knochen auf seine Macht verzichten wollen? Mitnichten. Doch manchmal, in den Nächten, wenn die Pein ihn um den Schlaf brachte, dachte er an die alten Zeiten zurück. An den Bruder, der ihm lächelnd mit der Hand über den geschorenen Schädel strich, bevor er ihn durch den Stollen nach Karnath schickte. An das Getöse und den plötzlichen Windstoß und den Staub, als nicht lange nach seiner Ankunft in den Bergen auf der anderen Seite der Stollen – die Passage – in sich zusammenfiel. An das Gefühl des Verlassenseins in jener fremden Berggegend. Und an den langen, beschwerlichen Weg nach Puhor, nachdem er von seinem ältesten Bruder Illan, dem neuen Kaiser, dazu aufgefordert worden war. Er, Tiffean, jüngster der drei noch verbliebenen Kronprinzen, war dazu bestimmt gewesen, der nächste Patriarch zu werden. Er hatte sein Amt stets nach bestem Wissen und Gewissen ausgeführt. Und auch jetzt lag ihm der Frieden im Reich am Herzen; es genügte, wenn wiederholte Missernten und Hungersnöte die Leute aus ihren Dörfern vertrieben – einen zusätzlichen Konflikt um die Vorherrschaft in Karnath konnte er da nicht gebrauchen. Selbst, wenn der Junge legitimen Anspruch auf sein Erbe hatte. Was mochte dort gerade vor sich gehen? Alle Botenvögel waren gleichzeitig zurückgekommen, ohne Nachricht; irgendwelche Narren mussten die Volieren offengelassen haben. Der Kriegermönch aus dem Zweighaus seines Ordens in Karnath war ebenfalls wie aus dem Nichts hier aufgetaucht und hatte, nachdem er sich endlich beruhigt hatte, von einem jungen Mann mit Zauberkräften berichtet, der allen den Krieg erklärte, die sich ihm nähern wollten.

Der Patriarch rückte ein Kissen zurecht und stöhnte. Dieser Junge war wie das Ziehen in seinen Knochen: Er ließ ihm keine Ruhe.

Ein Windstoß fuhr durch den Raum und ließ die Flamme der einzigen Kerze flackern und beinahe erlöschen; ein leises Grollen war zu hören. Schon wieder ein Gewitter. Doch war da nicht noch ein anderes Geräusch gewesen? Etwas, das sich fast wie Worte anhörte, die klangen wie „Mist" und „Kalt". Vermutlich war es nur das Rascheln der Papiere, die die plötzliche Zugluft vom Tisch geweht hatte. Der Patriarch lehnte sich seufzend in die Kissen zurück und schloss die Augen. Er war so müde.

„Guten Abend, Oheim", sagte eine leise Stimme. Die eisige Faust des Entsetzens legte sich um sein Herz; Tiffean riss die Augen auf und schnappte nach Luft. Dort, am Fußende des Bettes, wohin das schwache Kerzenlicht nicht reichte, stand eine schmale Gestalt, kaum mehr als ein Schatten in der Dunkelheit. Der Patriarch zitterte vor Angst, er wollte um Hilfe rufen und brachte doch keinen Ton heraus. „Ich tu Euch nichts, ich will bloß reden", sagte die Stimme. „Oh, und niemand kann uns hören, dafür habe ich gesorgt. Es nützt also nichts, um Hilfe zu rufen."

„Du!", keuchte der Patriarch.

„Ich", sagte die Gestalt und trat aus dem Schatten heraus in den Schein der Kerze. Der Patriarch sah Spuren von Raureif im Haar des Jungen, diesen verdammten roten Locken der Karnathiden. „Und bevor Ihr fragt, wie ich hierhergekommen bin: Auf die gleiche Art, wie Euer Mönch neulich; auf ähnliche Art, wie man einst von dieser Insel nach Karnath kam."

Als Mayï sich unaufgefordert auf den Rand des Bettes setzte, wusste der Patriarch für einen Augenblick nicht, ob er veрängstigt oder entrüstet sein sollte. Die klaren Augen des Jungen musterten ihn, schienen ihn zu studieren. „Schlimmes Rheuma", sagte er. „Und die Nieren sind auch in keinem guten Zustand", fügte er hinzu. „Ich kann Eure Beschwerden nicht heilen, aber ich könnte sie lindern. Wie Ihr seht, will ich niemandem Böses antun."

„Wieso stiftest du dann Unruhe? Wieso gehst du nicht zurück, wo du herkommst?"

„Ich bleibe nicht ewig hier, keine Sorge. Aber was die Torn mit den Leuten in Karnath tun, ist Unrecht, da kann ich nicht untätig zusehen. Und ich möchte nicht, dass die Leute im Hochtal später dafür bestraft werden, dass sie mich aufgenommen haben, statt mich zu verjagen."

Während er sprach, schwebte seine linke Hand über der Decke, unter der sich die Beine des Greises abzeichneten. Er bewegte sie langsam vor und zurück. Tiffean spürte eine Wärme, die sich in seinen Füßen ausbreitete und weiter die Beine entlang, wie sie in seine steifen Knie sank und das quälende Ziehen vertrieb.

„Was tust du da?", fragte er mit zittriger Altmännerstimme, nicht Willens, sich einzugestehen, dass dieser Junge ihm zum ersten Mal seit Jahren so etwas wie Erleichterung verschaffte.

„Das, was ich für richtig halte", antwortete Mayï. Meine Berufung, dachte er, und prompt kam die Erinnerung an einen Tag vor zwei Jahren zurück.

30.

***

Mayï hatte ein paar Stockwerke tiefer im Labor über einer Aufgabe gebrütet, als ihn sein Lehrer Garn Doldor über die Kommunikationsstation rief: „Dein Vater hat akutes Nierenversagen; er ist bei mir hier oben."

Mayï war die Treppen zur Krankenstation der Schulen hoch gerannt. Erst am Morgen waren er und sein Vater zusammen in der kleinen Fähre der Schule zum Haus der Wissenschaften in der einzigen Stadt der Gemeinschaft geflogen – Mayï kam seit einem Jahr jeden Tag zum Studium der Heilwissenschaften hierher, Meister Lerean hatte ihn diesmal begleitet, um sich auf Garn Doldors Station einer medizinischen Entgiftung zu unterziehen. Nach der Behandlung hatte er es gerade einmal bis hinaus in den Korridor geschafft. Nun saß er im hochgestellten Bett und nippte lustlos an einem Glas Wasser, das er mit beiden Händen umfasst hielt; es enthielt fast seine gesamte Tagesration an Flüssigkeit. In regelmäßigen Abständen würde er weitere Gläser leeren müssen. Mayï wusste nicht, welche Aussicht seinen Vater mehr verdross: die ungewohnten Mengen an Flüssigkeit, die er hinunterwürgen musste oder die nächsten Tage in diesem Zimmer verbringen zu müssen. Nicht, dass er sich beklagte – Lerean klagte nie –, doch seine ganze Haltung drückte Missmut aus. Toï stand neben ihrem Gefährten und beobachtete ihn besorgt; sie war direkt von zu Hause durch ein Portal gekommen.

Mayï trat zu seinem Lehrer, Garn Doldor bediente gerade die Lebenserhaltungseinheit, die über seinem Patienten schwebte. „Ich werde ihn zwei Tage hierbehalten und beobachten", sagte er zu Toï. „Er hat Glück gehabt, dass er sich noch im Gebäude aufhielt, als seine Nieren versagten; so konnte ich schnell eingreifen, bevor ein organischer Schaden entstanden wäre. Das kriegen wir wieder hin." Garns Lieblingsspruch; seit Mayï unter seiner Leitung studieren durfte, hatte er die Worte mindestens ein Dutzend Mal gehört.

Mayï studierte die Angaben auf dem Display der Einheit und erschrak, alle Werte waren besorgniserregend. Er blickte hinter dem Display hervor und ins blasse Gesicht seines Vaters. Lerean wollte gerade einen weiteren Schluck aus seinem Glas nehmen, als er plötzlich das Gesicht verzog; das Glas glitt ihm aus den verkrampften Händen und Toï griff danach, bevor der Inhalt auf die Bettdecke schwappte. Das Display der Einheit zeigte den Verlauf der Krise auf. Nach ein paar Augenblicken holte sein Vater tief Luft und stieß sie zitternd wieder aus. „Man sollte meinen, ich hätte mich mittlerweile daran gewöhnt", flüsterte er mit geschlossenen Augen.

„Ich habe dir Schmerzmittel verabreicht, doch offenbar spricht dein Organismus immer noch nicht darauf an", sagte sein Leibarzt. „Aber nur Geduld, die Reaktion jetzt gerade war vielversprechend und zeigt, dass die Behandlung greift. Heute Abend wird es dir wieder besser gehen. Oder was meint mein Schüler hier?"

Aller Augen richteten sich auf Mayï – Toï schaute immer noch besorgt drein, Garn Doldors Blick zeigte professionelle Neugier. Sein Vater hatte die Arme um den Körper geschlungen in dem hilflosen Versuch, den Schmerz einzudämmen, nun öffnete er die Augen einen Spalt breit und sah mit einem Anflug von Belustigung seinem Sohn dabei zu, wie er die Daten auf dem Display analysierte.

„Ich … denke schon", antwortete der schließlich nach längerem Überlegen und blickte zu seinem Vater hinüber. „Vorausgesetzt, du trinkst nun endlich dein Wasser, anstatt bloß so zu tun. Du musst dein System richtig mit Flüssigkeit fluten, damit die Nieren wieder anfangen zu arbeiten." Sofort hielt Toï ihrem Gefährten das noch halbvolle Glas unterdie Nase. „Runter damit", befahl sie.

Später am Tag flogen Mayï und seine Mutter mit der Fähre zurück nach Hause. Toï saß am Steuer. Sie konnte fliegen wie der Teufel, und Mayï johlte jedes Mal, wenn sie das Flugzeug an seine Belastungsgrenzen brachte, doch heute war beiden nicht nach Kapriolen zumute. Mayï schaute aus dem Fenster hinunter auf die Wolkendecke, als sie Richtung Norden flogen; zu seiner Rechten, weit im Osten, versank die Welt bereits im Dunkel der Nacht. „Ich habe Vater noch nie in so schlechter Verfassung erlebt", meinte er bedrückt.

Toï schwieg eine Weile und fragte dann: „Mayï, wie ernst ist es dir mit der Ausbildung in Heilkunde?"

„Sehr ernst", antwortete er. „Alle Wissenschaften interessieren mich." Er überlegte kurz bevor er fortfuhr: „Aber die Heilkunde ist mehr Praxis als Theorie. So wie die Navigation. Das mag ich am meisten an den beiden Fächern."

Wieder Schweigen. Außer dem leisen Schnurren des Antriebs und dem Rauschen der Luft über dem Rumpf der Fähre war nichts zu hören. Schließlich sagte Toï: „Garn Doldor wird dir die Akte deines Vaters geben; die meisten Vorfälle liegen lange zurück, aber es wird dir helfen, dir ein Bild vom Allgemeinzustand deines Vaters zu machen. Und es ist guter Lernstoff, denke ich. Du wirst dort Dinge finden, die nicht in den gewöhnlichen Lehrbüchern stehen. So, und nun zeige mir, wie du dieses Ding hier landest."

Mit diesen Worten transferierte Toï die Kontrollen des Fliegers zu Mayï, der direkt hinter ihr saß. Am Horizont brachen die Gipfel des nördlichen Massivs durch die Wolken. Mayï schob seine Hände in die Steuermulden seiner Armlehnen und glitt in den Sinkflug.

31.

***

Er hatte Altmeister Lereans Akte bekommen und sie gründlich studiert. Einige Informationen hatte Garn Doldor ausgelassen, wie er später erfahren sollte, doch was er las, fand er nicht sehr beruhigend. Es stellte sich heraus, dass das Nierenversagen nur eine Bagatelle gewesen war, verglichen mit den anderen Verletzungen, die sich sein Vater im Laufe seiner Karriere zugezogen hatte.

Jedenfalls war Mayï mit dieser chronischen Krankheit der karneanischen Aristokraten mittlerweile bestens vertraut. Er stand auf, beugte sich über den alten Mann und ließ beide Hände über den gebrechlichen Körper schweben.

„Die Kriegskunst ist ein zerstörerisches Handwerk, selbst, wenn sie für friedvolle Ziele eingesetzt wird. Es gibt dabei immer Sieger und Verlierer. Und weil der Gedanke an Vergeltung hartnäckiger und langlebiger ist als der Wunsch nach Vergebung, generiert ein Sieg stets auch den nächsten Konflikt. Es ist ein Teufelskreis." Mayï hob seine Hände – mittlerweile war er bei den Schultern angelangt und sah mit stiller Befriedigung, wie die fleckige Gesichtshaut des Greises sich rosig färbte, als sein Kreislauf wieder in Schwung kam – und hielt sie dem Patriarchen zur Begutachtung hin: feingliedrige, schlanke Finger, weiche Handballen, allesamt mit halb verheilten und frischen Blasen übersät, die Hände eines Gelehrten, nicht die rauen, schwieligen Pranken eines Kriegers, die Tiffean noch gut aus seiner eigenen Vergangenheit kannte. „Hiermit gibt es nur Gewinner", sagte Mayï. „Und wenn Ihr erlaubt, möchte ich mir nun Euren Rücken vornehmen."

Der Patriarch erlaubte es ihm, erstaunt über den Sinneswandel, den er in diesen paar Augenblicken durchlaufen hatte. Was, wenn der Junge die Wahrheit sagte, wenn er tatsächlich nichts

Ärgeres im Schilde führte, als sein Erbe einzufordern und sein Volk zu schützen;und anschließend das tat, wofür die Karnathiden bekannt waren: sich zurückzuziehen und nicht unaufgefordert in die Dinge des Reiches einzumischen?

„Das hier kann etwas unangenehm werden, doch danach werdet Ihr Euch gleich besser fühlen", sagte Lereans Sohn und schob seine Hände zwischen Kissen und knochigen Rücken. Ein dumpfer Schmerz legte sich wie ein Gürtel um Tiffeans Leibesmitte und schnürte ihn ein. Er stöhnte.

„Nur noch einen Augenblick. Ich möchte die Ablagerungen alle entfernen können."

Der Patriarch verstand nicht, wovon der Junge redete, und es war ihm einerlei. Die Schmerzen waren aus den Knochen vertrieben, er fror nicht mehr und das dumpfe Pochen in seinem Rücken ließ bereits nach. Er lag regungslos in seinem Bett, schloss die Augen und genoss für einen kleinen Moment diesen verloren geglaubten Zustand der Erleichterung und des Wohlgefühls.

„Ein Krieger, ein Zauberer und ein Heiler", flüsterte er nachdenklich; seine Augen hielt er immer noch geschlossen.

„Letzteres", sagte Mayï. „Ersteres nur, wenn ich muss; und das andere ist blanker Unsinn."

„Für dich vielleicht", sagte Tiffean. „Und für die Welt, aus der du kommst. Die dein Vater als seine neue Heimat gewählt hat." Ganz so war es nicht gewesen, Lerean und Toï waren nicht freiwillig gegangen, aber wozu diesen alten Mann noch mehr verwirren?

„Hier wird man dich als einen Magier betrachten, der mit seinen Händen heilt."

„Dann ist es eben so", sagte der Junge mit einem Schulterzucken und richtete sich auf. „So, das sollte eine Weile helfen."

Vorsichtig setzte der Patriarch sich auf, seine wässrigen Augen begegneten dem klaren Blick des jungen Karnathiden.

„Vermeidet kalten Stein und jegliches Metall; haltet Eure Glieder in die warme Sonne; und überhaupt: Sucht das Sonnenlicht. Das sollte einen zu schnellen Rückfall verhindern. Was die Nieren anbelangt, so sind die Ablagerungen die Konsequenz der Konditionierung. Dagegen kann ich mit den gegenwärtigen Mitteln nichts tun." Der Junge schwatzte wie eine Mischung aus Hofbeamten und Schamane: unverständliches Zeug in verschlungenen Sätzen. Der alte Mann musste unwillkürlich lächeln. Dabei ließ er Mayï nicht aus den Augen.

„Ich nehme an, diese … Behandlung … hat einen Preis?"

Die Antwort kam prompt und wenig überraschend. „Nichteinmischung."

Der Patriarch hob die Brauen. Natürlich wusste er, was der Junge von ihm verlangte, aber er wollte es aus seinem Munde hören.

„Betrachtet es als eine Familienangelegenheit. Die Torn und ich haben ein paar Dinge zu klären, und so gerne sie dabei sicher Eure Unterstützung hätten, möchte ich Euch bitten, nicht einzugreifen."

„Die Clans von Karnath bleiben lieber unter sich, ist es nicht so?"

Der Junge nickte.

Der Greis überlegte, seufzte und überlegte weiter. „Also schön", sagte er schließlich, „regelt das unter euch. Aber ich warne dich, Sohn des Lerean", fügte er mit erhobenem Zeigefinger hinzu: „Ich werde dich beobachten lassen. Und sollten die Auseinandersetzungen auf andere Familien deines Clans übergreifen, werde ich die kaiserlichen Truppen gegen deine Provinz schicken. Ich dulde keine Unruhen im Reich meines Neffen, des Kaisers."

Mayï nickte. „Faire Bedingung. Einverstanden." Und während er rückwärts wieder in die Schatten trat, sagte er: „Und denkt daran: viel Sonnenlicht." Ein leises Grollen ertönte, der Patriarch hatte für einen Moment den Eindruck, als würde die Luft in die Schatten gesogen, dann spürte er, dass er wieder allein in seinem Gemach war. Er rief nach seinem Diener. Als dieser endlich auftauchte – heute Nacht hatte er fester geschlafen als sonst –, hieß ihn der Patriarch Papier und Pinsel nehmen und eine Botschaft verfassen. Im Morgengrauen machte sich ein Botenvogel auf seinen langen Weg nach Norden.

32.

***

Heftige Gewitter und Schneeregen wechselten sich ab, doch die schlimmsten Unwetter waren vorbei; Schnee lag nur noch in den oberen Tälern und die Bergspitzen leuchteten unverändert weiß. Das Schmelzwasser war beinahe vollständig abgeflossen, die Wege waren nicht mehr ganz so schlammig. Nur der Fluss unten im Tal führte noch Hochwasser, doch auch er gab allmählich die Felder zu beiden Seiten seines Verlaufs wieder frei, jeden Tag ein paar Schritt mehr. Schon trieben die Hirten ihre Herden von den Hügeln herab; Drodonden und Pedrotta säumten das Flussufer. Bald würde der Boden wieder trocken und fest sein.

Fest genug, um Truppen aufmarschieren zu lassen.

Mehrmals am Tag ging Mayï zum Rand des Abgrunds, von wo er das Flusstal überblickte. Der Gutshof der Torn war gerade noch zu sehen, stromabwärts, kurz bevor der Fluss eine Biegung machte und aus dem Blickfeld verschwand. Die Leute dort unten waren nicht mehr als winzige Punkte, die kamen und gingen; Mayï sah Viehherden, die aus den Stallungen auf die Wiesen getrieben wurden, Wagen, gefüllt mit dem Heu des vorigen Sommers, die zwischen Scheunen und Ställen hin- und herfuhren, von Drodonden gezogene schwere Karren, die von Süden her entlang des Flusses das Tal hinaufkamen.

Das alles beobachtete er ohne sonderliches Interesse. Er wartete auf ein anderes Ereignis. Ab und zu gesellten sich Männer seines Hofes zu ihm – Hungott stand stets etwas zurück von der Kante, der Fall von der Mauer war ihm genug –, manchmal auch ein Besucher aus dem Hochtal.

Ternot ap Kar und sein Sohn Harkot waren häufige Gäste; heute war es der Ältere, der neben ihm stand. „Jedes Mal, wenn ich komme, finde ich Euch hier, an diesem Platz", sagte Ternot. „Man könnte meinen, das Geschehen dort unten interessiert Euch mehr als die Angelegenheiten Eures Hofes."

„Beides hängt miteinander zusammen", sagte Mayï. „Solange da unten nichts Ungewöhnliches vor sich geht, ist es auch hier oben ruhig."

„Ihr erwartet einen Angriff aus dem Tal?"

„Nein", antwortete Mayï. „So weit werde ich es nicht kommen lassen."

Ternot blickte dem jungen Karnathiden in die Augen und fragte mit einem Stirnrunzeln: „Wollt Ihr mit ihnen verhandeln oder gleich nachgeben?" War da nicht eine Spur Enttäuschung, gemischt mit Verachtung, in Ternots Stimme zu hören? Dachte er allen Ernstes, Mayï hätte kalte Füße bekommen und wollte einen Rückzieher machen?

Der Junge lachte kurz und sagte: „Nichts von beidem. Da, seht!" er zeigte mit dem Finger ins Tal.

Ternot blinzelte, seine Augen waren nicht mehr so scharf wie einst. Er sah kleine Punkte, die sich vom Hof der Torn entfernten, die einen flussaufwärts, die anderen gen Süden. Schnell. „Reiter", sagte er.

„Kuriere. Darauf habe ich gewartet."

„Die Torn rufen ihre Truppen zusammen! Noch ist Zeit, den Weg zum Tal zu blockieren. Felsbrocken, Bäume, der Winter hat genug Material hinterlassen."

„Das wird nicht nötig sein; die Torn werden nicht bis hierherkommen", sagte der Junge. „Wenn sich das Heer in Bewegung setzt, werde ich es bereits erwarten. Dort unten."

„Ihr könnt es doch nicht allein mit Irkars Truppen aufnehmen; sie werden Euch niedermachen!", rief Ternot.

„Ich werde keine andere Familie in diese Auseinandersetzung mit hineinziehen."

„Ihr müsst verrückt sein!"

Mayï begegnete dem Blick des Mannes, in seinen Augen lag eine gelassene Entschlossenheit. „Ihr solltet es mittlerweile besser wissen, Ternot ap Kar", sagte er.

* * *

Maitee hatte die Sachen für ihn auf der Kommode ausgebreitet: Unterhemd, Wickeljacke und Überrock sowie enge Beinkleider und Lederschuhe mit Wickelbändern. Auf jedem der Teile prangte die dreifache Tiermaske im Spinnennetz, das Wappen der Karnathiden. Sie hatte darauf bestanden, ihm beim Ankleiden zu helfen; sie tat es mit Sorgfalt und ohne ein Wort zu verlieren. In der Tür zu Mayïs Gemach drängten sich die Kleinen, um zuzuschauen. Maitee zog den breiten Stoffgürtel so straff und knotete ihn derart fest, dass Mayï fast keine Luft mehr bekam. Als sie fertig war, trat sie einen Schritt von ihm zurück; den Kopf hielt sie gesenkt. Mayï überprüfte den Sitz seiner Kleidung, dann betrachtete er das Mädchen.

Maitee hatte seit dem vorigen Abend fast kein Wort mehr mit ihm gesprochen, sie hatte sich um die Jungen gekümmert und sie zu Bett gebracht. Anschließend hatte sie bloß dagesessen und dabei zugesehen, wie Mayï seinen Bericht verfasste. Diesmal hatte er auch eine Sprachnachricht aufgenommen in dieser Sprache, die sie nicht verstand.Maitee musste ihn nicht fragen, was er dem Apparat erzählte; vor drei Tagen waren die ersten Zelte vor dem Gut der Torn aufgetaucht; nachts, wenn sie neben Mayï auf der Mauer stand und sie gemeinsam ins Tal blickten, konnten sie die Lagerfeuer sehen, winzig wie vom Himmel gefallene Sterne.

Immer mehr Zelte waren seitdem hinzugekommen: große, kleine, längliche, runde. Sie waren am diesseitigen Flussufer entlang errichtet worden, knapp oberhalb der jüngsten Flutmarke. Am Rande des Lagers grasten ein paar Drodonden und gestreifte Dallit, leichte, schnelle Reittiere.

„Was meint Ihr dazu, Meister Lorsam?", hatte Mayï gefragt, als er am Vortag mit dem Waffenmeister der Kar am Rand des Felssporns gestanden hatte.

„Fußtruppen, ich schätze so zwischen dreihundertfünfzig und vierhundert Mann stark. Keine Reiter, die Dallit gehören vermutlich Kurieren."

„Oder dem einen oder anderen Kriegermönch", hatte Mayï gesagt.

„Möglich. Siehst du, wie sie sich bewegen? Die meisten von ihnen sind einfache Leute aus dem stehenden Heer. Ein paar Söldner sind unter ihnen, zur Koordination wahrscheinlich."

„Was sehen wir nicht?", hatte der Junge mit den roten Locken gefragt.

Lorsam hatte gegrinst. „Soldaten. Truppen des Kaisers. Irgendjemand muss deine Gebete erhört haben, mein junger Karnathide."

„Es war mehr ein Geschäft. Eine Abmachung." Und doch wollte der Patriarch ihm nicht so recht trauen, denn Mayï erspürte eine Streitmacht auf der anderen Flussseite gleich hinter dem Pass, auf der Route, die hinunter zu den Bergwerken von Karnath führte. Sie war doppelt so groß wie Irkars Truppe dort unten. Und sie ruhte. Wartete ab.

Gut.

„Wie dem auch sei, vierhundert Mann sind immer noch zu viel für einen allein. Oder für uns beide."

„Ich würde Euch lieber hier oben haben, falls sich doch ein Krieger heraufwagt."

„Wie du willst", hatte der Waffenmeister mit dem für die Kriegerkaste typischen Gleichmut gesagt.

Die beiden, der Junge und der Waffenmeister, hatten die ganze Nacht dort über dem Flusstal gesessen und die Lage beobachtet. Lange vor Sonnenaufgang war Mayï aufgestanden. „Es geht los, sie sammeln sich."

Während Lorsam noch versucht hatte, in der Dunkelheit des Tals mehr zu erspähen als die Lichtpunkte der Lagerfeuer und das silbrige Schimmern des Flusses, war Mayï bereits im Pavillon angelangt.

„Du musst dir keine Sorgen machen, es wird dir nichts passieren", sagte Mayï nun zu dem Mädchen, das vor ihm stand, den

Blick stur gesenkt hielt und mit den Händen seinen Kittel kne-
tete. Maÿï trat einen Schritt auf sie zu und nahm ihre Hände in
seine. Sie zitterten und er drückte sie fester. „Es wird alles gut",
sagte er langsam und mit Nachdruck. „Hab Vertrauen."

Maitee hob den Kopf und blickte ihm kurz in die Augen. Die
Mischung aus Gefühlen, die er in ihrem Blick las, verwirrten ihn.
Verärgerung, Sorge, Angst, Zuneigung – alle ihre Empfindungen schienen in diesen kurzen Augenaufschlag hineinzufließen.
Dann drehte sie sich plötzlich um, rannte zu den Kindern hinaus auf den Korridor, scheuchte sie in ein Zimmer, folgte ihnen
und schob die Tür hinter sich zu.

Maÿï war allein. Er ging zur Kommode, auf der das Schwert
seines Vaters lag, schloss die Augen und sammelte sich. So stand
er eine Weile reglos da, nur sein Atem war zu hören. Tiefe Atem-
züge. Ein. Aus. Ein. Und wieder aus. Als er die Augen wieder
öffnete, war der Junge verschwunden.

Der Krieger band sein Schwert um und machte sich auf den
Weg in den Kampf.

33.

* * *

Hier unten war es spürbar wärmer als im Hochtal, das Gras unter seinen Füßen saftiger. Der Boden war jedoch feuchter als oben und gab mit jedem Schritt, den er tat, nach. Auf seinem Weg den Berg hinab war er an einem kleinen Räumtrupp vorbeigekommen, der über Nacht den Weg vom Geröll des Winters befreit hatte, damit die Truppen der Torn ungehindert zum Hochtal hinaufmarschieren konnten. Mayï blickte den Fluss entlang in Richtung der Biegung. Dort kamen sie: knapp vierhundert Mann, aufgeteilt in vier gleich starke Truppen, immer zehn Mann Schulter an Schulter. An der Spitze jeder Truppe ritt ein Anführer in Helm und Lederpanzer, am Gürtel ein Langschwert, eine Streitaxt oder ein Streithammer. Die Fußtruppen hatten ihre Speere geschultert und waren um Gleichschritt bemüht. Der rhythmische Klang von Metall auf Metall wehte mit dem Wind zu Mayï herüber. Vorneweg und mit auffälligem Paradehelm ritt Irkar ap Torn, begleitet von seinem gesamten Clan: den Brüdern und Schwägern, den ältesten Söhnen und den Schwiegersöhnen. Sein Waffenmeister folgte dahinter. Das Banner des Hauses Torn wehte über dem Heer: eine runde Tiermaske über zwei gekreuzten Speeren.

Mayï ging dem Heer entgegen.

Als sie nur noch ein paar hundert Schritt von dem Jungen entfernt waren, ließ Irkar mit einer Handbewegung seine Truppen anhalten. Das rhythmische Klirren endete abrupt. Das Oberhaupt der Torn gab seinem Dallit einen Hieb mit der Rute und kam auf den Jungen zu gesprengt, der Waffenmeister ritt an Irkars Söhnen vorbei und folgte seinem Herrn. Irkar zügelte sein Reittier kurz bevor es in den schmalen Jungen zu prallen drohte. Dieser zeigte sich unbeeindruckt, er hatte nicht einmal mit der Wimper gezuckt.

„Du hast es dir also anders überlegt und willst dich ergeben? Dann lege dein Schwert ab, jetzt gleich, und ich werde eure Leben vielleicht verschonen." Bei den letzten Worten deutete Irkar mit dem Kinn zum Felsgrat, über dem das Herrenhaus der Karnathiden thronte.

„Ihr missversteht mich", sagte der Junge in einem, wie Irkar schien, unverschämten Ton. „Ich will bloß keine Unordnung vor meiner Tür. Und ich will meine Leute nicht mit hineinziehen."

Irkar musste lachen. „Deine Leute. *Deine* Leute! *Meine* Untertanen, Junge, können sich glücklich schätzen, wenn sie alle ihre Finger behalten dürfen. Los, Arkam; schnapp dir diesen Störenfried und lass uns zurückkehren."

Der Waffenmeister gehorchte; er wollte gerade absteigen, als sein Dallit scheute und bockte. Der völlig überraschte Arkam flog aus dem Sattel und landete vor Mayïs Füßen. Auch Irkars Reittier begann zu scheuen und zu brüllen, es ließ sich nicht mehr unter Kontrolle bringen. Mit einer flinken Bewegung war der Waffenmeister wieder auf den Beinen, hatte beim Aufspringen sein Schwert gezückt und schwang es jetzt in Mayïs Richtung. Es erging ihm nicht besser als Lorsam viele Tage zuvor und er blickte fassungslos seinem Schwert hinterher, als es in hohem Bogen außer Reichweite flog. Der Waffenmeister attackierte den Jungen mit bloßen Händen, doch Mayï parierte mühelos jeden Schlag. Als er nach einigen Augenblicken dieses Schaukampfes überdrüssig war, schickte er Arkam mit einem gezielten Schlag auf das Kinn zu Boden und ins Reich der Träume. Zu Irkar ap Torn sagte er: „Ich will kein Blutvergießen. Legt die Waffen nieder und schickt Eure Truppen nach Hause. Wir können uns friedlich einigen."

Irkar hatte Mühe, sich im Sattel zu halten, sein Dallit tänzelte immer noch nervös im Kreis und versuchte, seinen Reiter abzuschütteln. „Glaubst du, du würdest mich mit diesen Kunststückchen beeindrucken? Ich werde dir zeigen, was es bedeutet, sich mit mir anzulegen. Du willst Krieg? Du kannst ihn haben!" Mit diesen Worten ließ er seinen hilflosen Waffenmeister im feuchten Gras liegen und zwang sein bockendes Reittier in einer halbwegs geraden Linie zurück zu seinen wartenden Söhnen und dem Heer dahinter. Arkams Dallit stand in einiger Entfernung zu Mayï; es hatte sich wieder beruhigt und schnupperte am frischen, saftigen Gras.

Mayï hörte Irkar Befehle bellen, sah seine Söhne zum Heer reiten, um die Befehle weiterzugeben. Ein Ruck ging durch die Truppen, die Männer rückten auseinander und richteten die Speere nach vorn. Die vier berittenen Anführer zogen ihre Waffen und hoben sie über ihre Köpfe. Dann gab einer von ihnen das Signal zum Angriff und das Heer der Torn stapfte los.

„Dann soll es so sein", sagte Mayï zu sich selbst und machte sich bereit.

* * *

„Das hat der Meister auch immer gesagt", ertönte eine wohlvertraute Stimme neben ihm. Sie klang leicht belustigt. Mayï wandte überrascht den Kopf. „Ni!", rief er freudig. „Ich dachte, du wärst bei Pfeifer."

„Hast du ernsthaft geglaubt, dass wir dich hier allein lassen? Um dein Team kümmert sich schon jemand."

„Aber woher wusstest du …", begann Mayï und dann kam ihm gleich selbst die Antwort. „Das Komimplant! Das hatte ich ganz vergessen."

Mayï schaute wieder in Richtung des Heeres, etwas hatte ihn aufmerksam werden lassen: Das regelmäßige Stampfen und das Waffengeklirre hatte aufgehört; die Truppe war zum Stehen gekommen. Mayï sah, wie die speertragenden Männer unsicher um sich blickten, sah die Anführer, die sich mit ihren Dallit im Kreis drehten, als ob sie nach einem weiteren Gegner Ausschau hielten. Und tatsächlich wurde das Heer eingekreist von fremdländischen Kriegern, die einer nach dem anderen aus dem Nichts auftauchten, durch eine Wand aus Luft schreitend und springend, die wie Wasser erzitterte und dann verschwand. Krieger, von denen manche nur exotisch wirkten, andere wie aus der Hölle entsprungen, mit eigenartigen Hautfarben und Augen und Klauen.

Zwölf von ihnen umringten die vier Abteilungen des Heeres und musterten grinsend Irkars Männer, die sie wiederum mit großen Augen und offenen Mündern anstarrten.

„Die Meute!", rief Mayï entzückt, wurde aber gleich wieder ernst. „Ni, ich muss diese Angelegenheit alleine regeln, sonst werden die Torn niemals Ruhe geben. Sie müssen ein für alle Mal begreifen, auf was sie sich da eingelassen haben."

„He, Navigator!" Die Stimme in seinem Ohr ließ Mayï zusammenfahren. Mit ihm hatte er nun wirklich nicht gerechnet. Doch über ihn freute er sich noch mehr als über Ni, der ihn nun grinsend beobachtete.

„Pfeifer! Hast du mich erschreckt. Wie geht es euch beiden?"

„Ausgeschlafen und aufgeladen. Mach da unten jetzt bloß keinen Unsinn."

Mayï blickte wieder zum Meisterschüler seines Vaters. Der fragte: „Bist du sicher, dass du das ohne Hilfe bewerkstelligen kannst?"

„Ja", sagte der Junge mit fester Stimme.

Wie einst Meister Lerean befehligte auch Ni seine Meute allein durch Blicke und Körperhaltung. Er bedeutete seinen Männern und den zwei Frauen, denn Mayï erspähte Philias hellen Haarschweif und Paos hochgewachsene dunkle Gestalt, zurückzutreten. Alle liefen gleichzeitig rückwärts und kamen nach exakt der gleichen Schrittzahl zum Stehen. Sie gingen zusammen in die Hocke und warteten ab. Die Fußtruppen traten unruhig von einem Fuß auf den anderen. Irkar brüllte Befehle, die Reiter gaben sie an die Männer weiter und die Truppen setzten sich wieder in Bewegung. Der Gleichschritt war dahin, jeder ging in seinem eigenen Tempo, den Speer eher zur Abwehr gesenkt als zum Angriff.

Die Meute folgte ihnen, ohne den Abstand zu verändern.

„Du hast also einen Plan", sagte Ni.

„Ja, habe ich", sagte der Junge grimmig. „Aber er wird dir nicht gefallen."

„Nein! Nein, nein, nein!", setzte Ni an, doch es war schon zu spät. Er konnte den Windstoß selbst dort, wo er und sein Schützling standen, spüren. Im Flusstal wurde es schlagartig dunkel, als wäre die Nacht urplötzlich hereingebrochen, ohne Sternenleuchten und ohne Oos Schein. Als wäre das Tal in die Unterwelt hinabgesunken.

* * *

Während er von seinem Standort auf dem Felsgrat das Geschehen im Tal verfolgte, hatte Mayï überlegt, wie er die Torn in die Knie zwingen konnte. Er war zu dem Schluss gekommen, dass eine Niederlage von Irkars Truppen, am helllichten Tag und vor aller Augen, die größtmögliche Wirkung erzielen würde. Ein ganzes Heer, bis an die Zähne bewaffnet und von einem einzigen Jungen bezwungen und in die Flucht geschlagen, der sein eigenes Schwert dafür nicht einmal hatte zücken müssen. Er würde etwas Unerhörtes, Spektakuläres tun, das vermutlich gegen sämtliche Regeln der Gemeinschaft verstieß. Er würde so tun als wäre er ein Gauch. Als würde er die Tore zur Hölle öffnen.

Wie er das anstellen musste, hatte ihn sein Vater früh genug gelehrt. An seine erste Lektion – er war gerade elf Jahre alt geworden – würde er sich immer erinnern.

34.

* * *

Mayï und sein Vater standen im Zentrum der Großen Halle. Die Paneele der Außenwände waren entfernt und die Schiebeläden der Etage geöffnet worden; von dort, wo er stand, konnte Mayï sein Elternhaus sehen: die Front des reetgedeckten Haupthauses und rechts davon der zweistöckige Flügel, in dem er sein Zimmer hatte. Darunter befand sich die Wohnung des Hausmeiers seines Vaters. Seit dessen Tod Jahre zuvor waren die Räume unverändert geblieben. Links war die überdachte Galerie, die zu den Quartieren der Schüler führte. Er sah, wie sich seine Mutter an die geöffnete Schiebetür des Hauses lehnte und ihn beobachtete. Licht durchflutete die Halle, ergoss sich zwischen den Stützpfeilern und warf scharf umrissene Schatten auf den Boden; der Altmeister hatte einen sonnigen Tag für die Lektion gewählt. Auf der Veranda, die um die Halle lief, standen die Schüler unter dem ausladenden Dach; sie hatten ihr Tagewerk liegengelassen, um der Vorführung beizuwohnen – wann hatte man schon die Gelegenheit, einen Gauch in Aktion zu beobachten? Wenn er auf seinen Missionen das Potential des Gauch einsetzen musste, so bevorzugte es sein Vater, dabei allein zu sein. Mayï konnte ihre Neugier und Anspannung fühlen.

Lerean wandte sich an Pao, die auf der Schwelle der Halle bereitstand. „Eindämmungsperimeter?"

„Aktiviert. Eingestellt auf einen Radius von dreihundertfünfzig Fuß", kam die Antwort.

„Das sollte genügen. Bist du bereit?", fragte er seinen Sohn.

Mayï überprüfte den Sitz seines Wellenverstärkers, den Nicht-Psychen trugen, um deren Fähigkeiten – die Kontrolle über Materie und Energie – teilweise ausüben zu können. Es war eine reine Formalität – jeder hier wusste, dass er das Gerät im Grunde nicht benötigte. Er nickte. Lerean legte die Hände auf die Schultern seines Sohnes, so leicht wie zwei kleine Vögel, um ihm zu signalisieren, dass er da war, dass Mayï in Sicherheit war, was auch immer nun geschehen mochte.

Die Anspannung unter den Schülern stieg, ein paar von ihnen hielten den Atem an. „Sieh mit deinen Augen und sage mir, was du beobachtest", sagte Lerean. Mayï blickte sich um, ohne sich von der Stelle zu rühren; er betrachtete die Pfeiler, wie sie im Licht der Sonne badeten und einen deutlichen Schatten auf den Boden der Halle warfen. Plötzlich wurde das Licht fahler, die Schatten der Pfeiler verloren ihre Konturen, wurden unscharf und verblassten; Dunkelheit breitete sich in der Großen Halle aus, kroch langsam, aber unaufhaltsam über den Boden, stieg auf und drängte nach oben, immer höher, bis unter das Dachgebälk. Der sonnige Hof jenseits der Veranda schien meilenweit entfernt. „Ich sehe Tageslicht draußen vor der Halle. Dunkelheit hier drinnen, die sich ausbreitet, wie eine größer werdende Blase. Eine Blase ohne Licht. Und wir stehen im Zentrum."

„Nun schließe deine Augen und sieh mit deinem Bewusstsein", sagte sein Vater. Seine Stimme war leise, beruhigend. Mayï konzentrierte sich, vertiefte sich in die Welt, die ihn umgab, fühlte sie, durchdrang sie. Vater und Sohn standen in der zunehmenden Dunkelheit, unbeweglich, der Wirklichkeit scheinbar entrückt. Die Temperatur begann zu fallen; einige der Schüler – die Neuankömmlinge – schlangen die Arme um ihre Körper, als sie zu frösteln begannen.

„Was geschieht mit dem Licht?", fragte sein Vater weiter.

„Es wird absorbiert …", begann Mayï und korrigierte sich sogleich: „Nein, nicht absorbiert. Es wird … umgelenkt. Die Lichtpartikel treffen auf die Blase, strömen an ihr entlang und setzen dann ihren Weg fort."

„Das ist eine der Eigenschaften von Dunkler Materie", sagte Altmeister Lerean. „Ist das hier Dunkle Materie?"

„Nein", kam prompt die Antwort. „Dunkle Materie verdrängt den Raum, in den sie eintritt; die Leute um uns herum würden einen Luftzug spüren, doch die Luft ist still; wir könnten nicht mehr atmen, weil die Dunkle Materie die Luft verdrängt hätte, doch es gibt noch reichlich Sauerstoff. Im Grunde ist alles wie immer, bloß dunkel und kälter. Es ist Energie. Dunkle Energie."

Ohne hinzusehen, wusste Mayï, dass sein Vater zustimmend nickte. „Dunkle Energie; feinteiliger und weniger dicht als Dunkle Materie, doch mit den gleichen Eigenschaften: der Tendenz zu expandieren, das Licht umzulenken. Und nun sage mir: Woher kommt sie?"

Mayï legte den Kopf schief und seine Stirn in Falten, als er sich intensiv konzentrierte. „Ich kann keinen einzelnen Punkt erkennen, keine genaue Lücke, durch die sie einfließt. Es ist, als würde der ganze Raum um uns herum Dunkle Energie schwitzen."

„Ein interessanter Vergleich", bemerkte sein Vater. „Tatsächlich habe ich die Raumgrenze an einigen wenigen Stellen aufgehoben, der Kaskadeneffekt sorgt dafür, dass die benachbarten Areale ebenfalls ihre Dichte verlieren und Dunkle Energie eintreten kann. In der Art, wie ich sie einlasse, beschränke ich sie auch in ihrer Ausdehnung; von Natur aus wird sie expandieren, doch ich gebe ihr nur einen begrenzten Raum – das, was du als Blase bezeichnest."

„Und wie machst du das rückgängig?", wollte Mayï wissen.

„Zunächst einmal musst du die Kaskade stoppen und verhindern, dass weitere Dunkle Energie nachströmt."

„Ich?"

„Natürlich, deshalb sind wir doch hier."

„Aber das habe ich noch nie ...", begann Mayï und sein Vater drückte ihm sanft die Schultern.

Der Junge verstummte und suchte den Raum ab; er tastete sich vor, ausgehend von seiner Position, weitete seinen Radius vorsichtig aus, zwei Fuß, drei Fuß, fünf ... dann, in zehn Fuß Entfernung, spürte er eine Veränderung, eine Unebenheit im Raum, wie ein hauchdünnes Tuch, das sich um Vater und Sohn herum spannte und sie einhüllte: die innere Grenze der Blase mit den Eintrittsstellen, den Lücken, durch die die Dunkle Energie eindrang. Er ließ sein Bewusstsein über die Begrenzung gleiten und weiter, bis zu ihrem äußeren Rand in fünfzig Fuß Entfernung; er konnte das vertraute Potential von Altmeister Lerean spüren. Bis hierhin konnte die

Dunkle Energie expandieren. Mayï erfasste die äußere Blase mit seinem Willen und spürte, wie sein Vater sich zurücknahm und ihm das Feld überließ, bereit einzugreifen. Langsam und gleichmäßig zog er die Blase zusammen, und mit diesem Energiefeld schob er die Dunkle Energie vor sich her, der inneren Peripherie entgegen, bis beide Blasen deckungsgleich waren, und presste sie durch die Lücken der Eintrittsstellen. Dieser erste Versuch war grob und unbeholfen, doch Mayï fand, dass er sein Ziel erreicht hatte. Er spürte, wie sein Vater wieder übernahm und die Kaskade beendete. Die Dunkle Energie war verschwunden, das Licht strömte wieder ungehindert durch den Raum der Großen Halle.

Die Schüler auf der Veranda rings um das Gebäude rührten sich nicht, so als warteten sie noch auf etwas. Als wäre die Lektion noch nicht zu Ende.

„Dunkle Energie", sagte Altmeister Lerean mit lauter Stimme – seiner Ausbilderstimme – und blickte in die Runde zu den Schülern. „Sie ist überall um uns herum, feinteilig, verstreut, unsichtbar. Würde sie in ihrer komprimierten Form nicht das Licht von seiner Bahn ablenken, wie eben, wir würden sie nicht einmal bemerken. Sie hat keinen Einfluss auf uns und den Raum, der uns umgibt. Doch das hier ist von ganz anderem Kaliber."

Während er zu der Meute sprach, hatte Lerean seinen Sohn, der in der Mitte der Halle stehengeblieben war, langsam umrundet; nun blieb er neben ihm stehen, legte seinen Arm um seine Schulter und zog ihn sanft zu sich. Sein Griff war fest. Seine letzten Worte waren von einem leisen Grollen untermalt, das tief aus der Erde zu kommen schien und das Fundament der Großen Halle erzittern ließ. Wie aus dem Nichts tauchte mitten in der Halle eine schwarze Masse auf, die kaum aus der Dunkelheit hervorstach, die nun von dem Gebäude ausging – Mayï spürte sie mehr, als dass er sie mit bloßem Auge sah. Die Masse erfüllte so plötzlich den Raum und verdrängte die Luft mit solcher Wucht, dass der Windstoß ein paar der Umstehenden – die Neulinge natürlich – von den Füßen riss. Mayï war so überrascht, dass er instinktiv zurückweichen wollte, doch sein Vater hatte ihn fest und sicher im Griff.

„Vor euch seht ihr die älteste und elementarste Form der Materie", tönte die Ausbilderstimme aus der Dunkelheit. Mayï spürte, wie sich die Vibrationen der Stimme auf seinen eigenen Körper übertrugen. „Sie bildet keine Atome, keine Moleküle; sie kennt keine Gravitation. Sie durchdringt den Weltraum, legt sich um die Galaxien, konzentriert sich in den Voids. Und sie breitet sich aus, unaufhaltsam. Diese Tendenz zur Expansion ist der Grund dafür, dass sich die Voids immer weiter aufblähen und die Galaxien vor sich herschieben, immer weiter, immer schneller. Schließlich werden die Filamente reißen und irgendwann wird das Universum auf sich selbst zurückfallen und von der Dunklen Materie zermalmt. Dunkle Materie ist Chaos. Und zugleich fester Bestandteil der Natur, wie wir sie kennen. Aber dort, wo sie sich zu schnell ausdehnt, erzeugt sie Risse im Raum, Schlupflöcher für Dinge, die nicht in unser Universum gehören und das kosmische Gleichgewicht stören. Durch diese Spalten, diese Anomalien, dringen fremde Kreaturen und Kräfte ein, sie beeinflussen unser Handeln, manipulieren unser Denken. Ihr alle kennt sie aus den Sagen eurer Völker, sie tauchen auf als verwunschene Orte, als Heimsuchungen, als das Böse schlechthin." Mayï spürte den Ruck, der durch den Körper seines Vaters ging, als er schnaubte. „Qualitäten, die jenen meiner Art zugeschrieben werden. Ja, die Gauch machen sich die Dunkle Materie für ihre Zwecke zunutze. Sie ist leicht zugänglich und formbar." Die schwarze Masse schwebte in der Halle, scheinbar träge um sich selbst rotierend; nun begann sie, lange, dünne Ausstülpungen zu bilden, die sich wie die Tentakel einer unbeschreiblichen Kreatur durch die Luft wanden und zuckten oder über den Boden auf die Zuschauer zu krochen und sie neckten. „Und ja, einige Gauch sind gefährlich, meistens, weil sie den Verstand verloren haben; und doch sind die Gauch Teil dieses Universums, wir stammen nicht von jenseits der Risse. Das Erscheinen eines Gauch geht generell einher mit dem Auftauchen Dunkler Materie. Doch sind nicht sie es, welche die Anomalien verursachen; diese entstehen durch die Natur der Dunklen Materie selbst. Deshalb gibt es die Gemeinschaft, aus diesem Grund sind wir alle hier: um das, was von da draußen zu uns dringt, zurückzudrängen, wann immer es möglich ist, und es zu zerstören, wenn es sein muss."

Ein Luftsog zog an Mayïs Haaren, als die dunkle Masse mit einem Grollen verschwand; Mayï blinzelte in das zurückkehrende Tageslicht. Lerean lockerte seinen Griff um seinen Sohn und blickte in die Runde. „Das Leben im Universum vor dem zu bewahren, was durch die Risse im Raum eindringt: Das ist die Aufgabe, der sich die Gemeinschaft verschrieben hat. Wird sie am Ende erfolgreich sein? Wird sie lange genug weiterbestehen? Das wissen wir nicht – keiner von uns. Doch solange es uns gibt, werden wir unsere Aufgabe erfüllen; wir werden dafür kämpfen, wie es unsere Vorgänger bereits getan haben, und, ja, einige von uns werden dafür ihr Leben lassen. Denn wir sind die einzigen, die zwischen dem Gefüge unseres Universums stehen und dem, was dahinter lauert." Damit entließ Altmeister Lerean die Schüler.

In der Folge sollte Mayï noch viele Übungen absolvieren in der Handhabung Dunkler Materie; seine Eltern würden sich dabei abwechseln und ihren Sohn zum Unterricht an einem Ort tief in den Bergen hinter der Schule mitnehmen, in ein Tal, eingeschlossen von Bergen aus Magnetgestein, wo die Detektoren des Rates nicht funktionierten und es keines Eindämmungsperimeters bedurfte.

Als Lerean die Große Halle verlassen wollte, bemerkte Pao: „Das wird wieder Proteste geben von einigen der Ratsmitglieder."

„Sie protestieren bei allem, was wir tun", sagte Lerean. „Der einzige Unterschied liegt in der Lautstärke."

Die Einwände der Ratsmitglieder hielten sich in Grenzen – sie fielen sogar unerwartet milde aus. Sie wussten, dass sie nicht viel Gehör finden würden, denn Altmeister Lerean genoss großen Respekt bei den meisten Mitgliedern im Rat und wurde von sämtlichen Schulen unterstützt. Er war nahezu unantastbar. Stattdessen begann die Gruppe der Zehn, einen Plan zu schmieden, um den unbequemen Meister endgültig loszuwerden. Sie waren entschlossen, ihn zu töten.

35.

* * *

Irkar ap Torn und seine Truppen waren unter einer Glocke aus
Finsternis begraben, Mayï konnte das panische Brüllen der Dallit
und die angsterfüllten Schreie der Männer hören, die verzweifelt versuchten, sich im Dunkeln zu orientieren. Ein paar von
ihnen, die am äußeren Rand der Formation gestanden hatten,
waren blindlings drauflos gelaufen und stolperten nun aus der
Glocke heraus ins helle Tageslicht, geblendet, verwirrt. So mancher von ihnen hielt nicht an, sondern rannte weiter, an den im
Gras hockenden Mitgliedern der Meute vorbei – Ni hatte ihnen
kein Signal zum Eingreifen gegeben – und durch die Felder und
Wiesen; die Richtung war egal, Hauptsache weg von diesem unheimlichen Ort. Andere blieben stehen, blickten sich blinzelnd
um, berührten mit weit ausgestreckten Händen oder der Spitze
ihres Speers das schwarze, wogende Gebilde, stellten fest, dass es
durchlässig war und ihnen nichts tat – und traten wieder hinein,
um kurz darauf einen oder mehrere Kameraden mit sich ins Freie
zu zerren. Dann begann das Schauspiel von vorne.

Zu seinen Füßen begann Irkars Waffenmeister zu stöhnen
und versuchte sich aufzurichten, noch völlig benommen von
dem Schlag, den Mayï ihm verpasst hatte. Er sah hoch zu Mayï
und dann zu dem Mann, der neben ihm stand, das schulterlange
schwarze Haar zu einem Schweif gebunden, sein ganzer Körper
gespannt wie eine Sprungfeder, bereit loszuschlagen; ein kar-
neanischer Krieger, hätte man meinen können, wären da nicht
diese merkwürdigen Augen: weiße Augäpfel und runde Pupillen. Fremdartig.

Der Mann würdigte den Waffenmeister nur eines flüchtigen Blickes und sagte mit völligem Desinteresse in der Stimme:
„Bleib, wo du bist, und dir geschieht nichts." Arkam sah, was nur

ein paar hundert Fuß von ihm entfernt vor sich ging, und gehorchte stumm. Er blickte dem Jungen nach, der auf die dunkle Masse zulief, an deren Stelle zuvor noch das Heer gestanden hatte, und aus der immer noch Schreie zu vernehmen waren; der Mann mit den merkwürdigen Augen folgte ihm raschen Schrittes.

Aus dem Inneren der Glocke Dunkler Energie – Mayï wollte den Männern zwar einen gehörigen Schrecken einjagen, aber ohne sie zu verletzten – konnte er Irkar herumbrüllen hören; er klang weniger verängstigt, wie seine Männer, als vielmehr irritiert und herrisch. „Seid still, ihr Memmen, hört auf zu blöken! Das hier ist doch bloß ein fauler Zauber! Geht in Stellung, formiert euch!"

Nun ja, dachte Mayï, so ganz Unrecht hat er nicht. So schnell, wie sie über die Truppe gekommen war, verschwand die Dunkelheit wieder; und um den Überraschungseffekt noch zu verstärken, ließ Mayï wie bereits zuvor einen scharfen Luftzug über die Männer fahren. Der Anblick, der sich ihm bot, ließ ihn beinahe laut lachen: Von der ohnehin nur leidlich akkuraten Formation der vier Truppen war nichts mehr geblieben, die Männer irrten wie Blinde mit ausgestreckten Armen durcheinander, rempelten sich gegenseitig an, klammerten sich aneinander, stolperten über ihre eigenen Füße oder die ihrer Kameraden, fielen hin. Ihre Waffen hatten sie achtlos auf den Boden geworfen. Eines der Dallit wanderte reiterlos durch die Menge. Die Männer brauchten ein paar Augenblicke, um zu merken, dass ihre Blindheit nicht mehr der Finsternis zuzuschreiben war, sondern nun vom grellen Sonnenlicht herrührte, gegen das sie ihre Augen geschlossen hielten.

Irkar reagierte als erster. „Ha! Was habe ich euch gesagt? Das war weiter nichts als ein Zaubertrick. Los! Ergreift sie! Macht sie alle nieder!"

Die Männer des Heeres nahmen ihre Speere vom Boden auf und blickten sich unsicher um; auf Nis Zeichen hin waren Pao, Philia und die Schüler aufgesprungen und schritten nun langsam auf Irkars Truppe zu.

Irkars Stimme überschlug sich, als er brüllte: „Seid ihr Fliegen? Wir sind vierhundert Mann gegen ein Dutzend! Angriff!"

Damit rammte er seinem Dallit die Fersen in die Flanken und ging auf Mayï los.

Mehrere Dinge geschahen nun gleichzeitig. Die Männer spürten, wie ihnen ihre Waffen von einer unglaublichen Kraft entrissen wurden und sahen ihnen zu, wie sie senkrecht in die Luft schossen; über ihren Köpfen ordneten sich die Speere neu und bildeten einen Kreis, die Spitzen nach außen gekehrt. Dann sausten sie in hohem Bogen nieder und bohrten sich in die feuchte Erde. Eine Phalanx aus Speerschäften pferchte Irkars Heer nun ein wie eine Herde Pedrotta. Die erschrockenen Männer rückten von den Speeren ab und drängten sich zusammen. Die Meute kam näher.

Irkar preschte auf Mayï zu; der Junge machte keine Anstalten, auszuweichen; er hatte nicht einmal sein Schwert gezogen. Irkar schon. In den Steigbügeln stehend, mit erhobenem Schwertarm und einem Kampfschrei auf den Lippen stürzte er sich dem rothaarigen Jungen entgegen. Neben dem Jungen stand ein fremder Krieger, auch er rührte sich nicht vom Fleck, sondern verfolgte aufmerksam das Geschehen.

Das Dallit sprengte geradewegs auf die beiden zu, Irkar konnte sie genau zwischen den großen Ohren seines Reittieres sehen. Plötzlich empfand er ein Gefühl der Leichtigkeit und hatte den Eindruck, dass er langsamer wurde; das konnte aber nicht sein, er hörte den unverändert schnellen Hufschlag seines Dallit, sah seinen langen schlanken Hals, das braune Fell des Widerrists, den reich verzierten Sattel, die gestreifte Kruppe des Dallit. Kurz vor den beiden Gegnern drehte das Dallit ab und trottete, langsamer werdend, weiter. Verwirrt blickte Irkar an sich herunter – und schnappte nach Luft; die Euphorie des Angriffs war vergessen. Seine Stiefel standen nicht mehr in den Steigbügeln, die Beine baumelten herab, unter ihm war kein Sattel mehr, sondern Gras. Und zwischen seinen Fußspitzen und dem Gras fünf Fuß Luft.

Irkar sah den Jungen auf sich zukommen.

„Hältst du das hier immer noch für einen Zaubertrick?", fragte der Junge und zeigte mit dem Finger an Irkar vorbei. Der drehte den Kopf so gut es ging und blickte hinter sich. Er sah hunderte Köpfe, die sanft auf und ab schaukelten, als trieben sie auf ruhigem Wasser, Füße zuckten ein paar Handbreit über dem zertrampelten Gras, ohne dass sie den Boden berühren konnten, so sehr sie sich auch danach streckten. In der ersten Reihe sah er seine Söhne, schwebend wie er selbst, ihre Dallit irgendwo in der Nähe, die ihn voller Grauen anstarrten, als wäre dies hier sein, Irkars, Tun.

Dann, ohne Vorahnung, fiel er zu Boden. Seine Reflexe waren für sein Alter noch ausgezeichnet und so landete Irkar elegant auf beiden Füßen. Ein Krachen, Klirren und Schreien hinter ihm ließ ihn wissen, dass auch seine Männer wieder Boden unter ihren Füßen hatten.

„Siehst du endlich ein, dass du nicht gegen mich gewinnen kannst?", fragte der Junge.

„Du!", knurrte Irkar. Er fühlte sich erniedrigt, auf bislang ungeahnte Weise missbraucht und verletzt. Dieser Junge hatte ihn vor all seinen Gefolgsleuten bloßgestellt und lächerlich gemacht. Er würde das nicht hinnehmen. Er hob sein Schwert und trat Mayï entgegen. Der Mann mit den eigenartigen weißen Augäpfeln wollte sich zwischen die beiden schieben, doch der Junge bedeutete ihm mit einer Kopfbewegung, zurückzutreten.

„Du!", wiederholte Irkar. „Zeig, dass du Manns genug bist, zu kämpfen." Er ging in Stellung.

„Ich will nicht kämpfen", sagte Mayï mit ausgestreckter Hand. Einen Fuß hatte er zurückgesetzt. Irkar hielt die Bewegung für einen Rückzug und griff an. Er spürte einen Schlag auf Hand und Ellenbogen, der seine Knie weich werden ließ. Sein Schwert glitt ihm aus den tauben Fingern. Ein weiterer Schlag und sein Helm landete im Gras.

„Hör auf. Das bringt doch nichts." Die Worte des Jungen machten Irkar nur noch wütender. Sein Schwert hatte er verloren, doch in seinem Gürtel steckte noch ein Dolch, den er nun zückte. Wieder ging er auf den Jungen los, doch diesmal hatte er die Klinge nicht gegen Mayï gerichtet. Die Spitze des Dolchs zielte auf seine eigene Brust.

„Du willst nicht kämpfen? Fürchtest du dich etwa vor dem Anblick von Blut? Ha? Ist es das? Und du willst ein Nachfahr der Generäle sein?"

Er rückte immer näher an den Jungen heran, ergriff sein rechtes Handgelenk, drückte ihm den Griff des Dolches in die Hand. „Na los, worauf wartest du?", brüllte Irkar und riss die Hand des Jungen zu sich, sodass die Klinge durch sein Lederwams hindurch in seine Brust stach. Er spürte Mayïs Widerstand, wie er versuchte, seine Hand zurückzuziehen. „Du weißt ja nicht einmal, wie man einen Mann tötet, wenn er dich förmlich dazu auffordert."

„Erzähl mir nichts vom Töten!", rief der Junge unerwartet heftig.

„Dann tu es, du Feigling! Beweise, dass du es kannst!"

Mayïs Augen verengten sich zu schmalen Schlitzen – Ni versetzte es einen Stich zu sehen, wie sehr der Junge seinem Vater glich –, in seinem Blick lag eiskalte Wut, als er Irkar ansah. Seine Finger schlossen sich um den Dolchgriff und zogen sich immer fester zusammen, bis sich die Knöchel weiß unter der Haut abzeichneten. Irkar hörte ein trockenes Knacken, als der Horngriff entzweibrach. Fassungslos sah er zu, wie der kaputte Dolch zu Boden fiel. Dann wurde er brutal am Kragen gepackt und so heftig geschüttelt, dass sein Dutt aufging und ihm die Haare wirr ins Gesicht fielen.

Mayïs Stimme war leise und beherrscht, doch darin schwang etwas Dunkles, Bedrohliches. „Ich habe meinen Vater getötet. Mit meinen eigenen Händen, weil ich es musste. Und indem ich das tat, habe ich den Tod meiner Mutter in Kauf genommen. Ich habe die beiden Wesen getötet, die ich am meisten geliebt habe. Denkst du, dass mir danach dein Leben irgendetwas bedeuten würde? Du weißt doch überhaupt nicht, was es bedeutet, jemanden zu töten, den man liebt. Und du", knurrte Mayï und zog das Oberhaupt der Torn so dicht zu sich heran, dass ihre Nasenspitzen sich fast berührten, „bedeutest mir wahrlich am allerwenigsten."

In seinem Ohr hörte Mayï die vertraute Stimme; nun klang sie besorgt: „Was hast du da gesagt? Du hast was? Mayï, wieso ..."

Ni musste die Worte des Piloten über sein eigenes Komimplant gehört haben, denn er unterbrach den Wortschwall nun, indem er sagte: „Nicht jetzt. Zu gegebener Zeit." Pfeifer verstummte.

Irkar starrte den Jungen mit den roten Locken an, als dieser jedes seiner Worte betonte: „Ich werde nicht mehr töten."

Irkars Wut war noch nicht verflogen. „Wenn du den Kampf scheust, dann verschwinde von hier. Denn ich werde mich nicht geschlagen geben, solange ich lebe." Etwas riss ihn von den Füßen und er landete unsanft auf dem Rücken im Gras. Mayï war dicht über ihm, die Locken hingen ihm ins Gesicht, in seinen Augen lag unfassbarer Zorn, vermischt mit tiefem Schmerz.

„Hör mir jetzt genau zu, denn ich werde mich nicht wiederholen", sagte der Junge leise flüsternd, und doch dröhnten seine Worte unerträglich laut in Irkars Kopf. Jeder der Clansmänner konnte sie hören; einige krümmten sich und hielten sich die Ohren zu in dem Versuch, die Stimme abzuwehren.

„Du wirst das Heer auflösen und die Männer nach Hause schicken. Du wirst nie wieder einen Angriff auf das Haus der Karnathiden wagen, noch auf andere Weise gegen sie vorgehen. Tust du es doch, werde ich es wissen. Du wirst die Leute im Hochtal in Frieden lassen und du und deine Familie werdet euch nie wieder im Herrenhaus blicken lassen. Ich werde es erfahren, wenn du es nicht tust. Und wenn ich es erfahre", fuhr die Stimme fort, „werde ich dich heimsuchen, ohne Unterlass. Ich werde dir Alpträume in der Nacht bescheren und Halluzinationen am Tag. Du wirst niemals zur Ruhe kommen."

Mayï erhaschte einen flüchtigen Gedanken in Irkars Kopf, als dieser sich seine Rachepläne ausmalte. Er rief die Dunkelheit zurück, verwandelte sich vor Irkars entsetzten Augen in einen Schatten von abgrundtiefer Schwärze aus dem zwei glühend rote Augen stierten. Er nahm den scharfen Geruch von Urin wahr, als sich Irkars Blase entleerte. „Und wenn du auch nur daran denkst, dem Mädchen und den Jungen etwas anzutun, werde ich kommen und dich Stück für Stück auseinandernehmen."

Irkar fing an zu zittern, die ohrenbetäubende Stimme, der Anblick dieses Ungeheuers, waren zu viel für ihn. „Ruf ihn zurück", schrie er den Mann an, der regungslos danebenstand und die beiden beobachtete. „Mach, dass er aufhört!"

Der Mann zuckte mit den Schultern und beugte sich über ihn. „Ich kann ihm nichts befehlen, er ist nicht mein Schüler", sagte er ohne eine Spur von Empathie. Er sprach nicht in der Sprache des Adels, sondern in der knappen, einfachen Sprache der Krieger. Und er hatte einen fremdländischen Akzent. „Er ist dein Herr und ich rate dir zu tun, was er sagt. Denn jedes Wort meint er genau so, wie er es gesagt hat. Und wir", fügte der Mann hinzu und deutete dabei auf die anderen fremden Kreaturen, die um Irkars kleine Armee herum standen, „wir beobachten dich."

Ni legte dem Jungen eine Hand auf die Schulter; Mayï verstand die Aufforderung, erhob sich und ging zusammen mit dem Meisterschüler seines Vaters der Meute entgegen.

Bald waren die fremdländischen Wesen und der Junge – hatte sich Irkar das Ungeheuer nur eingebildet? – verschwunden, sie taten einen Schritt, die Luft erzitterte und sie waren weg, einer nach dem anderen; die Männer des Heeres hatten sich zerstreut, in kleinen Gruppen gingen sie auf die Zelte zu, um ihr Lager abzubrechen und heimzukehren. Von den vier Söldnern, die Irkar angeheuert hatte, um die Abteilungen zu führen, gab es keine Spur mehr. Seine Söhne und sein Schwiegersohn blickten noch einmal kurz zu ihm herüber, bevor sie ihm den Rücken kehrten und den anderen folgten. Waffenmeister Arkam trottete wortlos an ihm vorbei in Richtung des Gutshofes.

Irkar saß verlassen im Gras, mit aufgelöstem Haar, besudelter Hose und zum Himmel stinkend. Hinter sich hörte er das Rrupf! Rrupf! der grasenden Dallit.

36.

***

Nachdem Pao und Philia den Sohn ihres alten Meisters stürmisch umarmt und anschließend die Meute durch das Portal auf das Schiff zurückgeführt hatten, das neben Mayïs kleinem Springer im Orbit wartete, kehrte Mayï zum Herrenhaus zurück.

Ni begleitete ihn. Sein Schützling machte auf ihn einen ernsten und bedrückten Eindruck, wo er doch erleichtert und erfreut darüber sein sollte, dass er aus der Auseinandersetzung mit Irkar ap Torn als Sieger hervorgegangen war.

Pfeifer setzte die Passage neben dem Weg zum Hof und die beiden gingen zum Tor, wo die ganze Belegschaft bereits auf ihren Herrn wartete. Hungott und die anderen begrüßten ihn freudig und respektvoll; sie hatten versucht, das Spektakel im Tal vom Felssporn aus zu verfolgen, doch der Berg hatte die Sicht versperrt; sie konnten nur raten, was sich da unten abgespielt haben musste. Mayï hob zur Antwort nur matt die Hand. Die Männer des Hofs musterten Mayïs Begleiter neugierig, schienen jedoch nicht sonderlich überrascht oder gar beeindruckt vom Anblick des Kriegers mit den weißen Augäpfeln zu sein. Als er den Hof seines Hauses betrat, verstand Mayï auch, wieso: Dort, auf der vorderen Veranda des Pavillons, saß Harm inmitten einer kreischenden Schar von Kindern. Sie setzten sich auf seinen Schoß, klammerten sich an seine mächtigen Arme, um mit ihm zu ringen, und ließen sich kichernd von ihm kitzeln, währenddessen er mit Waffenmeister Lorsam plauderte. Über ihm schwebte eine kleine Kugel, ähnlich der Schwebelampe, die Mayï in der verlassenen Mine benutzt hatte, die seine Worte in die Lokalsprache übersetzte.

Maitee stand in einiger Entfernung und ließ die lachenden Jungen nicht aus den Augen. Die Männer des Hofs hatten nicht gewagt, Großmeister Harm zu nahe zu kommen, seine hünenhafte Gestalt und der scheinbar irre Blick seiner blauen Augen mit den winzigen Pupillen waren ihnen nicht geheuer. Die kleinen Jungen aber hatten gleich die Gutmütigkeit hinter der bedrohlichen Fassade erkannt und nutzten sie gerade voll aus.

„Da seid ihr ja", rief Harm und stand auf; an jedem Arm hing zappelnd ein kleiner Junge, er schwenkte die Arme durch die Luft und die Jungen johlten. Dann setzte er sie ab. „Genug jetzt, Jungs. Ich habe zu tun."

„Harm", rief Mayï und kam auf ihn zugelaufen. „Was machst du hier?"

„Dir Rückendeckung geben, natürlich. Falls unerwarteter Besuch auftauchen würde."

„Und?", fragte Ni.

„Zwei. Kamen über die hintere Mauer. Kriegermönche, wenn ich Mayïs Beschreibung richtig in Erinnerung habe." Er lachte kurz auf, es klang wie ein Bellen. „Sie haben mich gesehen, und was soll ich sagen, sie haben auf dem Absatz kehrt gemacht und sind gleich wieder abgehauen."

„Ja", sagte Ni, „Du hast manchmal diese Wirkung auf andere."

Harm warf Ni einen mürrischen Blick zu und musterte dann den Sohn seines besten Freundes. Was er sah, gefiel ihm nicht, dabei hatte er lange auf eben diesen Moment gewartet. Es war an der Zeit. Er sah wieder zu Ni und nickte kurz. „Lass uns hineingehen", sagte er.

* * *

Sie saßen auf der Veranda zum kleinen Innenhof; zuvor hatte Ni sichergestellt, dass sich niemand in den angrenzenden Gemächern befand und er und Harm mit dem Jungen alleine waren. Auf seinen Befehl war die Verbindung zu den Komimplants unterbrochen worden.

Die Männer schwiegen; sie wollten Mayï nicht bedrängen.

Schließlich holte der Junge tief Luft, stieß sie zitternd wieder aus und sagte leise: „Was werdet ihr jetzt von mir denken."

„Dass du dich da unten tapfer geschlagen hast", sagte Harm.

Der Junge schüttelte ungeduldig den Kopf. „Ach, das meine ich nicht. Sondern das, was ich zu Irkar gesagt habe. Es ist wahr."

„Das wissen wir doch, Mayï", sagte Harm mit sanfter Stimme. „Wir alle wissen es."

Mayï, der in der Mitte zwischen den beiden Kriegern der Gemeinschaft saß, blickte mit gerunzelter Stirn von einem zum andern. „Und ihr habt nie etwas gesagt?"

„Das stand uns nicht zu", sagte Ni. „Wir wussten, dass du irgendwann darüber sprechen würdest, wenn du bereit dafür wärst. Wenn du die Ereignisse erst einmal verarbeitet hättest."

„Aber ich habe meinen Vater umgebracht! Und meine Mutter!" Mayïs Stimme brach bei dem letzten Wort. Tränen quollen aus seinen Augen und kullerten seine Wangen hinab.

Harm legte einen Arm um die mageren Schultern des Jungen. „Ich will dir was erzählen. Als ich deinen Vater dort am Boden liegen sah, wusste ich gleich, dass ihm nicht mehr zu helfen war. Er hatte so sehr gekämpft, lange genug durchzuhalten, bis Hilfe kam. Und nun lag er da und versuchte mit all seiner verbliebenen Kraft, bei Bewusstsein zu bleiben. Er wusste, dass du kommen würdest; er wartete nur noch auf dich. Uns war beiden bewusst, dass mit jeder Sekunde, die verstrich, die Kanonen wieder aufluden; wir – meine Schüler und die der Meute – kamen nicht zu den Heckenschützen durch, um sie zu stoppen; sobald die Waffen wieder hochgefahren und betriebsbereit wären, würden sie wieder schießen und diesmal deinen Vater – alles was er gewesen war, was er noch werden mochte – auslöschen. Wir alle waren bereit, ihn vor diesem Schicksal zu bewahren."

Mayï hatte wieder das Bild von damals vor Augen: Harm, der mit gezückter Waffe neben ihm stand, den Lauf auf Lereans Kopf gerichtet, seine verzweifelten Blicke, die zwischen seinem alten Freund und dem gut gesicherten Hinterhalt hin- und herflogen. Er hätte nicht gezögert, Lerean den Kopf wegzupusten, um ihn vor etwas Schlimmeren zu bewahren als dem Tod. Doch er hatte bloß dagestanden und abgewartet.

„Bevor du auf so spektakuläre Weise auftauchtest", fuhr Harm fort, „konnte ich noch ein paar Worte mit deinem Vater wechseln. ‚Dränge ihn nicht, denn es muss schrecklich für ihn sein‘, das waren seine Worte. Er hatte sich gewünscht, dass du ihn befreien würdest, hätte es aber niemals von dir verlangt."

„Ich hätte mehr tun müssen! Ich hätte wenigstens Mutter retten können!"

„Nein, das hättest du nicht. Ich weiß nicht, was sie Toï dort auf dem Schiff angetan haben, aber am Ende war sie ebenso verloren wie dein Vater. Mayï, du hast das einzig Richtige getan."

37.

* * *

Die Hitze dieses zerstörten Körpers, den er verzweifelt an sich gedrückt hielt; das Blut, das aus allen Körperöffnungen strömte, vor allem aber aus den beiden Einschusslöchern in seinem Bauch, und das Wasser unter ihm rot färbte; die Krämpfe, von denen Lerean geschüttelt wurde; dieses grauenvolle Geräusch, als etwas in seinem Inneren riss und ihn mitten im Satz verstummen ließ.

Er drückte seinen Vater fester an sich, ohnmächtig, wütend und entschlossen. „Ich liebe dich, Vater", flüsterte er ihm ins Ohr und spürte, wie Altmeister Lerean, ehemaliger Kronprinz der Gaut, Herr von Karnath, Gefährte der Toï und Träger der uralten Kraft der Gauch, zum allerersten – und zugleich letzten – Mal in seinem Leben aufgab und seine Verteidigung senkte und sich völlig in die Hände seines Sohnes begab. Lerean zuckte kaum merklich, als Maÿï ihm das Gehirn zerfetzte. Sein Körper sackte in Maÿïs Armen zusammen, die Hand, die den Arm des Jungen umklammert hielt, löste sich und fiel herab ins vorbeifließende flache Wasser wie ein toter Vogel. Die Kanonen registrierten keine Präsenz eines Gauch mehr und schalteten sich automatisch ab. Stille legte sich über das Tal.

Die letzten Gedanken, die sein Vater ihm noch geschickt hatte, hallten in seinem Kopf nach. „Vergib mir, dass ich dir diese Last aufbürde" und „Haltet euch fern von dem Schiff".

Diesen letzten Satz wiederholte Maÿï nun mit erstickter Stimme.

„Was?", hörte er Harms Stimme fragen.

„Sie sollen sich vom Schiff fernhalten. Das hat er gesagt."

Ni und Pao kamen zu ihm und halfen ihm dabei, seinen Vater auf die wasserumspülten Kiesel des Flussbettes zu legen; Harm rief Kommandos in sein Kommunikationsgerät.

Mayï hörte nicht zu, er hatte nur Augen für den toten Körper vor sich, seine Gedanken ließen nur ein Wort zu: „Wieso, wieso, wieso?" Er bekam nur den letzten Satz mit. „Es ist zu spät, Liebes", sagte Harm unendlich müde und traurig. Er musste mit seiner Gefährtin Hedda gesprochen haben, die die Gruppe von Fliegern anführte, die Toï aus der Falle befreien sollte. Kurz darauf zog Harm ihn von seinem Vater weg und beugte sich schützend über ihn, als die Welle, ausgehend von dem implodierten Schiff, auf dem sich seine Mutter befunden hatte, auf die Kernwelt traf und sie durchdrang. Er hörte den Schrei eines Kindes, verzweifelt und voller Wut und Schmerz.

Es war seine eigene Stimme.

38.

★ ★ ★

Mayï brach heulend zusammen; zu lange hatte er sich zurück-
gehalten und versucht, seine Emotionen zu unterdrücken, doch
nun übermannten ihn seine Gefühle, sie brachen sich Bahn und
schwappten wie eine Welle über ihn hinweg und er konnte nichts
dagegen tun.

Harm hielt den weinenden Jungen in seinen Armen. Er und
Ni warteten geduldig, bis sich der Junge wieder gefasst hatte.
Mayï richtete sich auf, seine Augen waren rot und verquollen,
das Gesicht nass von Tränen, Rotz lief aus seiner Nase, den er
gedankenverloren mit seinem Ärmel abwischte. Er fühlte sich
besser, erleichtert; seine Eltern würden nie wiederkehren, doch
ein Damm war in seinem Innersten gebrochen und hatte endlich
all den Schmerz und die Wut hinweggeschwemmt, die sich seit
der Herbst-Tagundnachtgleiche vor einhundertsechsundachtzig
Tagen aufgestaut hatten. Zurück blieb ein Gefühl der Leere und
der Trauer und das war in Ordnung.

„Weißt du", sagte Harm, „Das was du heute geleistet hast, und
das, was du damals getan hast, sind Dinge, bei denen so mancher
erwachsene Mann scheitern würde. Kinder in deinem Alter sollten lernen, entdecken, mit Freunden zusammen lachen. Stattdessen hast du diese doppelte Verantwortung auf dich genommen."

Die Last, die ich dir aufbürde, dachte Mayï.

„Du hast deinen Vater vor einem furchtbaren Schicksal bewahrt,
und nun hast du diese Leute hier von einem Tyrannen befreit."

„Harm hat Recht", sagte Ni und klopfte Mayï auf die Schulter. „Was du getan hast verdient höchsten Respekt. Dafür, dass du
kein Krieger bist, hast du ganz schön Mumm in den Knochen."
Er stellte mit Befriedigung fest, dass der Junge ein Lächeln wagte – zaghaft und traurig, doch es war ein Anfang.

Als Mayï in den Korridor hinaustrat, kam ihm Maitee entgegengelaufen, sie sah seine geröteten Augen, nahm seine beiden Hände in ihre und fragte besorgt: „Was ist geschehen? Geht es dir gut?"

Maiyï sah sie an und lächelte. Es war sein altes, strahlendes Lächeln. „Ja", sagte er, „Jetzt geht es mir wieder gut."

39.

***

Mayï blieb noch ein paar Tage auf Karneä, um vor seiner Weiterreise ein paar Dinge zu regeln; Ni leistete ihm dabei Gesellschaft. Er hinterließ der Belegschaft seines Hauses Instruktionen, wie sie in Zukunft bei der Produktion von Spinnwebtuch vorgehen sollte; er übertrug Hungott die offizielle Vollmacht, in seinem Namen den Hof zu führen und Geschäfte abzuwickeln. „Ich werde in Verbindung zu bleiben wissen, also kommt nicht auf krumme Gedanken", sagte er, nur halb im Scherz. „Wenn es Probleme gibt, meldet Euch. Maitee wird wissen, wie." Dem Mädchen vertraute er die Angelegenheiten des Haushaltes an und die Vormundschaft über die fünf Kinder aus den Minen. Die beiden älteren Frauen sollten sie dabei unterstützen. Mayï verstand es, allen Bewohnern des Hofes sehr deutlich zu machen, dass er keine Gewaltanwendung gegenüber den Kindern und Frauen dulden würde. Da sich die Ereignisse vom Flusstal hier oben schnell herumgesprochen hatten, würden sich alle davor hüten, seine Anweisungen zu missachten.

Zwei Tage nach dem Beinahe-Gefecht im Flusstal erschien der älteste Sohn von Irkar ap Torn vor dem Tor des Herrenhauses. Mayï hieß ihn willkommen, und hörte sich bereitwillig an, was er zu sagen hatte. Torkar, so sein Name, entschuldigte sich für das Vorgehen seines Vaters, das einem Clansmann der Karnathiden nicht würdig sei. „Meine Onkel und ich haben ihn dazu überredet, sich zurückzuziehen und mich als Oberhaupt der Torn einzusetzen." Mit anderen Worten: Sie hatten Irkar kaltgestellt, aus Angst vor Vergeltung.

„Ich möchte Euch hiermit meine Gefolgschaft schwören und die aller Mitglieder des Hauses Torn. Mein Fürst.", sagte Torkar und kniete vor dem verdutzten Mayï nieder.

„Ja, danke. Ich nehme Euer Treuegelöbnis dankend an", stammelte Mayï und besann sich dann einer Sache, die ihm keine Ruhe ließ. „Unter einer Bedingung: keine Schuldknechtschaft mehr, die in den Minen abgeleistet wird. Keine Kinder in den Bergwerken mehr."

Ni, der der Unterhaltung aus einer Ecke des Empfangszimmers folgte, musste ein Schmunzeln unterdrücken. Das neue Oberhaupt der Torn versprach, sich der Angelegenheit anzunehmen.

Torkar ap Torn folgten in den kommenden Tagen die Oberhäupter weiterer Familien, um den Kniefall und den Treueschwur vor ihrem neuen Herrn und Fürsten zu vollziehen, selbst Traut ap Kar, der bis zuletzt abgewartet hatte, wie sich die Dinge entwickeln und wie sich die anderen entscheiden würden.

Mayï fühlte sich sichtlich unwohl bei diesem archaischen Ritual. „Unterschätze nicht den Wert des Treueschwurs", sagte Ni eines Tages, als eine weitere Gesandtschaft gerade gegangen war. „Wer ihn bricht, ist in den Augen der ganzen Gesellschaft ein Verräter. Das wird niemand leichtfertig tun. Für dich ist das die beste Absicherung, die du kriegen kannst."

Es schien, als sei der Frieden in der Provinz Karnath gesichert. Von den Kriegermönchen, die Harm unbeabsichtigt, durch seine schiere Präsenz, verscheucht hatte, musste der Patriarch einen überzeugenden Bericht erhalten haben, denn Pfeifer meldete den Abzug der Truppen vom Pass.

„Willst du ihm nochmal einen Besuch abstatten?", fragte der Pilot anschließend.

„Nein, ich denke nicht. Wir haben uns alles gesagt, was es zu sagen gibt."

„Aber er ist dein Onkel", sagte Pfeifer.

„Wir sind genetisch miteinander verwandt, mehr nicht. Ich habe bereits eine Familie. Die beste von allen."

Maitee hatte er ein kleines Kommunikationsgerät in die Hand gedrückt, kompakter und solider als das leichte Gerät, das er selbst allabendlich benutzt hatte. „Es funktioniert genauso, wie das alte. Du kannst mich damit jederzeit erreichen. Und du kannst mit ihm reden, es wird dir zuhören und antworten. Ich habe es so eingestellt, dass es dir jeden Tag eine neue Lektion beibringt. Und das Gelernte wirst du dann den Jungs beibringen. Willst du das tun?"

Maitee hatte stumm genickt.

* * *

Während Mayï mit dem Empfangen von Besuchern und dem Erteilen von Anweisungen beschäftigt war, hatte Ni das Mädchen beiseite genommen. „Ich möchte dir etwas zeigen, aber du musst versprechen, keinem zu verraten, was es damit auf sich hat." Er führte sie in einen kleinen ungenutzten Hof im rückwärtigen Teil des Pavillons zu einem fremdartigen Gebilde von der Größe eines Kastenbettes; seit zwei Tagen stand es bereits dort, war aus dem Nichts aufgetaucht, doch bislang hatte niemand es erwähnt, und Maitee hatte nicht danach zu fragen gewagt.

„Hab keine Angst", sagte Ni zu ihr. „Das hier war Mayïs Idee."

An einer Seite des Blocks verlief eine Linie in Form einer Tür; als Ni herantrat glitt der umrandete Teil der Wand lautlos zurück und gab den Blick frei auf eine winzige Kammer, an deren metallener Wand eine Pritsche befestigt war. Schüchtern, aber neugierig betrat Maitee den Raum.

„Das hier ist eine Heilstation", erklärte der fremdländische Krieger und deutete auf die Liege. „Wenn du oder eines der Kinder krank werdet, dann kommt hierher und legt euch auf diese Bahre. Du kannst mit der Station sprechen, so wie mit dem Gerät, das Mayï dir gegeben hat. Sie wird dir sagen, was du tun musst. Um die Tür zu öffnen, stell dich davor, so wie ich gerade. Ich habe die Station mit deinen Biodaten programmiert, sodass sie nur auf dich reagiert."

Sowie er den Satz beendet hatte, wurde ihm auch schon klar, dass das Mädchen nicht verstand, wovon er redete. Doch klug und pragmatisch wie es war, begriff es den Nutzen der Station sehr wohl. „Was, wenn jemand anderes krank wird?", fragte es.

„Nur, wenn es sehr ernst ist. Und rede vorher mit uns, du weißt ja, wie das geht."

233

Maitee nickte. Dann sah sie dem Krieger in die merkwürdigen Augen, als suchte sie dort nach Gewissheit, und sagte: „Er wird wiederkommen, nicht wahr? Sonst", sie machte eine Handbewegung, „gäbe es das hier nicht. Oder?"

Ni fasste sie an den Schultern – er konnte jeden einzelnen Knochen spüren und machte sich in Gedanken eine Notiz – und sagte: „Er wird zurückkommen, da bin ich sicher. Sobald er seine Aufgaben beendet hat. Ich glaube, er mag dich sehr."

Mit hochrotem Kopf flüchtete Maitee zur Tür hinaus und war kurz darauf im Pavillon verschwunden.

* * *

Mayïs Sachen waren gepackt und standen im Hof bereit. Speicher und Scheune waren auf Nis Anweisung hin bis zum Dach mit Lebensmitteln gefüllt worden; Mayï hatte beobachten können, wie die Bewohner seines Hofes immer wieder die Türen öffneten und in die Lager hinein lugten, wie um sich zu vergewissern, dass dies kein Traum war. Was nützte schließlich das schönste Dach über dem Kopf, wenn der Magen leer blieb? In dieser Hinsicht bestand nun für eine ganze Weile keine Sorge.

Hungott und die Männer, Maitee mit den Kindern, im Hintergrund die beiden älteren Frauen, sie alle hatten sich im Hof versammelt, um den neuen General von Karnath – denn das war er nun ohne jeden Zweifel – zu verabschieden.

„Nun denn", sagte Mayï. „Die Dinge sind nicht schlechter bestellt als am Tag, an dem ich hier ankam."

Hungott lachte. „Wahrlich, besser könnten sie nicht sein. Eine gute Reise wünsche ich Euch, Herr. Und Ihr könnt Euch auf mich verlassen."

„Daran zweifle ich nicht. Lebt wohl."

Mayï und Ni schulterten ihr Gepäck und wandten sich zum Tor; die Passage war außerhalb der Mauern gesetzt worden. Als er am Tor angekommen war, hörte er Fußschritte hinter sich. Er drehte sich um und sah Maitee auf sich zugelaufen kommen. Das Mädchen folgte ihm schweigend bis zur Passage, ein in der

Luft schwebendes, mannshohes Rechteck aus feinen blauen Linien, die Luft in dem Rechteck schien zu wabern, die Graslandschaft dahinter war milchig trüb, als würde man durch ein dünnes Blatt Papier blicken.

Ni betrachtete die beiden jungen Leute, grinste und bedeutete Mayï, ihm sein Gepäckstück zu reichen. So beladen ging er durch die Membran und war verschwunden.

Mayï musste schlucken. Er blickte Maitee in die hübschen dunklen Augen und sie schaute zurück in seine goldgesprenkelten braunen. Dann blickten beide verlegen zu Boden. Mayï scharrte mit den Füßen. „Du bist jetzt sicher hier, es wird dir an nichts fehlen. Und du kannst jetzt selbst über dein Leben entscheiden. Wenn ich zurückkomme, na ja, es wird ein paar Jahre dauern, denke ich, und bis dahin ... also, was ich meine, ist ...“

Maitee ergriff seine Arme, stellte sich auf die Zehenspitzen und drückte ihre Lippen fest gegen seine. Sein Gerede verstummte. Dann trat sie schnell zurück und sagte: „Ich werde auf dich warten.“

Mayï war zu verdattert, um etwas anderes tun zu können, als sich an die Lippen zu fassen und dem Mädchen nachzuschauen, wie es mit fliegenden Zöpfen auf das Tor zu rannte und dahinter verschwand.

Und als er nach langer Zeit wieder seinen Springer betrat und die erdig-metallische Luft des Hangardecks einatmete, hielt er noch immer die Finger an die Lippen gedrückt.

* * *

Der Steuerraum war erfüllt mit dem orangefarbenen Schein des Gasplaneten. Der Navigator und sein Pilot waren beide auf ihrem Platz, bereit, ihren neuen Kurs aufzunehmen. Aus dem Fenster sahen sie, wie der große Springer der Meute langsam abdrehte. Mayï blickte zu Ni auf, der neben ihm am Steuerpult stand. „Solltest du nicht so langsam zurück auf dein Schiff gehen?“, fragte er.

„Ich bin auf dem richtigen Schiff“, antwortete Ni.

Als er Mayïs fragenden Blick sah, sagte er grinsend: „Die nächste Etappe führt zur Erde, meiner Heimatwelt. Ich habe dort etwas zu erledigen." Die Reise würde nicht lange dauern, denn Oos Sternensystem und das der Erde lagen in derselben Galaxie.

„Aber das ist großartig!", rief Mayï. „Dann kannst du diese Etappe übernehmen und mir deine Tricks zeigen."

Aber Ni war bereits an der Öffnung zum Korridor. „Du bist der Navigator. Ich bin nur ein Passagier."

„Du hast den Meister gehört, Navigator. Auf geht's", sagte Pfeifer.

Mayï gab die neuen Koordinaten ein und sah zu, wie Oo aus dem Blickfeld verschwand und sich das All mit seinen Myriaden von Sternen vor ihnen ausbreitete.

Er würde wiederkommen.

Eines Tages.

Doch als erstes würde er ein langes Gespräch mit seinem Piloten führen. Er hatte ein Recht darauf, die ganze Geschichte zu erfahren. Warum Mayï nie wieder töten würde.

Schließlich waren sie ein Team.

* * *

EIN HERZ FÜR AUTOREN A HEART FOR AUTHORS À L'ÉCOUTE DES AUTEURS MIA KAPΔIA ΓIA ΣYΓΓPA
HJÄRTA FÖR FÖRFATTARE UN CORAZÓN POR LOS AUTORES YAZARLARIMIZA GÖNÜL VERELIM SZÍV
IRE PER AUTORI ET HJERTE FOR FORFATTERE EEN HART VOOR SCHRIJVERS TEMOS OS AUTOF
FRENZÖINKÉRT SERCE DLA AUTORÓW EIN HERZ FÜR AUTOREN A HEART FOR AUTHORS À L'ÉCOUT
CORAÇÃO BCEЙ ДУШОЙ K ABTOPAM ETT HJÄRTA FÖR FÖRFATTARE Á LA ESCUCHA DE LOS AUTOR
AUTEURS MIA KAPΔIA ΓIA ΣYΓΓPAΦEIΣ UN CUORE PER AUTORI ET HJERTE FOR FORFATTERE EEN H
YAZARLARIMIZ... VER... ...ÖINKÉRT SERCE DLA AUTORÓW EIN HERZ FÜR
OR SCHRI... ...OS ...S A... ...ÇÃO BCEЙ ДУШОЙ K ABTOPAM ETT HJÄRTA FÖR

Die Autorin

Regis Jeanin, 1969 in Luxemburg geboren, schloss
ihr Studium der Japanologie und Sinologie an der
Universität Trier ab. Der Schwerpunkt Populärkultur
mit Fokus auf Manga und franko-belgische Bande
dessinée der zwanziger und dreißiger Jahre des
20. Jahrhunderts faszinierte sie besonders. Nach
ihrem Studium lebte sie für einige Jahre in Japan
und beschäftigt sich bis heute mit der Geschichte
des Manga. Seither arbeitet sie in Luxemburg
als Angestellte im Staatsdienst. Obwohl sie das
Schreiben erst spät für sich entdeckt hat, nahm sie
bereits an einigen lokalen Wettbewerben teil und
veröffentlichte die Kurzgeschichte „Gewaltmarsch"
für die „Polizei-Poeten". Außerdem schrieb sie
2018 ein Drehbuch für ein Hörspiel im Rahmen
eines Wettbewerbs von Radio 100,7. Heute
lebt sie vorzugsweise in der Südeifel. Zu ihren
Lieblingsaktivitäten gehören neben dem Wandern
Taiko spielen und Cartoons zeichnen.

Der Verlag

*Wer aufhört
besser zu werden,
hat aufgehört
gut zu sein!*

Basierend auf diesem Motto ist es dem novum Verlag
ein Anliegen, neue Manuskripte aufzuspüren, zu ver-
öffentlichen und deren Autoren langfristig zu fördern.
Mittlerweile gilt der 1997 gegründete und mehrfach
prämierte Verlag als Spezialist für Neuautoren in
Deutschland, Österreich und der Schweiz.

**Für jedes neue Manuskript wird innerhalb
weniger Wochen eine kostenfreie, unverbind-
liche Lektorats-Prüfung erstellt.**

Weitere Informationen zum Verlag und
seinen Büchern finden Sie im Internet unter:

w w w . n o v u m v e r l a g . c o m